Carly Wilson

Myriad High
Was Sophie verschweigt

Carly Wilson

Myriad High

Was Sophie verschweigt

dtv

Von Carly Wilson ist außerdem bei dtv junior lieferbar:
Myriad High – Was Hannah nicht weiß

MIX
Papier aus verantwortungsvollen Quellen
FSC® C083411

Originalausgabe

Dieses Werk wurde vermittelt durch die Literaturagentur Kai Gathemann
Umschlagbild und -gestaltung: Carolin Liepins
Karte S. 6/7: © Monika Griebl
Gesetzt aus der Arno pro 11/14˙
Satz: Fotosatz Amann, Memmingen
Druck und Bindung: CPI Ebner, Ulm
Gedruckt auf säurefreiem, chlorfrei gebleichtem Papier
Printed in Germany · ISBN 978-3-423-74032-6

1 Myriad High
2 Aquarium
3 Internat
4 Eishalle
5 Kino
6 Tor zum Highway
7 Botanischer Garte
8 See
9 Park
10 Kletterfelsen
11 Geschäfte & Restau
12 Footballfeld

3 Büros & Forschungslabore
4 Krankenhaus
5 Strand, Klippen & Meer
6 Wohnviertel der Angestellten (Connors Villa etc.)
7 Golfplatz

Hannah

Hannah, Sophie und Chloe schlenderten über die Straße hin zum Campus-Park, in dem wie jedes Jahr im Oktober der Herbstmarkt von den Schülern der Myriad High abgehalten wurde. Bereits am frühen Nachmittag herrschte hier ein riesiger Andrang. Auf anderen Schulmärkten des Landes mochten selbst gebackene Muffins und Holzschnitzereien, selbstgestrickte Schals oder Batiktücher verkauft werden, auf dem Myriad-Campus jedoch war das Angebot ein völlig anderes. Hier wurden die Abschlussprojekte im Fach *Eigene Erfindungen* der Schüler aus der 12. Klasse verkauft. Letztes Jahr waren Fahrradhelme der Renner gewesen, mit denen man sehen konnte, was seitlich oder sogar hinter einem passierte, dieses Jahr waren es Drohnen, die angeblich ihr Aussehen verändern konnten. Aus der ganzen Umgebung reisten die Leute dafür an und bekamen extra für diesen Anlass Zugang zum Campus.

Hannah schob sich durch die Menge von kaufwütigen und schaulustigen Leuten. Überall lagen Kürbisse und Strohballen als Deko, es wurden Karamelläpfel und gegrillte Maiskolben verkauft, auf einer Bühne spielte eine Jazzband und an allen Ecken leuchteten herbstliche Blumengebinde. Der Tag war perfekt für einen Markt – klar, kühl, sonnig. Fast bedauerte Hannah, dass sie ihren Skizzenblock nicht mitgebracht hatte. Gern hätte sie das bunte Treiben um sie herum auf Papier festgehalten. Ein paar Kinder liefen bereits in ihren Halloweenkostümen herum und mit etwas Wehmut dachte Hannah an die Halloweennächte ihrer Kindheit zurück. An Prinzessinnenkostüme und an die Aufregung, im Dunkel der Nacht durch gruselig geschmückte Straßen zu ziehen, meistens mit Matt und anderen Kindern an der Seite und irgendeinem Elternteil im Schlepptau. Die klebrigen Bonbons, die orangegelben Candy Corns und die sauren Drops, die sie von den Leuten bekamen, waren in diesem Moment das größte Glück der Welt gewesen. Vor ihr stolperte jetzt ein kleiner Junge, der als Hotdog verkleidet war, über sein eigenes Kostüm. Das erinnerte sie an etwas. An den ungefähr sechsjährigen Matt, der sich zu Halloween als Burger verkleidet hatte und dann mit seinem Kostüm überall angestoßen und hängen geblieben war. Bei der Erinnerung musste sie lächeln, allerdings nur für einen kurzen Moment. Wo blieb Matt denn? Sie hatten sich hier am Eingang um 14 Uhr treffen wollen, jetzt war es bereits zwanzig nach und keine Spur von Matt, nicht mal eine Nachricht.

»Guck mal«, riss Sophie sie aus ihren Gedanken. »Das sieht interessant aus.« Sie deutete auf einen Stand, der von vier Mädchen betrieben wurde. Sie verkauften irgendwelche Brillen. *Schönheit liegt im Auge des Betrachters*, warb ein großes Schild.

»Was ist das denn?« Hannah beugte sich neugierig über die Brillen. Sonderlich schön waren die nicht gerade.

»Probier mal.« Eins der Mädchen lächelte sie ermunternd an. »Und dann sieh mich damit an.«

Hannah musterte das Mädchen unauffällig. Sie wirkte ziemlich ... Ungepflegt war wohl das richtige Wort. Ungekämmte Haare, labberiges T-Shirt, kein Make-up, nicht mal ein bisschen Puder, um ihre Pickel zu verdecken.

»Wow«, rief da Sophie, die sich bereits eine Brille aufgesetzt hatte. »Das ist echt nicht zu fassen! Sieh doch mal.« Sie reichte Hannah die Brille.

»Okay.« Hannah setzte das Ding auf und wandte ihre Aufmerksamkeit wieder dem Mädchen zu. In der Tat, nicht zu fassen. Die sah auf einmal absolut top aus. Glänzende, glatte Haare, makellose Haut, sogar das labberige T-Shirt schimmerte jetzt irgendwie seidig.

»Beauty-Brillen«, erklärte das Mädchen lässig. »So eine Art Photoshop für die Augen. Haben wir erfunden.«

»Ist ja toll.« Sophie kriegte sich gar nicht mehr ein vor Bewunderung.

»Ähm, wozu genau soll das gut sein?«, erkundigte Hannah sich verwirrt.

»Na, wenn dein Gegenüber so schrecklich aussieht, dass du es kaum ertragen kannst«, meinte das Mädchen betont geduldig.

»Gibt es auch Intelligenz-Brillen?«, mischte Chloe sich ein. »Wenn dein Gegenüber so dämlich ist, dass du es kaum ertragen kannst?«

Das Mädchen zog einen beleidigten Schmollmund und Hannah prustete los. Sie hakte Sophie unter und zu dritt schlenderten sie weiter, wobei sich Sophie immer wieder nach den Brillen umdrehte.

»So ein unnützer Schwachsinn«, regte Chloe sich auf. »Wartet mal ab, wenn wir erst in der Zwölften sind. Da erfinden wir was Besseres, da könnt ihr Gift drauf nehmen. Guckt mal da, das ist nicht schlecht.« Sie deutete auf einen Stand, der ein Solarzelt vorstellte. Tagsüber speicherte das Material des Zeltes die Sonne, sodass man abends gemütliches Licht darin hatte. »Oder da.« Ein paar Jungs führten einen Projektor vor, der jede erdenkliche Oberfläche in ein Tablet verwandelte. Man konnte sozusagen auf der Kühlschrankoberfläche im Internet surfen. »Das ist geil.«

»Öde«, murmelte Sophie.

Hannah schielte auf ihre Uhr. Zwanzig vor drei. Immer noch keine Nachricht von Matt. Sollte sie sich bei ihm melden? Oder wirkte das drängelnd?

»Schlechte Träume?«, flüsterte es neben ihr. Hannah zuckte zusammen. Halb verborgen im Schatten saß ein Schüler alleine, vor sich eine Art Bauchladen mit Augenmasken. Sie erinnerten Hannah an die Schlafmaske mit Lavendelfüllung, die ihre Mutter vor zig Jahren immer zur Entspannung aufgelegt hatte. »Die silbernen Masken entführen dich im Schlaf auf eine Frühlingswiese. Lämmchen und so weiter.« Der Junge grinste. »Die lila Masken machen dich im Schlaf zum Popstar, die grünen nehmen dich mit auf eine Segeltour.«

»Wie denn das?«, fragte Hannah verblüfft.

»Geheimnis.«

Irgendwie war das creepy. Hannah entdeckte winzige Elektroden an den Masken, die man offenbar an den Schläfen befestigte. Elektronische Stimulation des Gehirns? War das erlaubt? »Was passiert, wenn man die roten Masken aufhat?«

»Kommt drauf an, worauf du stehst.« Das Grinsen des Jungen wurde breiter. »Aber die sind eh erst ab achtzehn.«

»Ich …« Hannah lief so rot an wie die Masken.

»Sind das auch Beauty-Brillen?«, hörte sie Sophie neben sich.

»Nein.« Hannah wandte sich abrupt ab. Sie würde Matt jetzt eine SMS schicken. Und im Übrigen bezweifelte sie, dass die Traummasken von der Schule genehmigt waren.

Matt

Matt lauschte. Endlich, die Tür klappte. Deborah Steiner, seine Adoptivmutter, fuhr mit ihrem E-Auto lautlos davon. Sofort sprang er auf und lief in ihr Büro, wo sie alle wichtigen Dokumente aufbewahrte. Angeblich wusste sie nicht, wo seine Adoptionsurkunde war – gut, dann würde er jetzt eben danach suchen.

Im Büro seiner Mutter herrschte eine penible, geradezu klinische Ordnung und Regale aus einem seltsam grau schimmernden Material standen an der Wand. Das Material war in den Campus-Labors entwickelt worden, es blieb immer sauber, auch hundert Jahre lang, denn auf seiner Oberfläche sorgten winzige organische Verbindungen dafür, dass Schmutzpartikel sofort vernichtet wurden. Teure abstrakte Kunst, die kein Mensch verstand, hing an den Wänden. Drei verschiedene Computer standen herum, alle mit Fingerabdruck-Erkennung. Null Chance, da reinzukommen. Ganz hinten auf dem Schreibtisch, fast versteckt wie ein schmutziges kleines Geheimnis, stand ein Bild von Matt als dreijähriger Junge, kurz nach dem Zeitpunkt aufgenommen, als man ihn gefunden hatte. Matt betrachtete das Bild. Auf dem Bilderrahmen lag Staub, ein Fremdkörper in dem sonst so antiseptischen Zimmer. Das sprach Bände. Seine Adoptivmutter hatte das Bild schon ewig nicht mehr in die Hand genommen. Ihre Harvard-Diplome hingen an der Wand, daneben ein Hochzeitsbild. Deborah Steiner sah darauf aus wie eine Fremde – eine glückliche, hübsche junge Frau mit Lebensfreude in den Augen, die sich an ihren frischgebackenen Ehemann schmiegte. An Matts Adoptivvater, der mittlerweile eine neue Familie hatte. Was war nur in ihrem Leben passiert, das die Sorglosigkeit und Wärme aus ihr herausgesaugt hatte? War er, Matt, etwa der Grund? Er verstand das alles nicht. Warum hatte sie ihn dann adoptiert? Auf dem Hochzeitsbild war auch Hannahs Vater zu sehen, er und Deborah waren Studienfreunde aus Harvard. Er stand in der zweiten Reihe neben Hannahs Mutter und lächelte vergnügt. Professor John Montgomery war ein großartiger Mann gewesen. Es war einfach ungerecht, dass er so früh hatte sterben müssen. Matt riss sich vom Anblick des Fotos los und wandte sich dem einzigen Regal zu, in dem die Adoptionsurkunde sein konnte, sollte sie sich hier im Haus befinden. Und wo sonst würde Deborah Steiner sie aufbewahren?

Gott sei Dank waren die Schubladen nicht verschlossen. Seine Adoptivmutter dachte wahrscheinlich nicht im Traum daran, dass Matt sich für irgendetwas hier drin interessieren könnte, und in ihr Haus kamen nie Besucher oder gar Fremde. Alle gesellschaftlichen Verpflichtungen hielt sie in öffentlichen Räumen auf dem Campus ab. Matt zog die erste Schublade auf. Unzählige Ordner voller Rechnungen. Das stammte alles aus der Gründerzeit des Campus, wie es aussah. Die meisten hatte noch John Montgomery abgezeichnet, einige aber auch seine Adoptivmutter. Matt blätterte sich durch die Rechnungen von Lieferanten und Baufirmen des letzten Jahres. Neue Klimaanlagen waren in den Büros der Firmenleitung eingebaut worden, neue Toiletten und Waschräume in den Forschungslabors. Er schob die Baupläne dazu beiseite. Nichts davon interessierte ihn. Schließlich knöpfte er sich die zweite Schublade vor: Versicherungen, unzählige Zeugnisse und Zertifikate von Kursen, die seine Adoptivmutter belegt hatte, Kopien von Aktien und Investitionen, Geldanlagen, Anfragen von Investmentbankern, wann Myriad Corporation endlich an die Börse ging. Da konnten sie lange warten. Myriad-Campus war nicht an der Börse, man konnte keine Aktien erwerben und damit reich werden. Das hatte John Montgomery in den Gründungsstatuten festgelegt, und warum seine Adoptivmutter solche Anfragen überhaupt abheftete, war Matt unverständlich. In der dritten Schublade befanden sich irgendwelche Rechnungen von den Myriad-Forschungslaboren, Abteilung Genetik. Deborah Steiner wurden insgesamt 450 000 Dollar in Rechnung gestellt. Matt stutzte kurz. Was hatte sie da wohl gemacht? Irgendwas Persönliches jedenfalls, sonst hätte sie doch die Kosten über die Firma laufen lassen? Es waren eine Menge Behandlungen aufgeführt, die allerdings mit einem Nummerncode verschlüsselt waren. Ach egal, das interessierte ihn jetzt nicht. Vierte Schublade: Deborah Steiners Pass, ihre Sozialversicherungskarte, ihre Geburtsurkunde. »Wärmer, wärmer, wärmer«, murmelte Matt, als wäre er beim Topfschlagen. Ein Ordner ohne Beschriftung mit verschiedenen Papieren darin. Matt blätterte sie rasch durch, auf der Suche nach dem typischen, fast altmodisch anmutenden Format der Adoptionsurkunden des Staates Kalifornien mit dem goldenen Siegel und der schnörkeligen Schrift. Nichts. Keine Adoptionsurkunde, sondern alles mögliche andere, zum Beispiel die Kopie eines Polizeiberichts, der detailliert schilderte, wie man vor zwölf Jahren einen ungefähr dreijährigen Jungen verängstigt und weinend am Rande des Redwood Forest gefunden hatte. Matts Herz schlug schneller. Die erste Spur. Er überflog die sperrige Beamtensprache. *Kind trägt nichts bei sich, was auf seine Identität hinweist. Ethnischer Background offenbar Native American. Kein Hinweis auf Erziehungsberechtigte.* Matt schluckte. *Weitere Vorgehensweise: Sozialamt benachrichtigen.*

Das Sozialamt? Das war ihm neu, aber eigentlich war das auch logisch. So eine Adoption ging ja nicht von heute auf morgen über die Bühne. Hatte man ihn erst bei einer Pflegefamilie untergebracht? Oder im Heim? Er konnte sich nicht daran erinnern. Unterschrieben war der Bericht von einem gewissen Officer Pete Duncard des Humboldt County in Kalifornien. Das einzige andere Dokument in dem Ordner war der Ausdruck einer E-Mail, ebenfalls von vor zwölf Jahren. Die E-Mail-Adresse war von jemandem, der sich Braveheart nannte, und der oder die hatte Deborah Steiner offenbar irgendeinen Gefallen getan:

Alles erledigt. Niemand kann ihn dir mehr wegnehmen. Ich hoffe, du wirst endlich glücklich, Debbie. Gruß auch an John, denke gern an unsere wilden Studentenzeiten zurück! J. O.

Matt ließ das Blatt sinken. Damit konnte er erst recht nichts anfangen. Wieso hatte seine Adoptivmutter es für nötig gehalten, diese E-Mail auszudrucken und aufzubewahren? Und was war das für ein blöder Name – Braveheart? Sein Blick glitt wieder zu dem Polizeibericht, er nahm ihn in die Hand und dabei ihm fiel etwas auf. Das war keine Kopie, das war ein Original. Wie seltsam. Wieso befand sich das hier in dieser Schublade? Egal, dieser Pete Duncard würde sich sicher auch noch nach zwölf Jahren an ihn erinnern. Ohne lange zu überlegen, zog Matt sein Handy aus der Hosentasche und wählte die Nummer der Polizeistation, die auf dem Bericht stand.

»Humboldt County Polizeistation«, meldete sich nahezu sofort eine Frauenstimme. »Wie kann ich Ihnen helfen?«

»Ich …«, setzte Matt an. Er räusperte sich, um seine Stimme tiefer klingen zu lassen. »Ich würde gern Officer Pete Duncard sprechen.«

Die Frau am anderen Ende schwieg einen Moment lang. »Pete Duncard?«, vergewisserte sie sich dann zögernd.

»Ja. Er hat vor zwölf Jahren einen Fall bearbeitet und …«

»Sie sind offenbar nicht von hier, was?«, unterbrach die Frau ihn. »Pete Duncard ist schon seit über einem Jahrzehnt tot. Seit zwölf Jahren, genau gesagt.«

»Was?«, fragte Matt verblüfft.

Unten klappte die Tür, die wöchentliche Putzkolonne traf ein, die Einzigen, die schon ewig Zugang zu Deborah Steiners Haus hatten, obwohl es hier doch fast gar nichts sauber zu machen gab.

»Autounfall«, informierte die Frau ihn. »Schlimme Sache. Aber Sie klingen so jung, das haben Sie damals sicher nicht mitbekommen. Worum geht es denn?«

»Um ... nichts.« Matt legte rasch auf. Unten röhrte jetzt der Staubsauger, Stimmen kamen näher. Matt legte den Bericht rasch zurück in den Ordner, sein Instinkt sagte ihm, dass es nicht gut war, wenn ihn jemand hierbei beobachtete, selbst wenn es nur die Putzkolonne war. Als er den Ordner zurück in die Schublade legen wollte, rutschte etwas heraus. Ein kleines Lederband. *Dowan* stand in fast verblichener Schrift darauf. Matt starrte es an. War das seins? Hatte er das damals getragen? Er berührte das mittlerweile stumpfe Leder. Das Band sah aus wie selbst gemacht. Dowan ... War das sein Name? Sein richtiger Name? Hatte Deborah es ihm deshalb abgenommen? Seine Kette mit dem Quarzstein hatte er ja behalten dürfen. Eine Nachricht summte auf seinem Handy herein und Matt zuckte zusammen, dabei war es nur Hannah. *Sag mal, wo bleibst du denn? Herbstmarkt, schon vergessen? Bin mit Chloe und Sophie seit fast einer Stunde hier. Sind in der Nähe vom Eingang, aber nicht mehr lange. Küsschen!*

Allyssa

»Hast du eine Ahnung, wo deine Freundin sein könnte? Wer dieser Bekannte ist, den sie treffen wollte?« Der Mann von der Campus-Security sah Allyssa forschend an. Seine Begleiterin, eine Frau in Zivil, die ihren hässlichen Mantel fast sprengte, ließ den Blick durch das Zimmer wandern.

Allyssa schüttelte den Kopf. Wo war Caitlin? Was war mit ihr passiert? Eigentlich war ihr die Freundin in der letzten Zeit mehr als nur ein bisschen auf die Nerven gegangen, aber jetzt kroch doch ein mulmiges Gefühl in ihr hoch. Niemand verschwand einfach so und ließ das Auto stehen und das Handy liegen. Und schon gar nicht Caitlin. Ihr Handy war ihr Ein und Alles, ihre Blutkonserve, ihr Lebenselixier! Caitlin hätte sich eher eine Glatze schneiden lassen, als freiwillig auf ihr Handy verzichtet.

»Ich habe nicht die leiseste Ahnung, wo sie sein könnte«, antwortete Allyssa wahrheitsgemäß. »Mir hat sie nichts erzählt.« Letzteres stimmte nicht ganz. Caitlin hatte dauernd irgendwas von einem tollen Typen namens Damian geschwafelt und unendlich geheimnisvoll getan, aber Allyssa hatte gar nicht richtig zugehört, weil der Typ vermutlich gar nicht existierte oder bestenfalls ein fetter alter Sack war, der sich im Internet unter falschem Namen an junge Mädchen ranmachte. Caitlin hatte keinen Radar für so was. Schließlich hatte sie sich auch ein paar Wochen lang für Evan begeistert und das war ja bekanntermaßen gründlich nach hinten losgegangen. Evan, der Oberloser, der versucht hatte, alle möglichen Leute an der Myriad High mit seiner Drohne zu filmen und zu erpressen. Und der sich auch noch in den Schulcomputer gehackt und dort Gerüchte über die Lieblingslehrer verbreitet hatte. Mit so einer Aktion machte man sich keine Freunde, das hätte Allyssa ihm vorher sagen können. Aber Evan war eben ein typischer Loser. Obwohl, da war noch was anderes, etwas Bedrohliches, das selbst Allyssa nicht richtig einordnen konnte. Und da war sie nicht die Einzige. Die meisten Schüler mieden ihn, weil sie ihn unheimlich fanden.

»Gar nichts erzählt?«, drang jetzt die Stimme des Security-Typen wieder zu Allyssa durch. Er sah sie prüfend an und das machte sie nervös. Genau genommen machte seine Uniform sie nervös. Mit Uniformierten hatte Allyssa in der Vergangenheit keine guten Erfahrungen gemacht. Es war zwar eher unwahrscheinlich, dass dieser Security-Heini etwas von ihrer Zeit bei den LA Cobras wusste, aber vielleicht ja seine Begleiterin? Die roch zehn Meilen gegen den Wind nach Polizei, gab keinen Mucks von sich, nahm nur ungefragt irgendwelche Gegenstände im Zimmer in die Hand und betrachtete sie so ausgiebig, als wollte sie deren Verkaufswert auf dem Flohmarkt schätzen. Jetzt gerade steuerte sie mit ihrem Raubvogelblick auf Allyssas pinkes Notebook zu. Allyssa klappte es rasch zu und entschied sich zu einer Gegenfrage.

»Wenn man Caitlins Handy gefunden hat, dann kann man doch anhand der Nachrichten herausfinden, wer dieser Typ ist, oder?« Sie sah den Mann herausfordernd an. »Schließlich hat sie sich angeblich dauernd mit dem geschrieben. Das müssten Sie dann ja sehen.«

»Ach so, das weißt du also? Dann weißt du ja doch eine ganze Menge.«

Mist. »Ich weiß nur das. Dass sie sich mit irgendeinem geschrieben hat, aber wer, woher und warum …« Allyssa ließ den Rest des Satzes unausgesprochen im Raum hängen und zuckte betont unschuldig mit den Schultern. »Es ist so schrecklich«, fügte sie noch etwas verspätet hinzu. Vielleicht sollte sie den Mann lieber um den Finger wickeln, als ihn zu provozieren. »Meine arme

Freundin.« Ein Augenaufschlag. Ein Lächeln. Ein trauriges Herumkauen auf ihrer honigblonden Haarsträhne.

Sofort knickte der Security-Mann ein. »Ja, es ist schrecklich. Und leider dürfen wir nichts preisgeben, was die Ermittlungen angeht. Aber der Tä … « Er stockte, erschrocken über sich selbst.

Allyssa hielt kurz den Atem an. Täter? Hatte der eben Täter sagen wollen? Jetzt wurde ihr doch beklommen zumute. Was, wenn Caitlin wirklich etwas passiert war? Wenn sie irgendwo in San Francisco in einer dunklen Seitengasse lag wie damals … Kurz zuckte das Bild eines blutüberströmten Mädchens vor Allyssas Auge auf. Ein 17-jähriges, ziemlich abgebrühtes Mädchen namens Ignacia, das versucht hatte, Thunder-Girl das Revier streitig zu machen, und dem Thunder-Girl dafür im Gegenzug das Gesicht neu arrangiert hatte, wie sie es immer bezeichnete. Oh Gott, bloß nicht daran zurückdenken. Sofort fing Allyssas Tätowierung an zu jucken, automatisch kratzte sie sich und zog damit den Blick der Polizistin in Zivil auf ihren Arm.

»Ich hoffe, Sie finden die arme Caitlin«, lenkte Allyssa rasch ab, aber der Blick der Frau blieb misstrauisch.

»Was war eigentlich mit Caitlin und diesem Evan?«, erkundigte die Frau sich plötzlich.

»Mit Evan?« Schon wieder der. »Warum?« Dachten die etwa, dass Evan was mit Caitlins Verschwinden zu tun hatte? Das wäre ja ungeheuerlich.

»Beantworte einfach meine Frage.«

»Nichts war da. Also, die wollten zusammen zu Homecoming gehen und das ist dann geplatzt, weil … weil … «

»Weil Evan einen Verweis bekommen hat?«, sprang der Mann ihr bei.

»Ja, genau. Mit so einem Freak wollte Caitlin natürlich nicht zu Homecoming. Logisch.« Allyssa streckte sich und schielte auf ihre Uhr. Nachher war Ryans Bandprobe und sie wollte unbedingt zusehen. Seit dem Homecoming-Ball waren sie fast jeden Tag zusammen gewesen, es war zwar noch nichts Ernstes, aber es lag in der Luft. Sie konnte spüren, wie Ryan immer mehr auf sie abfuhr. Er hatte in den letzten Tagen seinen Arm einmal um ihre Schultern und einmal um ihre Hüften gelegt, er hatte sie neckend an sich gezogen, ihr einmal von hinten die Hände auf die Augen gelegt und »Rate mal« geflüstert, er hatte sie bewundernd angesehen, wenn er glaubte, dass sie es nicht bemerkte, ihr Komplimente gemacht, ihr einen Eiskaffee mitgebracht und sie Lyssa genannt. Ein intimer kleiner Kosename, den nur er benutzte. Und gestern hatte er sie im Gang abgefangen, um sie etwas zu fragen, von dem sie hoffte, dass es das war, was sie hören wollte, als plötzlich so ein Trampel vom Earth Club mit sperrigen Halloween-Dekorationen an ihnen vorbeigestolpert war und Ryan aus Versehen die knochige Hand eines Skeletts ins Gesicht geschleudert hatte. Das hatte den Moment natürlich ruiniert und seitdem wartete Allyssa ungeduldig auf dessen Wiederholung. Stattdessen saß sie jetzt hier fest und musste blöde Fragen beantworten. Fast wurde sie wütend auf Caitlin. Warum hatte die ausgerechnet jetzt abhauen müssen? Trotzdem war es komisch. Wo sie nur steckte?

»Ein Freak«, wiederholte die dicke Polizistin jetzt missbilligend.

Ja, was denn sonst? Wie sollte man jemanden wie Evan sonst bezeichnen? Jetzt reichte es Allyssa. Sie war schließlich früher mit ganz anderen Leuten fertiggeworden.

»Hat Evan was damit zu tun?«, fragte sie geradeheraus. Die Frau und der Mann tauschten einen sekundenschnellen, kaum wahrnehmbaren Blick aus, aber Allyssa hatte ihn trotzdem bemerkt. Bingo. Hatte Evan also.

»Das wissen wir noch nicht«, antwortete die Frau und Allyssa hatte noch nie in ihrem Leben eine schlechtere Lügnerin erlebt.

Evan hing da also mit drin? Nicht zu fassen. Das musste sie unbedingt den anderen erzählen.

»Ich müsste jetzt weg.« Allyssa stand auf und die beiden Erwachsenen folgten ihr nach kurzem Zögern endlich auch aus dem Zimmer.

»Tschüss«, sagte Allyssa und lächelte nur den Mann an. Seine korpulente Begleiterin ignorierte sie absichtlich.

Sie lief zu ihrem Auto, stieg ein und fuhr los. Noch eine Stunde bis zur Bandprobe, da konnte sie noch mal auf dem Herbstmarkt vorbeischauen. Angeblich gab es dieses Jahr total aufregende neue Sachen. Was für ein Gewühl vor dem Park herrschte! Sie wurde langsamer und suchte nach einem Parkplatz. Ein riesiger Bildschirm erregte sogleich ihre Aufmerksamkeit. *Moving-Tats – Animated Tattoos, Glow in the dark Tattoos, 3D Tattoos, Eye Color Tattoos* zuckte es dort über den Monitor und ein Model demonstrierte auf dem Screen stolz ihren makellosen Rücken, auf dem eine tätowierte Rose ihre Blüten entfaltete und wieder schloss. Wahnsinn. Allyssa wäre beinahe auf das Auto vor ihr aufgefahren, weil sie so fasziniert war. *Wir entfernen deine alte Tätowierung in fünf Minuten schmerzlos und für nur 50 Dollar, wenn du dich für eine unserer Tätowierungen entscheidest*, flackerte es jetzt über den Bildschirm und eine Idee flammte in Allyssa auf. Natürlich. Das war *die* Gelegenheit, das lästige Ding auf ihrem Arm loszuwerden und endlich mit der Vergangenheit abzuschließen. Stattdessen würde sie sich so eine rasiermesserscharfe, sich bewegende Tätowierung zulegen, aber nicht nur eine sich entfaltende Rose, sondern irgendwas Wilderes. Einen zähnebleckenden Wolf? Einen springenden Panther? Definitiv keine Kobra … Und vielleicht dazu noch eine Augen-Tätowierung? Das Model auf dem Bildschirm hatte die eine Hälfte ihrer Pupille hellblau, die andere pink tätowiert. Es war sicher nicht sonderlich angenehm, sich das stechen zu lassen, aber es sah irre aus. Allyssa schlüpfte in eine Parklücke und schlenderte zu dem Stand.

»Hey«, grüßte sie lässig den Jungen, der dort arbeitete. »Ich wollte mir gern eine Tätowierung wegmachen lassen und dann was Neues aussuchen. Ihr habt ja super Sachen dabei.«

»Das kannst du laut sagen.« Der Junge lächelte geschmeichelt. »Wo ist deine alte Tätowierung? Wenn es an … äh … einer intimen Stelle ist, müsstest du dort ins Zelt gehen, zu Lucie. Ich mach hier nur die unanstößigen Sachen.« Er zwinkerte ihr zu. Flirtete mit ihr. Das war Allyssa gewohnt, sie lächelte mechanisch zurück. Eine Sekunde lang zögerte sie noch, dann schob sie ihren Ärmel hoch. Es war komplett unwahrscheinlich, dass dieser Bubi hier mit den Gang-Zeichen irgendwas anfangen konnte. Und so war es auch. »Hast wohl mal Lacrosse gespielt?«, fragte er lediglich und deutete auf die Buchstaben LAC in Allyssas Tätowierung.

»So was in der Art.« Beinahe hätte sie laut aufgelacht.

»Ich bin ja mehr der Basketballspieler«, plauderte der Junge weiter. »Morgen Nachmittag haben wir ein Spiel gegen ein Team von außen, also wenn du zusehen möchtest?«

»Vielleicht«, antwortete sie vage.

Der Junge erklärt ihr noch den ultramodernen Laser, der einzige seiner Art und bislang nur auf dem Campus verfügbar, mit dem man in fünf Minuten eine Tätowierung schmerzlos entfernen konnte. Ein Prozess, für den man normalerweise über Monate hinweg dauernd zum Lasern gehen musste.

»Die Haut wird in den nächsten Tagen ein wenig gerötet sein.« Er setzte den Laser an und Allyssa verspürte ein leichtes Brennen, und dann sah sie fasziniert zu, wie ihre leidige Vergangenheit Stück für Stück aus ihrer Haut entfernt wurde, bis nur noch ein roter Fleck zu sehen war. Endlich. Am liebsten hätte sie den Jungen vor Freude umarmt, aber das verkniff sie sich, sonst bildete der sich noch was ein.

»Okay, das macht fünfzig Dollar und dann noch der Preis von deinem neuen Tat. Was genau wolltest du?«

»Mal sehen.« Allyssa griff in ihre Tasche, um ihre Geldbörse herauszuholen, aber da war nichts. Verdammt, die hatte sie vor lauter Hektik in ihrem Zimmer liegen lassen. Alles nur wegen diesen zwei Security-Fritzen.

»Kann man mit dem Fingerabdruck bezahlen?«, erkundigte sie sich.

Der Junge schüttelte den Kopf. »Nee, geht nicht. Der Markt ist ja auch für Leute von außerhalb, deshalb nur Cash oder Karte.«

»Du, das ist mir jetzt voll peinlich, aber ich habe kein Geld dabei.« Sie versuchte ihren verführerischsten Blick, aber die Freundlichkeit des Jungen kühlte jetzt merklich ab.

»Oh, das ist schlecht«, meinte er. »Kannst du dir von jemandem was borgen?«

Sie sah sich um. Niemand in der Nähe, den sie kannte. »Nein, aber es ist kein Problem. Ich fahr zum Internat und hole das Geld, keine Sorge. Bin in fünf Minuten wieder da. Ehrlich.«

Wenig später schoss sie aus der Parklücke heraus und raste zurück zum Internat, parkte, sprang aus dem Auto und rannte durch das Atrium mit den lebenden Wänden. Das Konterfei von MISSI, dem Schulcomputer, lächelte fröhlich und rief: »Willkommen, Allyssa Snyder. Der Kochclub verteilt gerade geeiste Matcha-Latte-Proben im Bereich E. Sehr zu empfehlen.« Ja, ja, was auch immer. Allyssa schob sich durch die wuselnde Schülerschar, die ihr den Weg blockierte, nahm mechanisch einen Plastikbecher mit einer grünen Flüssigkeit entgegen, den ihr jemand reichte, und rannte die Treppe hoch zu ihrem Zimmer. Im Gang stutzte sie. Vor ihrer Tür stand ein junger Typ, ein Mexikaner, den sie noch nie gesehen hatte. Er sah auch nicht aus wie ein Schüler, sondern wirkte irgendwie älter in seinem karierten Holzfällerhemd und den groben Arbeitsschuhen. Wer war das? Was wollte der von ihr? Jetzt schob der Typ etwas unter ihrer Tür hindurch, sah sich kurz um, ohne sie zu bemerken, und ging dann weg, wobei er immer schneller zu werden schien.

»Hey!«, rief sie verblüfft, aber da war er schon um die Ecke gebogen. Wie kam der hier herein? War das einer der Besucher vom Herbstmarkt? Aber was machte der dann im Internat, das war doch gar nicht für Besucher zugänglich? Ein Stalker? Sie rannte die letzten Schritte zu ihrer Tür, presste die Hand auf den Scanner und stürzte in ihr Zimmer. Auf dem Fußboden lag ein Briefumschlag. Der Typ hatte einen Brief abgeliefert? Wie altmodisch. Allyssa zerrte den Umschlag auf und holte ein Blatt Papier heraus. Als sie sah, was darauf abgebildet war, ließ sie vor Schreck den Becher in ihrer Hand fallen. Grüne Matcha-Pampe ergoss sich auf den Boden und Allyssas Herz raste und raste, bis es fast zu platzen schien. Verdammt, verdammt, verdammt! Wie hatten die sie gefunden?

Hannah

»Ich hab vorhin ein kleines Kind gesehen, das als Hotdog verkleidet war. Weißt du noch, wie du selber mal als Burger zu Halloween gegangen bist?« Sie stupste Matt an, der nun endlich erschienen war. Mit fast einer Stunde Verspätung und einer halbherzig gemurmelten Entschuldigung, aber Hannah hatte beschlossen, sich davon nicht den Tag verderben zu lassen. Sophie und Chloe waren alleine weitergezogen und sie würde sich jetzt mit Matt einen schönen Nachmittag machen. »Und dann warst du immer der Letzte an den Türen und hast geheult, weil das Burgerbrötchen so riesig und breit war.«

»Niemals hab ich da geheult«, widersprach Matt sofort. Er zog sie an sich, und Hannah wandte sich ihm zu in der Annahme, dass er sie küssen wollte, doch sein Blick war schon wieder auf sein Handy gerichtet. Irgendwie war er heute so abwesend.

»Ist irgendwas?«, erkundigte sie sich.

Matt zögerte einen Moment lang. »Es ist wegen Dylan«, sagte er schließlich. »Du weißt schon. Wir wollten heute skypen. Ich …« Er brach ab.

Hannah verstand. Er war nervös. Vielleicht sah dieser Dylan ja in echt doch nicht ganz so aus wie er, und es war nur ein weiteres Missverständnis wie das im Sommer, als Matt Hals über Kopf nach New Mexico gerast war, um seine vermeintlich wahre Familie zu treffen. Mitfühlend sah sie ihn an. »Erzähl mir dann, wie es war«, bat sie. »Du weißt doch – keine Geheimnisse mehr.«

Er nickte, aber sie hatte das Gefühl, dass er ihr trotzdem etwas verschwieg. Und sie selbst verschwieg ihm ja auch etwas. Nämlich diese abstruse Sache mit dem Epi-Pen ihres Vaters, der zum Zeitpunkt seines Todes verschwunden und neulich auf einmal wieder da gewesen war. Das war so paradox, dass sie nicht wusste, wie sie irgendjemandem davon hätte erzählen können.

»Hey!«, riss eine Stimme sie aus ihren Gedanken. Vor ihnen stand Kyle. »Habt ihr schon die Chamäleon-Drohnen gesehen?

Mega. Da merkt kein Schwein mehr, wenn du herumspionierst. Verändern ja immer ihr Aussehen.«

»Wen willst du denn ausspionieren?« Hannah drückte belustigt Matts Hand. »Den russischen Geheimdienst? Oder doch nur die Cheerleader in der Umkleidekabine?«

»Beide natürlich«, prahlte Kyle.

»Na dann viel Erfolg«, meinte sie spöttisch. »Aber denk dran, wie es Evan ergangen ist.«

Kyles Augen leuchteten auf. »Apropos Evan – habt ihr es schon gehört?«

»Was denn?« Hannah sah zu Matt, aber der tippte schon wieder auf seinem Handy rum.

Kyle beugte sich vertraulich vor. »Der soll irgendwas mit Caitlins Verschwinden zu tun haben«, flüsterte er, obwohl die Menge kaufwütiger Besucher um sie herum laut lärmte und grölte, weil weiter vorn gerade eine der Chamäleon-Drohnen durch die Luft sauste. In der Tat veränderte sie während ihres Fluges Form und Farbe – von einem silbrigen Vogelwesen zu einer ufoförmigen hellblauen Scheibe, die mit dem Himmel verschmolz, und dann zu einer gelben stabartigen Kreatur, die auf einem Baum landete und nun im herbstlichen Blättergewirr überhaupt nicht mehr auszumachen war. Die Menge klatschte.

Hannah runzelte die Stirn. Was sollte Evan denn mit Caitlins Verschwinden zu tun haben? Der war gerade eben erst mit einem Verweis davongekommen und würde sich sicher hüten, schon wieder irgendwas Blödes anzustellen.

Hannah schüttelte den Kopf. »Kann ich mir nicht vorstellen.«

Kyle hob betont entschuldigend beide Hände hoch. »Ich wiederhole hier nur, was die anderen sagen. Dass Evans Name bei den Befragungen gefallen ist.«

»Und wo ist er dann jetzt?« Hannah blieb skeptisch.

»Na, in seinem Zimmer vermutlich.« Kyle sah sie erstaunt an.

»Aha. Und du meinst, wenn er Caitlin irgendwie entführt hat oder so, dann lassen sie ihn einfach in seinem Zimmer sitzen?« Sie unterdrückte eine sarkastische Bemerkung und schielte zu Matt, doch der starrte aus irgendwelchen Gründen wie hypnotisiert zwei Polizisten vom Humboldt County hinterher, die über den Markt schlenderten.

»Hm.« Darüber hatte Kyle ganz offensichtlich nicht nachgedacht. Er kratzte sich verwirrt am Kopf. »Ich meine ja nur. Es wird halt erzählt. Ohne Feuer kein Rauch.«

»Kein Rauch ohne Feuer, meinst du. Ich glaube es jedenfalls nicht.«

»Was glaubst du dann, wo sie steckt?« Kyle sah sie gespannt an, offenbar erwartete er allen Ernstes von Hannah die wundersame Lösung des Rätsels um Caitlins Verschwinden.

»Ich habe keine Ahnung. Es ist so …« Sie rang nach Worten.

»So unheimlich«, steuerte Kyle eifrig bei. »Und das zu Halloween. In Nebraska, wo meine Oma wohnt, da haben sie letztes Jahr zu Halloween eine vermisste Frau erst nach einer Woche gefunden, obwohl ihre Leiche die ganze Zeit über einem Gartenzaun in der Nähe von einem Spielplatz hing. Die haben gedacht, das ist eine Halloween-Dekoration. Vielleicht ist Caitlin ja …«

»Kyle, hör auf!« Hannah funkelte ihn an.

»Hannah, sieh mal, da«, ließ sich plötzlich Matt vernehmen, als wäre er aus einer Erstarrung erwacht. »Die T-Shirts.« Er zog Hannah mit sich, was ihr nur recht war, denn so musste sie nicht länger Kyles Gruselfantasien über Caitlins mögliches Verbleiben lauschen. Vor ihnen in der Menge sah sie plötzlich Evans Gesicht auftauchen. Na bitte – der lief fröhlich über den Markt, und das würde er ja wohl nicht tun können, wenn irgendwas an dem Geschwätz wahr wäre. Und doch kam es ihr so vor, als ob die Leute ihm aus dem Weg gingen, dabei kannten ihn die meisten doch nicht mal. Aber da war etwas in seinem Blick, das abschreckte.

Jetzt spürte Hannah, wie dieser Blick sie traf, was ihr sogleich ein unbehagliches Kribbeln verursachte. Schnell wandte sie sich an Matt, der vor einem Stand mit bunten T-Shirts stehen geblieben war. »Was wolltest du mir zeigen?«

»Die hier.« Matt zeigte auf die T-Shirts.

»Seit wann interessierst du dich denn für Mode?« Was war nur heute mit ihm los?

»Guck sie dir doch mal genau an. Was ist da aufgedruckt?«

Hannah beäugte ein hellblaues T-Shirt. Ein paar Buchstaben. GCTTCTAT ... Irgendwie kam ihr das bekannt vor.

»DNA«, erklärte das Mädchen am Stand ungefragt. »Genau genommen meine.« Sie wirkte stolz. »Ich bin Elli Kressman und Teil der Forschungsgruppe Genetik der zwölften Klasse. Wir haben eine Laborgenehmigung und dürfen dort DNA bestimmen. Da kam uns die Idee, unsere eigene DNA als Muster auf T-Shirts zu drucken. Ist doch cool, oder?«

»Ja, klar.« Hannah nickte, obwohl ihr die Sache nicht ganz einleuchtete. Matt hingegen schien völlig fasziniert zu sein.

»Meldet euch an und wir machen euch auch eins.« Das Mädchen namens Elli zückte geschäftsmäßig ein Tablet. »Name?«

»Wie macht ihr das denn?«, erkundigte Matt sich.

Elli holte eine kleine durchsichtige Tüte heraus, in der sich ein Röhrchen aus Plastik befand. »Nichts einfacher als das. Mund auf und mit dem Wattestäbchen am Mundinneren entlangstreichen, eintüten und mir zusammen mit deinen Kontaktdaten geben. Oder du kannst es uns auch schicken, wenn du lieber in der Privatsphäre deines Zimmers auf das Stäbchen spucken willst.« Sie grinste. »Also – wie sieht es aus? Willst du ein T-Shirt?«

»Ich würde euch die Speichelprobe gern schicken«, erwiderte Matt zu Hannahs Verblüffung. »Und ich nehme nicht nur ein Röhrchen, sondern zwei.«

»Ah, für die Freundin.« Elli zwinkerte erst Hannah und dann Matt zu. »Schon mal checken, ob ihr für Nachwuchs kompatibel seid?«

Hannah wäre am liebsten im Erdboden versunken, aber Matt schüttelte ernst den Kopf. Er strich mit dem Daumen über sein Handy, auf dem gerade eine weitere Nachricht von diesem Dylan aufleuchtete, und in dem Moment begriff sie: Er wollte das zweite Röhrchen haben, um seinen Zwilling damit zu identifizieren.

Hannah

30 Als Hannah am nächsten Tag aus der Cafeteria hetzte, um nicht zu spät zu *Product Testing* bei Professor Crawford zu kommen, wäre sie beinahe über einen großen Haufen Knochen gestolpert, die mitten im Gang lagen.

»Vorsicht«, rief jemand. »Wir errichten hier Gräber.« Es war Yella.

»Was?« Hannah trat entsetzt einen Schritt zurück. In der Tat befand sich ein großer Erdhaufen vor der Cafeteria, in dem alle Mitglieder des unsäglichen Earth Clubs – mit Ausnahme von Hannah natürlich – herumbuddelten wie zu groß geratene Kindergartenkinder im Sandkasten. Gräber vor der Cafeteria? Waren die jetzt völlig übergeschnappt?

»Für Halloween, du Dummi.« Yella lächelte nachsichtig. »Biologisch abbaubare Halloweendekos. Ohne Plastik und Chemie.«

»Biologisch ab…« Hannah blickte voller Horror auf die Knochen. »Du meinst, die sind echt?«

»Natürlich sind die echt.« Yella reckte sich stolz. »Eben biologisch abbaubar. Der Name ist Programm.«

»Wie ekelhaft«, rutsche es Hannah heraus. Gott sei Dank hatte sie sich aus diesem Idiotenverein ausgeklinkt.

»Besser jedenfalls als tonnenweise Gummizeug und Plastikkram. Weißt du eigentlich, wie lange es dauert, bis so ein Plastikskelett verrottet ist?«

»Nein«, erwiderte Hannah. »Aber ich glaube ehrlich gesagt auch nicht, dass Plastikskelette den Großteil der Umweltverschmutzung ausmachen.« Sie stieg vorsichtig über die Knochen hinweg.

»Du hast eben kein ökologisches Gewissen. Und im Übrigen ist dein Platz im Club jetzt sowieso belegt.« Yella deutete mit einem der Knochen nach links. »Wir haben nämlich ein neues Mitglied.«

Hannah folgte ihrem Blick. Das neue Mitglied war … Evan. Was? Evan wühlte hier in der Erde herum und drapierte Knochen zu Mustern? Während der Rest der Schule hinter seinem Rücken Gerüchte verbreiteten, dass er Caitlin irgendetwas angetan haben könnte? Das war ja schon fast makaber.

»Hallo, Hannah.« Evan grinste sie fröhlich an. »Schade, dass du nicht mehr dabei bist. Sonst könnten wir zusammenarbeiten.«

Das war der Gipfel. Ohne ein weiteres Wort marschierte Hannah los, wich den Knochen und verteufelt echt aussehenden Grabsteinen aus, fragte sich dabei kurz, wo Yella das alles aufgetrieben hatte, entschied sich dann, dass sie das lieber nicht wissen wollte, und bog kopfschüttelnd um die Ecke.

Da waren ihr ja die flatternden Hologramm-Geister und die Fledermaus-Drohnen vom Gameclub, die sich schon seit Tagen im Sturzflug in die Haare ahnungsloser Mädchen krallten, tausendmal lieber. Sie hielt kurz inne, weil sie eine Nachricht bekam und glaubte, sie wäre von Matt, der Neuigkeiten von diesem Dylan hatte, aber es war lediglich eine Videobotschaft vom Campus-Zahnarzt Dr. Corres, die Hannah an ihren Termin nächste Woche erinnerte. Dr. Corres gebärdete sich in dem Video übertrieben enthusiastisch, hielt den Daumen hoch und lächelte dabei mit seinen gefühlt achtundsechzig ultraweißen Zähnen. Hannah verdrehte die Augen und löschte das Video.

Etwas Glitschiges berührte ihre nackte Wade und sie quiekte erschrocken auf. Es war ein Squishbot, einer dieser neuartigen Roboter, die komplett aus weichem Material hergestellt waren und irgendwie an glibberige Kraken erinnerten.

»Happy Halloween«, quäkte der Squishbot und drückte seine Augen dabei so weit heraus, dass Hannah schon glaubte, sie würden jeden Moment herausschnippen. Weiter vorn lachten zwei Jungs und klatschten sich ab, und Hannah begriff, dass die beiden ihr den Squishbot geschickt hatten. Eigentlich war er ja auch niedlich, aber trotzdem – was für ein Morgen! Sie rannte weiter. Endlich. Das Klassenzimmer von Professor Crawford – eine Oase inmitten der ganzen Verrückten hier. Professor Crawford trug weder ein närrisches Halloweenkostüm noch hatte er sein Zimmer mit Spinnen oder Totenköpfen dekoriert. Er saß einfach nur vorn an seinem Tisch und lächelte, vor sich einen Kasten. Ach ja. Heute bekamen sie ja ein neues Forschungsprojekt. Hannah schielte in den Kasten hinein. Irgendwas Silbriges. Also definitiv keine iBabys der nächsten Generation. Gott sei Dank. Sie schlüpfte rasch auf ihren Platz zwischen Sophie und Chloe.

»Ich gehe mal davon aus, dass ihr alle euren Highschool-Abschluss schaffen werdet«, eröffnete Professor Crawford mit seiner tiefen Stimme die Stunde. Leises Kichern erklang. »Manche von euch werden hier auf dem Campus bleiben. Als Wissenschaftler. Oder als meine Kollegen bei Myriad High. Dann könnt ihr mir einen Kaffee ausgeben.« Das Kichern wurde lauter. »Aber ein nicht unbeträchtlicher Teil von euch wird in die Welt hinausziehen und in der freien Wirtschaft arbeiten. Als Anwalt oder Arzt oder als Leiter eurer eigenen Firma.« Er sah sich um. »Die ihr dann hoffentlich nicht in den Konkurs treibt.« Gelächter brandete auf.

»Ihr glaubt, dass euch das nicht passieren könnte?« Professor Crawford lächelte. »Das geht schneller, als ihr denkt, selbst mit den besten und edelsten Absichten. Eine Firma zu leiten beinhaltet die unterschiedlichsten Aufgaben. Man muss kalkulieren können. Man muss seine Belegschaft gut behandeln. Man muss ein Händchen für Zeitgeist und gute Werbemaßnahmen haben. Man muss einen ethischen und moralischen Kompass besitzen, denn sonst kommt irgendwann jemand und deckt einen Skandal auf. Und man muss vor allem ein verdammt gutes Produkt haben.«

»Wie zum Beispiel iBabys«, rief jemand und das Gelächter steigerte sich zu regelrechter Hysterie. Einige Schüler reckten nun aber schon neugierig die Hälse nach den silbernen Dingern in dem Kasten vor Professor Crawford. Was war das? Worauf wollte er hinaus? Und was sollten sie testen? Schließlich hieß das Fach doch *Product Testing*.

»Nun, ich will euch nicht länger auf die Folter spannen.« Er zwinkerte der Klasse zu. »In eurem nächsten Projekt werdet ihr eure eigene Firma gründen, leiten und erfolgreich an die Börse bringen.«

Was? Ein Tumult brach los.

»Gemach, gemach.« Professor Crawford wedelte beschwichtigend mit den Händen. Hannah wechselte einen Blick mit Chloe. Es gab einen Haken an der Sache. Natürlich, bei Professor Crawford gab es ja immer noch eine kleine Zusatzüberraschung.

»Eine virtuelle Firma natürlich«, erklärte er auch prompt. »Wir wollen euch selbstverständlich nicht live auf irgendwelche ahnungslosen Angestellten loslassen. Jeder von euch bekommt ein Startkapital von einer Million My-coins.«

»So was wie Bit-coins?«, fragte jemand begeistert dazwischen. Es war Ariana, ein Mädchen aus dem Cheerteam, die aufgeregt auf ihrem Kaugummi herumkaute.

»Jawohl, Ariana. Aber mit My-coins kannst du dir im Darknet keinen Auftragskiller für deinen Mathelehrer kaufen. Die gelten nur auf Myriad. Und nur für euer Projekt.« Ariana kicherte haltlos, bekam Schluckauf und kicherte daraufhin noch hysterischer. Professor Crawford erhob die Stimme.

»Außerdem stehen euch allen hundert virtuelle Angestellte zur Verfügung, im Moment noch geschlechtslos und ohne Jobtitel. Ihr entscheidet, was eure Firma herstellt. Wie viele Leute in die Produktion gehen, wie viele in die Büros, was genau sie machen müssen und so weiter. Die Schüler aus den zehnten Klassen verfolgen die Entwicklung eurer Firmen online. Sie haben ebenfalls My-coins erhalten und können an einer virtuellen Börse in eure Firmen investieren und Aktien erwerben. Die Firma mit dem größten Aktienwert gewinnt am Ende das Projekt, ganz einfach. Das Gewinnerprojekt wird anschließend von Myriad als echte Firma etabliert. Der Gewinner kann also Arbeitsplätze in der realen Welt schaffen. Und sollte zum Beispiel Ariana eine Kaugummifabrik gründen, denn Kaugummis sind ganz offensichtlich ihre Leidenschaft, dann müsste sie schon einen ganz besonders großartigen Kaugummi entwickeln, damit irgendein Mensch in ihre Firma investiert. Hier ist Originalität gefragt.«

Mit einem angestrengten Gurgeln verstummte Arianas Lachen und endete in einem verlegenen Husten.

»Was ist der Sinn der Sache, werdet ihr euch fragen?« Professor Crawford ließ den Blick durch den Raum wandern. »In absehbarer Zeit werden Möchtegern-Geschäftsgründer und Start-up-Unternehmen ihre Geschäftsidee mit unserem Produkt erst als virtuelles Projekt testen können. Auf diese Weise hat man schon eine Testrunde hinter sich, bevor man mit echten Geldern und Menschen seine Firma möglicherweise in den Sand setzt.«

Eine virtuelle Firma also. Das klang gar nicht so übel, fand Hannah, auch wenn sich bereits ihre Gedanken überschlugen, was um Himmels willen ihre Firma denn herstellen sollte. Sie hatte nicht die leiseste Ahnung von Business.

»Ist das so wie bei den Sims?«, erkundigte sich ein Junge. »Wo man aufpassen muss, dass ihnen nichts passiert und ihr Haus nicht abbrennt und so? Also ich meine nur, ich spiele das … ich hab das früher immer gespielt und äh …« Er verhaspelte sich und sank verlegen tiefer in seinem Sitz. Jemand lachte.

»Gute Frage. Sehr gute Frage«, erwiderte Professor Crawford und der Junge richtete sich erleichtert wieder etwas auf. »Genauso ist es. Ihr müsst die Firma überwachen, und zwar mehr oder weniger nonstop, wie im richtigen Leben.«

»Wie sollen wir denn das schaffen?«, fragte Ariana entsetzt.
»Ich hab viermal in der Woche Cheertraining.«

Hannah verdrehte die Augen. Ariana ließ keine Gelegenheit aus, die Welt auf ihren Status als Cheerleader hinzuweisen.

»Ah!« Professor Crawford hob den Zeigefinger und schmunzelte vergnügt. Er griff in den Kasten. »Dabei hilft euch das hier. Ein Business-Armband. Oder Buzzband, wie ich es nenne. Ich finde, das klingt besser. Das Armband gehört zu dem Projekt dazu, auch die Endkonsumenten bekommen später eins. Das Buzzband macht euch mit Geräuschen und Nachrichten auf die Zustände in eurer Firma aufmerksam. Wenn die Produktionsabläufe stocken, wenn ein Feuer ausbricht, die Aktien fallen, die Belegschaft streikt und so weiter.«

Ein Murmeln erklang. Aber Professor Crawford brachte die Klasse mit einer Handbewegung zum Schweigen. »Natürlich nicht während der regulären Unterrichtszeit und auch nicht zwischen 23 Uhr und 6 Uhr morgens. Wir sind ja nicht so.«

»Trotzdem ein Haufen Arbeit«, murrte Ariana.

»Da hast du völlig recht. Alleine ist das kaum zu schaffen. Und deshalb bekommt jeder von euch einen Business-Partner, mit dem ihr die Firma gemeinsam gründet und leitet. Nehmt euch jeder ein Buzzband.« Er lief die Reihen ab, ein Lächeln umspielte dabei seine Lippen und Hannah ahnte nichts Gutes. Das letzte Mal, als er ihnen die iBabys aufgedrückt hatte, hatte er auch so gelächelt – so voller Vorfreude, fast genüsslich. Aber wo konnte hier schon der Haken sein? Sie nahm sich ein Buzzband aus dem Kasten, gefolgt von Sophie. Als Chloe eins nehmen wollte, zog Professor Crawford den Kasten zurück. »Du nicht.«

»Was?« Chloe zuckte zusammen. »Wieso denn nicht?«

»Komm nach der Stunde zu mir«, erwiderte er nur.

Chloe sah zu Hannah und Sophie und runzelte die Stirn. Hannah zuckte mit den Schultern. Keine Ahnung, was das bedeutete.

Sie streifte sich das Buzzband über. Es sah eigentlich schick aus, das Metall war angenehm weich und kühl.

»In wenigen Momenten wird ein Symbol auf eurem Buzzband erscheinen.« Professor Crawfords Lächeln wurde breiter. »Bei jeweils zwei Leuten im Raum erscheint dasselbe Symbol. Das bedeutet, dass ihr für die Dauer des Projekts Geschäftspartner seid. Ich würde euch raten, so schnell wie möglich zusammen eine Entscheidung zu treffen, was ihr produzieren wollt. Das Startkapital von einer Million My-coins verringert sich mit jeder Stunde um hunderttausend. Bis heute Nachmittag um 15 Uhr müsst ihr eure Firma auf dem Buzzband oder im Onlineportal angemeldet haben. Seid ihr so weit?«

Die Klasse nickte verwirrt. Geschäftspartner? Und bis 15 Uhr eine Firma gründen? Ein Gong ertönte und auf den Buzzbands leuchteten kleine Symbole auf. Hannah hatte ein grünes Kleeblatt. Wer hatte noch ein grünes Kleeblatt? Sie sah sich suchend um. Nicht Sophie, die hatte ein rosa Herz.

»Ey, Hannah, ich glaube du bist mein Geschäftspartner«, sagte eine Stimme hinter ihr. Sie fuhr herum. Kyle. Kyle sollte die nächsten Wochen lang mit ihr eine Firma leiten? Das war ja wohl ein schlechter Witz oder?

»Du?«, stammelte sie fassungslos. Oh Gott, das bedeutete, dass sie alles alleine machen musste. Kyle war bei so einem Projekt komplett unfähig und nutzlos. Was sollte sie nur herstellen? Bio-Kosmetik? Künstlerbedarf? Nein, das gab es schon zuhauf, es musste was Originelles sein, das hatte Professor Crawford ja selbst gesagt, also vielleicht Bio-Kosmetik, die man gleichzeitig essen konnte? Oder war das eher eklig? Künstlerbedarf, der aus

Unkraut hergestellt wurde? Das wäre umweltfreundlich *und* originell. Oder doch nicht? Verdammt, wie sollte sie bis 15 Uhr etwas finden?

»Du kannst dich glücklich schätzen, dass ich dein Partner bin, ich habe nämlich schon voll die geile Idee. Ist schon alles geregelt.« Kyle tippte auf seinem Buzzband herum und wollte noch etwas hinzufügen, doch dann sah er nach rechts zu Sophie und seine Augen verengten sich vor Neid. Hannah folgte seinem Blick und beobachtete etwas, das ihr eigenes Schicksal verblassen ließ. Es war Evan. Er strahlte vor Glück und zeigte Sophie das Symbol auf seinem Buzzband. Ein rosa Herz.

»Muss höhere Macht sein, mein Businesspartner, was?«, bemerkte er fröhlich. Sophie starrte ihn nur an, unfähig, in irgendeiner Weise zu reagieren. Die melodische Schulklingel erklang und signalisierte das Ende der Stunde. Die Türen des Klassenzimmers öffneten sich automatisch und Sekunden später liefen die ersten Schüler draußen im Gang vorbei.

Ein leichtes Zwicken zwang Hannah, ihren Blick auf ihr Buzzband zu richten. Eine Schrift flackerte auf. *Eure Businessidee wird geprüft.* Shit, das Ding lief ja schon. Und was für eine Businessidee überhaupt?

»Kyle, was zum …?«, fragte sie langsam.

»Ja, da freust du dich, nicht? Ich hab eben schon was eingereicht. Damit haben wir uns gleich die Million gesichert.«

Wieso hatte Kyle schon etwas eingereicht? War der verrückt geworden? »Spinnst du?« Sie fixierte ihn voller Wut. »Du kannst das doch nicht ohne mich entscheiden. Wir sind Partner, verdammt noch mal!« Hannah presste auf dem Buzzband herum, aber dort tickte nur eine kleine Uhr. *Eure Businessidee wird immer noch geprüft.*

Kyle winkte lässig ab. »Reg dich nicht auf, es ist eine super Idee, das wird voll abgehen, es ist …«

»Leute!« Chloe kam mit geröteten Wangen von Professor Crawford zurück. »Ihr glaubt nicht, was ich machen darf«, platzte sie atemlos heraus.

»Was denn?«, fragte Hannah und versuchte, den Neid in ihrer

Stimme zu unterdrücken.

»Ich darf die Forschungsgruppe iBabys leiten«, jubelte Chloe. »Weil Chucky unter meiner Erziehung so unglaublich intelligent geworden ist. Die sieben intelligentesten iBabys in der Schule wurden einbehalten und werden weiterentwickelt, um zu sehen, inwieweit man sie noch verbessern kann. Und ich bin Team-Leader!«

»Gratuliere«, quetschte Hannah heraus. Das Buzzband summte laut. *Vorschlag angenommen.* Sie stöhnte. »Kyle? Was ist es? Was hast du vorgeschlagen?«

»Und jedenfalls werde ich da …« Chloe brach plötzlich ab. Sie sah an Hannah vorbei auf irgendwas hinter ihr. »Oh.«

»Was ist denn?« Hannah drehte sich um. Keine fünf Meter von ihr entfernt draußen im Gang standen Allyssa und Ryan. Nein, sie standen nicht nur da, sie hielten sich eng umschlungen und küssten sich. Hannah spürte, wie ihr das Blut ins Gesicht schoss. Das war jetzt nicht wahr, oder? Das durfte einfach nicht wahr sein. Was für ein Scheißtag war das heute nur?

»Die beiden sind jetzt zusammen«, hörte sie Sophie im Ton einer besorgten Krankenschwester raunen.

»No way«, murmelte Chloe und dann sagte sie auch noch etwas anderes, aber das verstand Hannah leider nicht, weil Kyle dazwischenquatschte.

»Also pass auf, es ist genial. Es ist eine Firma namens *Fun-Fart,* denn es ist eine Firma für …« Er trommelte dramatisch mit den Fingern auf den Tisch und brüllte dann: »Furzkissen!«

Hannah starrte ihn an. Um sie herum brachen die anderen in Gelächter aus.

Sophie

»Willst du mit mir spielen?« Sophie fuhr erschrocken zurück. Mann, an jeder Ecke in der Schule lauerte ein weiteres Halloweenmonster. Dieses hier war eine kleine Schaufensterpuppe, ein Mädchen in einem blutbesudelten weißen Nachthemd, das auf einer Schaukel in einer Ecke der Mädchentoiletten saß. Sie schwang hin und her, und jedes Mal wenn sie zurückschwang, glühten ihre Augen in einem unheimlichen Rot. »Willst du mit mir spielen?«, röchelte sie unentwegt in einer Art Sprechgesang. Sophie seufzte. Dieses Jahr hatte sie irgendwie überhaupt keinen Bock auf Halloween und der Grund hieß Ben. Sie hatte ihm die tolle Idee unterbreitet, als ein berühmtes Paar zusammen zum Halloweenspektakel zu gehen – Bonnie und Clyde oder Romeo und Julia oder so etwas, aber er hatte nur genervt abgewinkt und gesagt, dass er Paarkostüme hasste. Überhaupt war er in letzter Zeit so komisch. Seit Homecoming, genau genommen. Keine Zeit hier und keine Lust da, er hatte weder ihre neue Frisur kommentiert, noch schien ihn irgendwas zu interessieren, was sie ihm erzählte, dabei war sie doch so stolz darauf, dass sie endlich im Cheerteam war.

Sophie wusch sich die Hände, zog sich die Lippen mit Lipgloss nach und versuchte ein Lächeln. Ihr Spiegelbild lächelte zurück, wenn auch ein wenig frustriert. Sie fühlte sich von Ben vernachlässigt, sie konnte das Kind ruhig beim Namen nennen. Vernachlässigt und aus seinem Leben ausgeschlossen. Das Buzzband an ihrem Handgelenk vibrierte.

Evan hat die Firmenbereiche eingeteilt: Design, Produktion, Buchhaltung, Marketing und Werbung, Öffentlichkeitsarbeit. Er bittet um deine Zustimmung.

Ach, Evan. Das war ja toll. Fast gegen ihren Willen musste Sophie lächeln. Zuerst wäre sie ja am liebsten schreiend weggerannt, weil Evan ihr Businesspartner war, aber ehrlich gesagt war die Zusammenarbeit bislang fantastisch. Er überließ Sophie alle Entscheidungen und hatte ihr sofort zugestimmt, ein Modeimperium aufzubauen. Es hieß *Perfect Fit*, weil schließlich nicht jeder Mensch dieselbe Größe hatte. In Sophies Firma konnte jedes Teil bestellt und in Rekordzeit maßgeschneidert werden. Egal wie dünn, dick, klein oder groß man war, ob man nur einen Arm hatte oder nur ein Bein oder sonst welche Behinderungen. Die Idee war ihr schon vor einer Weile gekommen, als sie festgestellt hatte, dass ihre zwanzigjährige Cousine Baily, die das Down-Syndrom hatte, in den meisten Klamotten entweder unförmig oder zu kindisch aussah, weil sie nie richtig passten. Wenn Sophies virtuelle Firma gewinnen und tatsächlich realisiert werden sollte, dann würde Baily als Erste dort einkaufen dürfen, das hatte Sophie sich geschworen.

Dank an Evan, schrieb sie zurück. *Alles bestens, gute Arbeit! Produktion kann losgehen.*

Die Tür schwang auf und zwei Mädchen stürzten herein und kreischten erwartungsgemäß los, als das schaukelnde Kind sie ebenfalls fragte, ob sie mit ihm spielen wollten.

Okay, raus hier. Sophie straffte sich und machte sich auf den Weg in die Cafeteria. In wenigen Minuten würde sie Ben dort wie immer zum Lunch treffen, und der sollte sie nicht so niedergeschlagen sehen, denn sie wusste, dass ihn das nervte.

In der Cafeteria konnte sie Hannah oder Chloe nirgendwo entdecken, deshalb steuerte sie einen Tisch an, an dem Ariana aus dem Cheerteam saß. Sophie setzte sich ihr gegenüber hin und öffnete ihren Rucksack. »Wer ist eigentlich dein Businesspartner?«, erkundigte sie sich bei Ariana.

Die sah hoch. »Ähm, Entschuldigung? Hat dir eigentlich irgendeiner erlaubt, hier zu sitzen?«

Was sollte das denn jetzt? Sophie lachte ungläubig. »Wieso soll mir das jemand erlauben? Hier bist doch nur du.«

»Eben. Und du hast mich nicht mal gefragt. Zufällig sind diese Plätze hier alle reserviert. Für meine Freundinnen«, fügte Ariana in einem Ton hinzu, der klarstellte, dass Sophie nicht dazugehörte.

Was war denn mit der los? Tickte die jetzt völlig aus? Vor ein paar Tagen erst hatte Sophie sie nach dem Cheertraining in ihrem Auto mit ins Internat zurückgenommen, weil Arianas Auto keinen Saft mehr hatte. Und jetzt das.

»Okay«, sagte Sophie langsam. Sollte sie sich das gefallen lassen? Oder einfach sitzen bleiben? Aber wollte sie denn an einem Tisch mit jemandem sitzen, der ganz offensichtlich keinen Wert auf ihre Gesellschaft legte und irgendwie hormonell durchgeknallt war? Auf Arianas Stirn blühten mehrere Pickel. Das musste der Grund für ihre üble Laune sein. Sophie stand unschlüssig wieder auf, gab ein verächtliches kleines Geräusch von sich und begab sich zu einem Tisch in der Nähe, der gerade frei wurde. Täuschte sie sich oder huschte ein triumphierendes Lächeln über Arianas Gesicht? Blöde Kuh. Sophie setzte sich und bestellte auf dem Tablet am Tisch einen Protein-Shake, obwohl sie eigentlich Hunger auf etwas Richtiges hatte, aber als Cheerleader musste man eben Opfer bringen. Sie schielte auf ihr Handy. Keine Nachricht von Ben. Wo blieb er denn nur? Am Nebentisch lachte jemand, und als Sophie aufsah, bemerkte sie, wie zwei andere Mädchen aus dem Cheerteam, deren Namen sie sich noch nicht gemerkt hatte, sie anstarrten und kichernd miteinander flüsterten. Sie spürte, wie eine nervöse Unruhe sie befiel. Was war hier eigentlich los? Hatte sie irgendwas falsch gemacht? Sie zermarterte sich das Hirn, aber ihr fiel beim besten Willen nichts ein. Sie war zu allen im Cheerteam nett, sie strengte sich an, sie kam zu jedem Training, sie verteilte rechts und links Komplimente. Nein, sie hatte nichts falsch gemacht.

Am Eingang der Cafeteria bildete sich jetzt ein kleiner Menschenauflauf. Was war denn da los? Sophie verrenkte sich den Hals. Olli, der Schimpanse, kletterte dort eine der Verbindungsrutschen hoch und die Menge lachte und rief irgendwas, aber da war niemand, den sie kannte, und Ben erst recht nicht. Resigniert holte sie ihren Laptop aus der Tasche. Wenn sie hier schon ewig auf Ben warten musste, konnte sie wenigstens mit den Mathehausaufgaben anfangen. Das Buzzband meldete sich erneut.

Evan hat die Produktion der ersten fünfhundert Kleider überwacht. Sie sind bereits verkauft. Erstes Interesse der virtuellen Börse an eurer Firma.

Wow. Sophies Laune besserte sich augenblicklich. Ein Schatten fiel auf sie, und in der Annahme, es sei die Servierdrohne, sah sie hoch. Es war aber nicht die Drohne, es war Evan.

»Hey, Sophie. Freust du dich? Ist das nicht toll, wie *Perfect Fit* läuft?« Er strahlte.

»Ja, total«, erwiderte sie. »Du bist ein super Businesspartner.«

»Ach, tatsächlich?« Evan schien überrascht.

»Ja. Danke, dass du so mitziehst.« Sophie lächelte ihn an.

»Jederzeit. Freut mich doch, wenn ich die dunklen Wolken für dich vertreiben kann.« Er erwiderte ihr Lächeln.

»Dunkle Wolken?«

»Im Kopf. Du siehst ein bisschen traurig aus.« Evan setzte sich ihr gegenüber. Die Servierdrohne lieferte den Shake am Tisch ab und er schob ihn Sophie zu.

»Danke.« Ben würde ein Gesicht ziehen, wenn er Evan hier sitzen sah, aber da konnte Sophie jetzt auch nichts machen. Wenn sie Evan hier nicht sitzen ließ, benahm sie sich genauso bescheuert wie Ariana, die im Übrigen immer noch alleine da drüben saß. Von wegen Freundinnen … Außerdem tat Evan Sophie leid. Ja, er hatte etwas Blödes angestellt, aber verdiente nicht jeder eine zweite Chance? Zu ihr war er immer nett gewesen und er bemühte sich ja ganz offensichtlich um Kontakt und Anschluss und Wiedergutmachung. Sogar dem komischen Earth Club war er beigetreten, das hatte jedenfalls Hannah erzählt.

»Wie geht's dir denn so?«, erkundigte sie sich höflich bei ihm. Evan öffnete den Mund, doch in dem Moment summte eine Nachricht auf Sophies Handy herein. Von Ben, na endlich.

»Sorry«, murmelte sie in Evans Richtung und tippte auf die Nachricht.

Sophie – ich mach es kurz und schmerzlos, das mit uns ist vorbei. Sorry, aber ich liebe dich einfach nicht mehr, schon seit einer ganzen Weile nicht, und deswegen finde ich es besser, wir trennen uns. Nicht böse sein, aber es gibt da auch jemand Neues für mich. Gruß, Ben

In Sophies Kopf setzte ein Rauschen ein. Es wurde immer lauter und lauter und übertönte alles um sie herum. Sie sah, wie Evans Mund auf- und zuklappte, aber nichts von dem, was er sagte, drang zu ihr durch. Das war doch ein Witz. Wahrscheinlich steckte Kyle dahinter. Doch im nächsten Moment wusste sie, dass das nicht sein konnte. Kyle würde ihr so etwas nicht antun, der mochte sie, auch wenn er sonst niemanden auf der Welt zu mögen schien. Es war wahr. Ein Schluchzen bahnte sich den Weg in ihrem Hals nach oben. Ben hatte eben mit ihr Schluss gemacht. Einfach so. Nach all der Zeit zusammen und ohne Grund. Nein, nicht ohne Grund. *Ich liebe dich einfach nicht mehr … es gibt da auch jemand Neues für mich.* Ben hatte eine andere. Tränen schossen ihr in die Augen, sie vergrub das Gesicht in den Händen.

»… denn los?«, hörte sie Evan jetzt fragen. Er klang hilflos.

Sie sah auf. »Es ist Ben«, presste sie hervor. »Er hat …« Sie konnte es einfach nicht aussprechen und schob Evan wortlos ihr Handy hin. Aus den Augenwinkeln nahm sie wahr, dass die beiden Cheerleader am Nachbartisch tuschelten und ungeniert zu ihr herüberstarrten. Ein Kichern erklang und plötzlich verstand Sophie. Die wussten bereits davon. Wieso wussten die davon? Wusste Ariana das auch? Mit wildem Blick sah Sophie sich um. Ein spöttisches Grinsen lag auf Arianas Gesicht. War sie etwa Bens Neue? Nein, niemals würde Ben auf Ariana stehen. Aber Ariana wusste irgendwas, da war Sophie sich ganz sicher. Sie wollte gerade aufstehen und Ariana zur Rede stellen, als sie deren Blick bemerkte, der jetzt zur Eingangstür der Cafeteria wanderte. Ben kam herein. Und nicht alleine. Er hatte den Arm um ein blondes Mädchen gelegt. Maddie Thayers, ehemalige Beauty-Pagant-Gewinnerin mit ellenlangen Beinen und einem Hofstaat von ergebenen Freundinnen. Kapitän des Cheerteams und ein Jahr älter als Sophie. Die absolute Trophäe für einen Jungen wie Ben. Das Rauschen in Sophies Kopf wurde immer lauter, sie sah die anderen lachen, alle lachten, sogar Olli, der Schimpanse, hatte seinen Mund zu einem höhnischen Grinsen verzerrt und schüttelte sich. Lachten die alle über sie?

»Was für ein Idiot«, hörte Sophie Evan sagen, der ihr das Handy zurückgab. »Der weiß doch gar nicht, was er an dir hatte. Vergiss ihn. Oh nein!«

»Was denn?«, stammelte Sophie.

»Fünfzehn Nähmaschinen sind ausgefallen«, hörte sie Evan sagen. »Und ein Designer hat gekündigt, weil er einen Wutanfall hatte. Ich kümmere mich drum.« Er tippte wie wild auf seinem Buzzband herum.

»Danke«, murmelte Sophie mechanisch. Einen Wutanfall würde sie jetzt auch gleich bekommen.

Evan

Er sah Sophie nach, wie sie mit bebenden Schultern und hängendem Kopf aus der Cafeteria eilte. Glücksgefühle durchrieselten ihn, als hätte er gerade im Lotto gewonnen. Sophie war frei. Dieser Vollidiot Ben hatte sie fallen gelassen wie eine heiße Kartoffel, und wenn Evan nicht schon vorher gewusst hätte, wie unglaublich beschränkt und dämlich Ben war, dann wüsste er es spätestens jetzt. Wie konnte man ein Mädchen wie Sophie nur so behandeln? Wie konnte man sie nicht zu schätzen wissen? Da vorn saß der Trottel, den Arm um diese langweilige Cheerleadergans gewickelt, die seiner Sophie nicht das Wasser reichen konnte.

Nichtsdestotrotz – der Anblick wärmte Evan das Herz und gab ihm Auftrieb, denn jetzt stand seiner gemeinsamen Zukunft mit Sophie nichts mehr im Wege. Alles nur noch eine Frage der Zeit. Sie hatte ihn angelächelt und dann hatte sie ihren schrecklichsten Moment mit ihm geteilt. Ihm hatte sie zuallererst ihr Handy mit der niederschmetternden Nachricht zum Lesen gegeben. *Ihm* und nicht einer ihrer Freundinnen wie Hannah oder dieser Chloe, seiner Erzfeindin Nummer eins. Er war jetzt nicht nur Sophies Businesspartner, sondern auch ihr Vertrauter und Freund. Und er würde ihr beistehen, bis ihr gar nichts anderes mehr übrigbleiben würde, als sich in ihn zu verlieben. Ein Film lief vor seinem inneren Auge ab, in dem er Hand in Hand mit Sophie über den Campus lief. Darin trug sie ein kurzes helles Sommerkleid und blieb ab und zu stehen, um sich an ihn zu schmiegen, weil er ihr Beschützer war und weil sie allen Leuten zeigen wollte, dass sie beide zusammengehörten und …

»Hey, Psycho. Du läufst ja immer noch frei herum.«

Evan schreckte aus seinem Tagtraum auf und sah hoch. Vor

ihm stand Kyle mit seinem Kumpel, dieser Knalltüte Jake Manner. Sie grinsten beide verächtlich und gleichzeitig voller Vorfreude. Waren auf Stänkerei aus, das konnte er spüren. Nach allem, was ihm in Idaho widerfahren war, hatte er schließlich eine

Antenne für so etwas entwickelt. Früher hatte er sich in solchen Situationen immer befohlen, ruhig zu bleiben, zu lächeln, Streit zu vermeiden. Aber das half überhaupt nichts, das wusste er jetzt. Selbst Miss Abercrombie, zu deren unerträglich öden Therapiesitzungen er immer noch musste, hatte ihn dazu ermuntert, »ein wenig selbstbewusster zu agieren«. Und deshalb stand Evan jetzt auf und trat so nah an Kyle heran, wie es ihm möglich war.

»Hast du ein Problem mit mir?«, fragte er leise, aber deutlich.

»Ich habe generell ein Problem mit Psychokillern.« Kyle erhob die Stimme und sah sich Beifall heischend nach allen Seiten um, aber in seinen Augen flackerte es nervös. Er hat Angst, begriff Evan auf einmal. Er hat Angst vor mir. Das Glücksgefühl von eben kehrte zurück.

»Ich wäre mal ein bisschen vorsichtiger mit dem, was ich herumerzähle«, entgegnete er ebenso leise wie vorher. »Das endet manchmal böse.«

Kleine Schweißtropfen erschienen auf Kyles Stirn. »Du bist doch pervers«, stieß er hervor. »Du tickst doch nicht ganz richtig. Was hast du mit Caitlin gemacht? Wir wissen alle, dass die Campus-Security dich verdächtigt. Die haben dich verhört.«

Die Köpfe der Leute an den Nachbartischen fuhren herum.

Evan entgegnete nichts. Er lächelte Kyle nur an und sah ihm dabei in die Augen. Wie im Tierreich, dachte er. Wer zuerst den Blick abwendet, hat verloren. Es war Kyle. Er wich Evans Blick aus und zog Jake Manner am Ärmel weg. »Der totale Freak«, hörte Evan ihn sagen.

Die Leute an den Nachbartischen starrten noch eine Weile, aber als nichts weiter geschah, wandten sie sich wieder ihren Burgern und Salaten zu. Evan setzte sich. Diese verdammte Sache mit Caitlin … Er hätte ihr diese letzte Nachricht nicht schreiben sollen, das war ihm mittlerweile klar. Aber niemand konnte ihm etwas nachweisen, auch nicht die Campus-Security. Er hatte ein Alibi, und zwar von Miss Abercrombie persönlich, denn zum Zeitpunkt von Caitlins Verschwinden hatte er sich in deren kitschig dekoriertem Zimmer aufgehalten und ihr irgendwas von seiner schweren Kindheit erzählt. Dass die Psychotussi sich noch einmal als so nützlich erweisen würde, hätte er nie gedacht. Evan atmete tief durch. Vermutlich würden sie nie rauskriegen, wo Caitlin war. Wie viele Mädchen verschwanden jährlich in Kalifornien? Hunderte. Und wie viele wurden gefunden? Eben.

Sein Buzzband vibrierte und teilte ihm mit, dass die Nähmaschinen wieder in Ordnung waren. Gott sei Dank. Er musste dieses Projekt mit Sophie unbedingt gewinnen, denn dann würde er noch mehr in ihrer Achtung steigen. Zusammen waren sie unschlagbar, auch wenn ihm Mode für Einarmige und Deformierte so was von egal war. Er streichelte das Buzzband. Wer hätte gedacht, dass ein kleines Stück Metall mit Chip ihn so glücklich machen könnte?

Draußen an der Glaswand ging Sophie vorbei und sah mit rot geweinten Augen zu ihm rein. Verdammt, wenn sie ihn hier so grinsen sah, würde sie glauben, er lache über sie. Er musste an etwas Trauriges denken. Er rief sich das Bild seiner toten Katze Minky ins Gedächtnis zurück. Der schmächtige kleine Katzenkörper, über Nacht im Schnee nach einer endlosen Odyssee zurück nach Hause erfroren, starr und steif, die Augen gebrochen und leer. Den ganzen Abend lang hatten seine Eltern die Katze im Garten und in der Nachbarschaft gesucht, ihren Namen gerufen, später sogar mit Taschenlampen die Straße abgeleuchtet. Alle Nachbarn hatten sich beteiligt. Evan, damals zehn Jahre alt, hatte bitterlich geweint, als sein Vater die Suche schließlich resigniert abbrach, weil ein Schneesturm einsetzte und man überhaupt nichts mehr sah.

»Katzen haben sieben Leben«, hatte er Evan zu trösten versucht.

Bei der Erinnerung daran traten ihm Tränen in die Augen und Sophie nickte ihm von draußen kurz zu. Sein Herz machte einen Hüpfer. So war seine tote Katze doch noch zu etwas nütze. Ruhe in Frieden, Minky.

Ryan

Wenn er mit Allyssa zusammen war, vergaß er irgendwie alles um sich herum. Die Fünf in der Mathearbeit, die letzte Bandprobe, bei der nichts geklappt hatte, das Halloweenspektakel heute Abend, bei dem er sich blöderweise bereit erklärt hatte mitzumachen und bei dem er als Zombie herumlaufen und Leute erschrecken musste, obwohl er seine Zeit lieber mit seiner neuen Freundin verbracht hätte. Mit Allyssa an seiner Seite vergaß er sogar manchmal, dass er seit dem Homecoming-Ball nichts mehr von seinem Vater gehört hatte. Langsam zweifelte Ryan sogar daran, dass die Nachricht damals wirklich von seinem Vater stammte. Aber wer sonst hätte von seinem Spitznamen Jimmy wissen können?

»Hey?« Allyssas warmer Atem streifte sein Gesicht. »Ist was?« Sie hauchte einen Kuss auf seine Wange, und wie immer in den letzten Tagen konnte Ryan sein Glück kaum fassen, dass die von allen begehrte Allyssa jetzt ausgerechnet seine Freundin war. Sie sah nicht nur total gut aus, sie war auch witzig und klug und sie hatte auch eine verletzliche Seite, auch wenn sie diese meist unter einem geradezu astronomisch großen Selbstbewusstsein versteckte. Irgendwas war in ihrer Vergangenheit passiert, aber sie sprach nie darüber. Wer hätte das besser verstehen können als er?

Bald war Halloween und sie saßen auf einer Bank im Innenhof bei der Fontäne, schmiegten sich aneinander, genossen ihre Freistunde und betrachteten das bunte Treiben um sie herum. Viele Schüler hatten ihre Halloweenkostüme schon an. Wie zu erwarten, gab es eine ausufernde Anzahl von sexy Kätzchen, Vampirbräuten, Hexen, Engelchen, Teufelchen sowie zwei leicht obszöne Rotkäppchen. Jake Manner war als Neandertaler verkleidet, ein Kostüm, das Ryans Meinung nach mit einer gewissen Weitsicht gewählt war, Kyle ging als Gruselclown mit Plastikmachete, die an seinem Gürtel baumelte, und Ben und seine neue Freundin gingen zusammen als Prinzessin Leia und Darth Vader. Allerdings konnte Ben keine drei Schritte laufen, ohne seinen albernen Helm abzunehmen, um nach Luft zu schnappen. Geschah ihm recht, fand Ryan, so wie der Sophie abserviert hatte. Außerdem fand er persönlich Paarkostüme bescheuert und Allyssa Gott sei Dank auch.

»Hey.« Sie stupste ihn an. »Guck mal, da.« Um die Ecke rollte etwas, das wie ein gigantischer Ballon aussah. Es handelte sich um Mr Howard auf seinem Segway, der seine ohnehin schon massigen Ausmaße noch verdoppelt hatte, indem er einen gigantischen Erdball als Kostüm trug. »Hier kommt Mutter Erde, weg da aus meiner Umlaufbahn«, rief er den kichernden Schülern zu. »Manner, hast du dein Essay endlich fertig? Heute ist deine letzte Chance! Danach implodieren deine Noten!« Jake Manner grunzte etwas als Antwort und sprang dann erschrocken zur Seite, weil sich etwas riesiges Braun-Gelbes durch die Glastür zwängte. Im ersten Moment dachte Ryan, dass jemand einen großen runden Tisch nach draußen in den Innenhof wuchtete, doch dann erkannte er Yella. Sie steckte in einer Art braun-gelbem Ganzkörperkondom und trug einen enormen Panzer auf ihrem Rücken, mit dem sie überall anstieß.

»Was soll das denn darstellen?«, erkundigte Jake Manner sich verblüfft.

»Eine madagassische Schnabelbrust-Schildkröte«, erklärte Yella hoheitsvoll. »Aus Recycle-Pappe gebaut.«

»Hä?« Jake Manner umrundete sie interessiert.

»Eine vom Aussterben bedrohte Tierart. Es gibt nur noch zweihundert Stück auf der ganzen Welt.«

»Na, Gott sei Dank.« Jake Manner grinste. »Sehen ja voll scheiße aus, die Viecher.« Er wieherte los, die Umherstehenden fielen mit ein.

»Idiot.« Yella schob ihn mit ihrem Panzer zur Seite und mähte ihn dabei fast um.

Allyssa prustete und presste ihr Gesicht an Ryans Schulter. »Ich schmeiß mich weg«, schnaufte sie, von einem Lachkrampf geschüttelt. Ryan verkniff sich ein Lachen, weil Yella genau in diesem Moment beleidigt zu ihm hinübersah, und drückte stattdessen ganz fest Allyssas Hand. Seine Finger berührten etwas Raues an ihrem Unterarm. Ein großes Pflaster.

»Hast du dich geschnitten?«, fragte er besorgt.

»Nein.« Allyssa hörte auf zu lachen und zuckte unmerklich weg.

Jetzt erinnerte er sich. War da nicht immer so eine Tätowierung gewesen? Er hatte nie richtig darauf geachtet. »Ist da dein Tattoo drunter? Ist es entzündet?«

»Da *war* mein Tattoo«, verbesserte Allyssa. »Das ist jetzt vorbei.« Täuschte er sich oder wirkte sie auf einmal angespannt? Jetzt verzog sie den Mund, denn Hannah kam in ihre Richtung, Hand in Hand mit Matt. Sie trug ein schillerndes Nixenkostüm, garantiert hatte sie es selbst genäht. Sie sah umwerfend aus und wie immer zog sich Ryans Herz bei ihrem Anblick schmerzhaft zusammen. Hannah war die Einzige, die er nicht vergessen und ausblenden konnte, wenn er mit Allyssa zusammen war, und er wusste, dass Allyssa das merkte und dass es sie wurmte. Hannah hat dich nicht gewollt, ermahnte er sich selbst. Du warst nur zweite Wahl. Aber es half nichts. Der Anblick von Hannah, wie sie Matt anlächelte, traf ihn mitten ins Herz, sodass er sich abwenden musste. Er vergrub sein Gesicht in Allyssas Haaren und tat, als ob er Hannah gar nicht bemerkt hätte.

»Was glaubt ihr, wie die raffiniertesten Hacker vorgehen?«, fragte Mr Rolling wenig später, als Ryan in *Cyberspuren lesen* saß und jetzt eine Stunde lang auf Hannahs Hinterkopf gucken musste.

»Sie pflanzen dir einen Virus ein, den du nicht bemerkst«, kam es prompt als Antwort aus der ersten Reihe.

Mr Rolling, ein noch relativ junger Mann mit langen Haaren, selbst ehemaliger legendärer Hacker, der die Geheimakten einer

der größten Ölbohrunternehmens Amerikas an Umweltschützer weitergeleitet hatte und von Myriad kurz vor seinem Prozess unter mysteriösen Umständen freigekauft und als Lehrer verpflichtet worden war, lächelte nachsichtig.

»Falsch«, erwiderte er. »Der raffinierteste Hacker schleicht sich in dein Leben, noch bevor du überhaupt weißt, dass er es tut. Er studiert dein Social-Media-Profil. Die Namen deiner Freunde, Geschwister, deiner Haustiere, deiner Lieblingsband. Sind alles beliebte Passwörter. Die Glückwünsche online zu deinem Geburtstag von deinen Freunden liefern ihm dein Geburtsdatum, der peinliche Kommentar deiner Mutter auf Facebook verrät ihm ihren Namen. Jetzt guckt er auf ihr Profil, wo sie auch noch leichtsinnigerweise ihren Mädchennamen stehen hat, damit ihre alten Freundinnen aus der Highschool sie wiederfinden können. Eine der Standard-Sicherheitsfragen beim Onlinebanking ist der Mädchenname deiner Mutter. Jetzt hat unser Hacker alles, was er braucht, um sich in dein Bankkonto und dein Leben zu hacken und dir deine Identität zu klauen. Herzlichen Glückwunsch zum heutigen Geburtstag, Natascha Madison.« Er winkte einem fülligen Mädchen in der ersten Reihe zu. »Der Mädchenname deiner Mutter ist Willer, du hast einen Dackel namens George und einen Kater namens Spider. Spider01 ist das Passwort für dein Onlinebanking, George02 nimmst du für Social Media. Dein Kontostand betrug heute Morgen zweihundertfünfzig Dollar und zehn Cent. Als Letztes hast du Turnschuhe online gekauft. Das Bild von dir im Bikini vom letzten Sommer, das du auf deinem Social-Media-Profil gepostet hast, ist bereits über siebenhundertmal angesehen und zweiundvierzigmal runtergeladen worden, und wahrscheinlich willst du lieber nicht wissen, von wem alles.«

Ein Raunen ging durch die Klasse, Natascha Madison lief feuerrot an und sah sich verzweifelt um. »Ich empfehle dir, dir schleunigst ein besseres Passwort auszudenken.« Mr Rolling reichte Natascha ein Taschentuch, denn der traten jetzt vor lauter Schreck die Tränen in die Augen. »Das gilt im Übrigen für euch alle. Und jetzt sucht in eurem Spam-Ordner nach typischen Hacker-E-Mails der letzten Zeit und wir gehen sie gemeinsam durch.«

Eine Raunen und Murmeln setzte ein, mehrere Leute griffen reflexartig nach ihren Handys, Ryan ebenfalls.

»Dass wir keine E-Mails mit Anhang von unbekannten Empfängern öffnen sollen, das wissen wir natürlich«, hörte er Mr Rolling weiterreden, und wie auf Befehl summte genau in diesem Moment eine E-Mail auf Ryans Handy herein. Von irgendeinem lächerlichen Absender, jemand namens Braveheart. In der Betreffzeile stand *Dein Gewinn beim Preisausschreiben ist …* Ryan schüttelte fast amüsiert den Kopf. Dilettantischer ging es ja kaum noch. Für wie dumm hielten diese Leute ihn eigentlich? Er hatte nie bei einem Preisausschreiben mitgemacht, genau wie er auch keine Verwandten in Ghana oder China oder sonst wo hatte, die ihm angeblich Millionen von Dollars zu vererben hatten. Er stutzte. Diese Mail hatte gar keinen Anhang. Ein neuer Typ von Virus?

»Mr Rolling«, meldete er sich. »Ich hab da gerade so eine Mail bekommen.«

Mr Rolling hatte ihn nicht gehört, weil er immer noch tröstend auf Natascha Madison einredete. Ryan betrachtete die E-Mail erneut, ohne sie zu öffnen, und drehte sein Handy, damit er die ganze Betreffzeile lesen konnte.

Dein Gewinn beim Preisausschreiben ist Jimmi Hendrix' Gitarre!

Hastig sah er sich um. Konnte das sein? Sein Herz fing wild an zu klopfen.

Mr Rolling sah jetzt auf. »Hat sich eben jemand gemeldet?«

 Ryan saß starr auf seinem Platz und fixierte sein Handy. Er musste diese Nachricht lesen. Er musste es einfach, auch auf die Gefahr hin, dass er sich ausgerechnet im Fach *Cyberspuren lesen* einen üblen Virus einfing. Zum Glück meldete sich jetzt jemand anderes und lenkte Mr Rolling ab. Ryan holte tief Luft und öffnete die E-Mail.

Herzlichen Glückwunsch! Der Preis kann am 2.11. um 16 Uhr im Café Ladro in Wallingford abgeholt werden.

Das war von seinem Dad. Das war eine verschlüsselte Nachricht: Er wollte Ryan treffen, und zwar am 2.11. Das war in zwei Tagen. Erleichterung und Freude überfielen ihn so heftig, dass er beinahe laut geschluchzt hätte. Ryan verstand zwar nicht, warum sein Dad diesen seltsamen Weg gewählt hatte, um ihn zu kontaktieren, aber wenn er eins wusste, dann dass sein Dad wahrscheinlich Gründe dafür hatte. Ryan konnte kaum noch stillsitzen. Er musste unbedingt raus an die frische Luft und er musste das unbedingt jemandem erzählen. Aber der einzige Mensch, der etwas von seinem Vater wusste, war Hannah, und die saß vor ihm und hatte sich kein einziges Mal nach ihm umgedreht, weil sie nämlich ohnehin kaum noch mit ihm redete.

Hannah

Das Halloweenspektakel fand im Campus-Park statt und lief dieses Jahr unter dem Motto »Viktorianisches Irrenhaus«. Es gab eine Art Gruselmeile quer durch den Park, dabei musste man jeden Moment damit rechnen, dass einer der freiwilligen Akteure schreiend und in wehendem Nachthemd hinter einem Baum hervorgesprungen kam, es ging an diabolisch grinsenden Krankenschwestern vorbei, die alle Besucher mit überdimensionalen Spritzen verfolgten, man musste eine Krankenstation durchlaufen, in der die armen viktorianischen Irren – hauptsächlich Schüler der elften Klasse – an ihre Betten gefesselt um Hilfe schrien, und wenn man das alles geschafft hatte und sich in Sicherheit glaubte, fand man sich als letzte Station im Labor von Doktor Frankenstein wieder. Es war eine Riesengaudi und Hannah war vor lauter Kreischen schon ganz heiser. Selbst Sophie an ihrer Seite lachte und quiekte, dabei hatte sie erst gar nicht mitkommen wollen, weil sie hier garantiert auf Ben und seine neue Freundin treffen würden. Bislang war ihnen der Anblick jedoch erspart geblieben. Gott sei Dank, denn Hannah war sich nicht sicher, ob sie es schaffen würde, Ben gegenüber ruhig zu bleiben, so wütend war sie auf ihn.

»Hallo«, flüsterte es jetzt hinter ihr. »Willst du mit in meine Gummizelle?« Sie fuhr herum und blickte in das fratzenhaft geschminkte Gesicht eines der Schauspieler.

»Uh, bloß weg hier!«, rief Hannah und zog Sophie lachend mit sich. Wo war eigentlich Chloe? Die wollte doch auch kommen, angeblich sogar mit einer Überraschung? Aber bislang hatte Hannah sie noch nicht entdeckt. Sophie wurde jetzt irgendwie von ihr getrennt, weil zwei tanzende Kürbisse sich ihr in den Weg stellten und Hannah im Dunkeln über eine knorrige Wurzel stolperte. Sie wäre der Länge nach hingefallen, wenn sie nicht jemand aufgefangen hätte. Ein Zombie. Erschrocken fuhr sie zurück.

»Hoppla«, sagte der Zombie. »Nicht so stürmisch.« Es war

Ryan.

»Sorry.« Hannah trat sofort einen Schritt zurück und stolperte wieder über dieselbe Wurzel. Wie blöd konnte man sich eigentlich anstellen? Ryan hielt sie erneut fest.

»Ich würde mir an deiner Stelle lieber einen anderen Weg suchen«, meinte er.

»Sorry«, wiederholte Hannah. Ihr Herz hämmerte wie verrückt. Ryan hielt ihren Arm immer noch umklammert, dabei stand sie jetzt völlig sicher auf beiden Beinen. Ihr Buzzband vibrierte und ein Text erschien.

Dringendes Management-Meeting notwendig. Kyle ist nicht mit deiner Auswahl des Personals einverstanden!

Natürlich war er das nicht. Nachdem er eigenmächtig diese lächerliche Firma namens *Fun-Fart* gegründet hatte, eine Firma, deren Namen Hannah nicht mal aussprechen konnte, ohne dass sich ihr die Fußnägel hochrollten, hatte sie beschlossen, sich umgehend zu rächen, und deshalb die ganze Belegschaft weiblich gemacht, mit Ausnahme eines einzigen Mannes, der als Putzkraft arbeitete. Da das Projekt ohnehin zum Scheitern verurteilt war, konnte sie genauso gut Kyle, diesen Macho, ein bisschen ärgern. »Sorry«, sagte sie nun schon zum dritten Mal und deutete auf das Buzzband. »Kyle ist mein Businesspartner. Unsere Firma heißt *Fun-Fart*. An der Börse reißt man sich um uns.«

»Du Glückspilz.« Ryan grinste, auf seiner linken Wange waren freiliegende Zombie-Zähne täuschend echt aufgemalt und das Grinsen ließ ihn gespenstisch erscheinen.

»Dein Make-up sieht verdammt echt aus.« Hannah überlegte, ob sie jetzt einfach weitergehen sollte, aber wo blieb Sophie?

»Allyssa hat das gemalt.«

»Aha.« Hannahs Mund wurde ganz trocken. »Schön. Also … schön gruselig, meine ich.«

Sie schwiegen beide. Er hatte Allyssa sicher nicht ohne Grund erwähnt. Um Hannah unter die Nase zur reiben, dass er mit ihr zusammen war? Als ob Hannah das nicht längst wüsste.

»Wo ist Matt?«, erkundigte er sich.

»Zu Hause«, antwortete Hannah kurz angebunden. »Er hatte zu viele Hausaufgaben.« Das hatte er zumindest behauptet und sie gab diese Lüge daher einfach weiter. Wahrscheinlich beschäftigte Matt sich wieder mit diesem Dylan, für was anderes hatte er ja kaum noch Interesse. »Und wo ist Allyssa?«, fügte sie noch der Höflichkeit halber hinzu, obwohl das jetzt wie verbales Pingpong wirkte und sie außerdem nicht im Geringsten interessierte.

Ryan deutet vage in das Dunkel des Parks hinein. »Die ist irgendwo da vorn am Bach. Sie spielt eine Wasserleiche.«

»Wie cool.« Hannah machte sich eine gedankliche Notiz, auf gar keinen Fall am Bach vorbeizulaufen. »Na dann.« Sie setzte sich wieder in Bewegung.

»Warte.« Ryan schien noch etwas auf dem Herzen zu haben. Was denn noch? Es war doch alles gesagt.

Er druckste ein wenig herum, im Gebüsch raschelte es links und rechts, von irgendwoher erklang Kreischen und Gelächter und das nachgemachte Jaulen eines Werwolfs.

»Ich dachte eben, wir könnten vielleicht alle mal etwas …« Er suchte nach dem rechten Wort. »Unternehmen. Zusammen. Also du und ich, ich meine Allyssa und ich und du und Matt.«

»Was?«, fragte Hannah alarmiert. War das sein Ernst?

»Dann könnten Allyssa und Matt sich auch mal besser kennenlernen.« Es klang lahm und Ryan wusste es, sie konnte es in seinen Augen lesen, egal wie wild geschminkt die waren. »Das wäre doch … nett.«

»Ja. Total nett«, krächzte Hannah. Ein Doppeldate? Absolut niemals, das konnte er vergessen. »Aber ich muss jetzt weiter,

Sophie suchen.« Sie stolperte nach rechts und hielt sich vorbeugend an einem Busch fest. Sie fiel nicht, dafür trat ihr Fuß aber in etwas Nasses. Verdammt.

»Und … Hannah?«

Sie drehte sich um. »Ja?«

»Ich wollte dir nur sagen, neulich hat mein …« Ryan brach ab und setzte erneut an. »Ich wollte dir nur sagen – da vorn springen gleich zwei Gruselclowns hinter dem Schild hervor. Nicht dass du dich erschrickst.«

»Danke.« Sie war sich hundertprozentig sicher, dass er ihr etwas ganz anderes hatte sagen wollen, aber jetzt kam eine gackernde Mädchenmeute angelaufen und Ryan versteckte sich hinter seinem Baum, um gleich darauf in typischer Zombiemanier auf die Mädchen loszutorkeln.

»Iiiiih«, kreischten sie begeistert, und Hannah lief weiter, an den beiden Clowns vorbei, die sich mit viel Lärm auf sie stürzten und enttäuscht schienen, dass sie nicht erschrak. Endlich. Da vorn war schon das Licht der Zuckerwatte- und Popcornbuden, die das Ende der Gruselmeile signalisierten. *Zum Leichenbach hier lang,* lud ein handgemaltes Schild ein, aber Hannah verzichtete darauf, jetzt, wo sie wusste, dass Allyssa sie dort erwartete.

Ein Geräusch links in den Büschen ließ sie dennoch zusammenzucken. Ein Pärchen stand dort im Dunkeln und starrte sie ausdruckslos an. Das Mädchen war massig und hatte ein echt unheimliches Make-up aufgelegt und sich ein aknenarbiges und irgendwie wulstiges Gesicht geschaffen. Der Typ neben ihr trug ein kariertes Hemd, hatte einen Dreitagebart und sah mexikanisch aus. Die beiden sagten keinen Ton. Was sollten die denn darstellen? Hannah verlangsamte ihre Schritte. Das war gar kein Make-up an dem Mädchen. Das war echt.

»Einfach weitergehen«, sagte der Typ jetzt leise zu ihr. Er trat eine Zigarette aus. Sie konnte sich nicht erinnern, wann sie das letzte Mal jemanden auf dem Campus hatte rauchen sehen. Wer waren die beiden? Hannah war sich ziemlich sicher, dass sie die zwei noch nie zuvor an der Schule gesehen hatte.

»Happy Halloween, Sweetie«, sagte das Mädchen. Ihre Stimme klang heiser und so, als ob sie ein Lachen unterdrückte. Hannah machte, dass sie fortkam. Irgendwie waren die beiden das Grusligste auf dem ganzen Halloween-Spektakel.

An der Popcornbude stieß sie mit Chloe zusammen. »Da bist du ja endlich«, rief sie erleichtert. »Welchen Weg bist du denn gegangen?«

»Keine Ahnung. Aber auf jeden Fall sind alle schreiend vor mir weggerannt.«

»Wieso das denn?«

»Deswegen.« Chloe trat einen Schritt zur Seite und Hannah schrie erschrocken auf. Einen halben Meter über dem Boden schwebte eine gigantische Spinne neben Chloe.

»Es ist nur Chucky auf meinem Hoverboard«, sagte Chloe. »Er ist eine Tarantel. Cool, nicht?«

Die Spinne kam auf Hannah zu und sie fuhr entsetzt zurück. In dem Kostüm konnte man Chucky kaum erkennen und es sah tatsächlich so aus, als ob eine riesige Spinne über dem Boden schwebte. »Mann, Chloe. Du hast echt einen schrägen Humor.«

»Die Giftwirkung einer Tarantel ist schwächer als die einer Schwarzen Witwe aus der Familie der Haubennetzspinnen«, informierte Chucky sie ungefragt. »Taranteln gehören zur Gruppe der Wolfsspinnen. Wir haben siebenundvierzig Leute mit diesem Kostüm erschreckt.«

»Er macht sich gut, nicht?« Chloe betrachtete Chucky mit

mütterlichem Stolz. »Morgen nehme ich ihn so mit zu Connors Halloweenparty. Ihr kommt doch auf jeden Fall auch, oder?«

Hannah wollte gerade antworten, doch da stieß Chloe einen überraschten Laut aus und zeigte Hannah eine SMS auf ihrem Handy. »Sie haben diesen Typen ausfindig gemacht. Der, mit dem Caitlin sich verabredet hatte«, fügte sie hinzu, als Hannah sie nur fragend ansah. »Meine Mutter hat es gerade erfahren. Den gibt es wirklich, er heißt Damian, und er hat gedacht, sie ist achtzehn. Aber er hat sie nie gesehen. Sie ist nie bei ihm angekommen. Irgendwas ist auf dem Weg zu ihm passiert. Aber was? Oder besser – wer?« Chloe sah Hannah fragend an.

»Ich …« Hannah stockte. Da vorn kam jetzt jemand aus dem Wald. Es war Sophie und sie wurde von jemandem geführt. Nein – gestützt. Von Evan, der gerade seinen Arm um sie legte. Er lächelte.

Chloe

Connor hatte sie gebeten, schon am Nachmittag der Halloweenparty zu ihm nach Hause zu kommen, um ihm zu helfen. Doch jetzt begriff Chloe, dass es gar nichts zu helfen gab, denn Alberta, die Haushälterin, hatte die Villa von Connors Vater mit einem Team von Halloweendekorateuren bereits in eine Art Grusel-Wonderland verwandelt. Eine Nebelmaschine hüllte das gesamte Untergeschoss in unheimlichen Dunst, künstliche Spinnweben warteten an jeder Ecke auf Leute, die sich darin verfangen würden, in der Küche türmten sich essbare kleine Totenköpfe aus Mozzarella und aus Lychees geformte Augäpfel auf silbernen Tellern, das Hologramm eines buckligen zahnlosen Dieners begrüßte alle Ankommenden mit einem irren Lachen, Fledermaus-Drohnen schwirrten durch den Garten und eine ferngesteuerte Rockband aus vier klapprigen Skeletten spielte vor der Haustür *Highway to Hell*.

»Soll ich irgendwas machen?«, erkundigte Chloe sich der Höflichkeit halber dennoch.

»Nee, ist schon okay. Stacy war vorgestern hier und hat mitgeholfen.«

»Stacy?«

»Meine Schwester.«

»Ach so, natürlich.« Irgendwie vergaß Chloe immer, dass Connor eine ältere Schwester hatte, dabei hatte sie ja sogar deren Kleid für den Homecoming-Ball geborgt. Aber Stacy war mittlerweile auf dem College in San Francisco und jettete nur ab und zu mal zurück auf den Campus. Mit dem Privatflugzeug ihres Vaters natürlich.

»Ist alles erledigt. Chill einfach mit mir.«

Irgendwie rührte sie das. Connor wollte sie gern vor Ankunft der anderen hier haben und hatte einfach nur nach einem Vorwand gesucht. Jetzt saßen sie zusammen auf der Couch. Er stellte gerade eine Playlist für die Party auf seinem Handy zusammen.

»Was ziehst du eigentlich nachher an?«, erkundigte Chloe sich. Connor im Kostüm war irgendwie eine merkwürdige Vorstellung.

»Ich gehe als Gurke«, erwiderte er, ohne aufzusehen.

Das war das Letzte, was sie erwartet hätte. »Du gehst als was?«, japste sie.

Er sah hoch. »Als Gurke. Warum?«

Chloes Gesichtszüge entglitten ihr, sie konnte gar nichts dagegen tun. »Als Gu …« Es ging nicht. Sie konnte nicht mehr aufhören zu lachen, und je mehr sie sich Connor als Gurke vorstellte, umso schlimmer wurde es. Sie krümmte sich und bekam fast keine Luft mehr. »Grü … grün oder sauer?«, schnaufte sie.

»Hey? Alles klar?« Connor lachte jetzt ebenfalls. »Was ist denn? Mann, was lachst du denn da so? Das Kostüm hat Alberta besorgt, ich weiß auch nicht, warum. Vielleicht isst sie gern Gurken?« Er hielt Chloe fest und wischte ihr die Lachtränen aus dem Gesicht. »Ich hatte ja keine Ahnung, dass dich das so begeistern würde.« Er wischte immer noch sanft in ihrem Gesicht herum, dabei waren die Lachtränen längst weg. »Soll ich mal was ganz Blödes machen?«, fragte er plötzlich leise.

»Was denn?« Chloe hielt still.

Statt einer Antwort kam sein Gesicht näher an ihres heran und seine Lippen streiften leicht ihre Wange und landeten dann auf ihrem Mund. Ein warmes Gefühl rieselte durch ihren Bauch. Endlich. Endlich sah Connor sie nicht mehr nur als Kumpel an. Sie schloss die Augen und wappnete sich für ihren ersten richtigen Kuss, doch eine Tür klappte und Chloe öffnete ihre Augen wieder. Sie blickte genau in das Gesicht eines Jungen im karierten

Hemd, der sie mit unergründlichem Blick musterte. Wer war das? Einer der Halloweendekorateure? Was platzte der hier rein, konnte der nicht anklopfen? Der Typ starrte immer noch und Chloe löste sich mit einem Räuspern von Connor.

»Was?« Connor sah sie fragend an und sie nickte in Richtung Tür. Als Connor den Typen entdeckte, winkte er ihm zu Chloes Verblüffung freudig zu. »Hey, Mensch, da bist du ja. Chloe, das ist mein Kumpel Ramiro aus L.A.«

Der Typ namens Ramiro verzog seinen Mund jetzt zu einem Lächeln, das seine Augen nicht erreichte, aber Connor schien es nicht zu bemerken.

»Hallo«, grüßte Chloe. »Bist du auch auf Myriad?« Die Frage hätte sie sich sparen können, denn sie wusste die Antwort auch so. Der war nie im Leben auf ihrer Schule. Der war … Sie hatte keine Ahnung, in welcher Beziehung dieser Ramiro und Connor zueinander standen.

»Nein. Ich arbeite hier«, antwortete Ramiro. »Nur für ein paar Wochen. Wir Zeitarbeiter bauen erst den ganzen Halloweenkrempel auf und ab und dann den Weihnachtskrempel.«

Aha, dachte Chloe. Abgesehen davon, dass dieser Ramiro gerade den besten Moment ihres Lebens gestört hatte, mochte sie ihn instinktiv nicht, obwohl sie nicht hätte sagen können, woran das lag.

»Alter, hast du alles geregelt?«, erkundigte Connor sich.

Ramiro nickte und klopfte unmerklich auf seine Brusttasche.

»Geil.« Connor freute sich.

Wovon redeten die? Und warum ging der jetzt nicht wieder, nachdem er doch sehen konnte, dass Connor hier mit seiner Freundin auf der Couch saß und vielleicht etwas Privatsphäre haben wollte? Mit seiner Freundin. Chloe musste unwillkürlich lächeln. Das war sie jetzt – seine Freundin. Oder? Connor stand plötzlich auf, das Intermezzo auf der Couch war ganz offensichtlich beendet. Täuschte sich Chloe oder grinste der Typ namens Ramiro jetzt spöttisch?

»Als was gehst du eigentlich zu Halloween?«, fragte sie ihn daher, ohne die Ironie in ihrer Stimme zu verbergen. »Als Klempner?« Sie deutete auf die Zange in seiner Hand.

»Als Mexikaner«, antwortete er und ging ohne ein weiteres Wort mit Connor aus dem Zimmer.

Chloes Wangen brannten vor Scham. Was war das für ein Idiot? Durch den Türspalt sah sie, wie er Connor ein kleines Päckchen gab. Was war da drin? Mit einem kleinen Lächeln griff sie unter die Couch, wo ihr iBaby vor sich hindämmerte. »Chucky, mein Engelchen«, flüsterte sie. »Zeit für deinen Einsatz.« Sie setzte ihn in seinem Spinnenkostüm auf das Hoverboard und schaltete es ein. Lautlos schwebte es erst ein Stück über dem Boden, dann durch die offene Tür und draußen an Ramiros Bein entlang. Der schrie vor Schreck auf, und während Connor sich halb kaputtlachte, fragte Chloe sich, warum jemand, der angeblich als Job den lieben langen Tag lang Gruselattrappen aufbaute, beim Anblick einer Plastikspinne so einen Schreck bekam.

Hannah

Hannah kam sich in ihrem Nixenkostüm völlig deplatziert vor. Die meisten Leute auf der Halloweenparty waren als Zombies, Hexen, Monster, Teufel und Kettensägenmörder verkleidet. Sie hätte als Gruselnonne gehen oder es wenigstens so wie Chloe machen sollen: Die trug lediglich ein schwarzes T-Shirt, auf dem »Das hier ist mein Kostüm« stand. Am liebsten wäre sie gleich wieder nach Hause gegangen, um mit Daisy, ihrer kleinen Katze, zu schmusen. Die hatte ohnehin schon beleidigt miaut, weil Hannah sie allein gelassen hatte. Aber wenigstens hatte sie Daisy noch. Ollie, der Schimpanse, hatte neulich im Myriad-Shop ein Verkaufs-Display herumgeschleudert. Seitdem lebte er in einem Affenreservat in der Nähe, das von Myriad gesponsert wurde.

Matt war immer noch nicht da, und sie hatte den leisen Verdacht, dass er wohl auch nicht mehr kommen würde. Wahrscheinlich steckte ihm die Erinnerung an die letzte Party in Connors Haus noch in den Knochen, als Evan gemeinerweise Matts Therapie-Video an Kyle geschickt hatte, der es im Suff auf die große Leinwand projiziert hatte. Evan hatte das bitterlich bereut, das behauptete er zumindest, und versuchte sich nun bei allen anzubiedern. Außerdem folgte er Sophie neuerdings wie ein Hündchen überallhin. Auf der Gruselmeile durch den Park war er daher sofort zur Stelle gewesen, als Sophie sich beim Anblick eines irren Clowns fürchterlich erschreckt hatte. Die beiden waren ja durch das Buzzband verbunden, aber das brauchten sie gar nicht, weil Evan sich sowieso immer in Sophies Schatten aufhielt, seit Ben mit ihr Schluss gemacht hatte. Sophie schwor im Übrigen auf Evan als Businesspartner. Ihre gemeinsame Firma *Perfect Fit* florierte, die Aktien stiegen unaufhörlich, wie Hannah neidvoll auf dem Onlineportal verfolgen konnte. *Fun-Fart* hingegen dümpelte kurz vorm Konkurs vor sich hin, was kein Wunder war. Die neunundneunzig weiblichen Angestellten irrten plan- und ziellos durch die Werkhallen, im Lager stapelte sich Material für achthundert Furzkissen, die immer noch nicht in Produktion gegangen waren, und der einzige männliche Angestellte hatte neulich die Büroräume überflutet, weil weder Kyle noch Hannah aufgepasst hatten, dass er nach dem Putzen das Wasser richtig abstellte. Aber es war nicht so schlimm, weil sich in den Büroräumen sowieso niemand aufhielt. Trotzdem, langsam nagte das Ganze an Hannah. Alle anderen hatten so viel Spaß mit ihren Firmen. Vielleicht sollte sie mit Kyle doch eine Art Waffenstillstand schließen?

Etwas Grünes bog um die Ecke und Hannah erkannte Connor. Was hatte der denn Schräges an?

»Was soll Connor denn darstellen?«, erkundigte sie sich bei Chloe, die mit einem Glas Wasser aus der Küche kam. »Eine Art Kaktus oder so? Und warum?«

»Er ist eine Gurke«, antwortete Chloe lapidar. »Hast du übrigens den Punsch schon getrunken?« Sie deutete auf das mit einer leuchtend blauen Flüssigkeit gefüllte Glas in Hannahs Hand.

»Nein, wieso?«

»Trink ihn nicht.« Chloe ließ ihren Blick durch das Partygetümmel schweifen. »Irgendwas ist damit. Guck dir doch mal Connor an.«

Connor lachte unnatürlich laut und hatte einen seltsam glasigen Blick, das fiel Hannah auch auf.

»Was ist denn da drin? Wodka mit Marihuana oder was?«

»Ich habe keine Ahnung. Aber ich tippe mal auf was Stärkeres als Marihuana. Überhaupt scheint hier heute Abend so einiges im Umlauf zu sein.«

»Echt?« Hannah stellte erschrocken ihr Glas ab. »Wie kommst

du darauf?« Drogen waren auf Myriad absolut verpönt und verboten.

»Bauchgefühl. Der Typ da hat Connor vorhin was gegeben. Und Connor hat es in den Punsch getan.« Sie deutete auf einen Jungen, der mit einem großen Sombrero auf dem Kopf in der Ecke stand und rauchte.

»Den hab ich gestern beim Halloweenspektakel gesehen«, erinnerte Hannah sich. »Da stand er im Gebüsch mit so einem ganz komischen Mädchen.« Sie sah sich um. »Die sehe ich allerdings nicht. Wer ist denn das?«

»Er heißt Ramiro und ist ein Kumpel von Connor.« Chloe verzog das Gesicht. »Einer von den Zeitarbeitern hier. Der Typ ist heute Nachmittag reingeplatzt, als Connor und ich …« Sie stockte.

Hannah riss die Augen auf. »Als Connor und du was?« Als Chloe nur lachte, stupste Hannah die Freundin an. »Hey! Sag's mir. Ich erzähl dir auch alles.«

»Na ja. Wir sind uns ein bisschen nähergekommen.« Chloe grinste. »Wie man sich eben so näherkommt.«

»So wie die da?« Hannah deutete nach vorn zur Tür vom Media-Room, wo Ben und seine neue Freundin gerade so wild herumknutschten, dass sie beinahe umkippten. »Wenn die nicht aufpasst, dann frisst Ben sie gleich auf.«

»Nee.« Chloe wirkte verlegen. »Nein. Es war ja nur fast.«

»Und? Seid ihr jetzt zusammen?«

»Ich glaub schon. Irgendwie.« Chloe wirkte auf einmal ganz kleinlaut und unsicher. Hannah drückte sie liebevoll an sich, wenn auch vorsichtig, damit die blöden Pailletten auf ihrem Kostüm Chloe nicht pikten. »Wenn er gemein zu dir ist und es nicht ernst meint, dann kriegt er es mit mir zu tun«, versprach sie Chloe.

»Keine Sorge. Er ist nicht gemein. Du weißt doch, Connor

kann keiner Fliege was zuleide tun. Deswegen lädt er ja auch jeden zu seinen Partys ein.« Chloes Blick streifte wieder diesen Ramiro.

Die Haushälterin Alberta trat jetzt aus der Küche. Sie trug ein schwarzes Kleid mit flatternden Ärmeln, ein Outfit, das vage an

die Addams Family erinnerte, war sichtlich schlecht gelaunt und schleppte ein großes Tablett mit Snacks. Hinter ihr tauchte Allyssa auf. Sie trug kein sexy Hexen-Outfit, sondern lediglich einen Cowboyhut und wirkte fahrig und nervös. Sie schien nicht mal zu merken, dass Ryan dauernd zu Hannah schielte.

Lautes Klirren erklang. Connor war über sein eigenes Kostüm gestolpert und hatte eine ganze Galerie Gläser mitgerissen. Er lachte wie verrückt, auch dann noch, als Chloe »Connor, hör doch mal auf mit dem Scheiß, was ist denn nur los mit dir?« sagte.

Er winkte ab. »Bisschen Fun, das ist alles. Probier mal den Punsch, Kumpelchen.«

Kumpelchen. Hannah biss sich auf die Lippe, als sie sah, wie Chloe erstarrte. Offenbar hatte Connor es vorhin doch nicht so ernst gemeint. Arme Chloe. Hannahs Handy summte und kündigte eine SMS von Matt an.

Bin doch da, stehe vor der Tür, kommst du raus?

Augenblicklich besserte sich Hannahs Laune. Ach, Matt, Gott sei Dank. Wenigstens ein Lichtblick auf dieser ungemütlichen Party. *Komme,* schrieb sie zurück und schob sich durch die Leute in Richtung Haustür. Der Lärmpegel war in der letzten halben Stunde noch um ein Mehrfaches angestiegen, der Nebel aus der Trockeneismaschine verbreitete einen süßlichen Geruch und ein Stroboskop ließ sämtliche Bewegungen der Partygäste abgehackt erscheinen. Es war wie auf einem Rave und entsprechend benahmen sich auch die meisten Leute. Hannah blickte in Gesichter, die leer vor sich hin grinsten, sah Leute wie in Trance mit sich selber tanzen und dann begriff sie. Chloe hatte recht. Hier war nicht nur aufgepeppter Punsch im Umlauf, sondern irgendwelche Drogen. Verdammt. Wenn das jemand Offizielles mitkriegte, dann war auf dem Campus die Hölle los. Drogenkonsum bedeutete einen sofortigen Rausschmiss aus Myriad High. Dann hatte man nur noch die Wahl zwischen einer einstündigen Busfahrt in die nächste Highschool der Gegend oder einsamem Homeschooling. Sie schob ein taumelndes Mädchen zur Seite und erkannte erst dann, dass es Sophie war. Sofort nahm sie ihrer Freundin das Glas aus der Hand.

»Sophie, trink nichts mehr. Nur noch Wasser.«

»Wa …?« Sophie sah sie mit glasigen Augen an, dann beugte sie sich zu Hannah. »Evan liebt mich. Kyle liebt mich. Aber weißt du, wer mich definitiv nicht mehr liebt? Ben, der Vollidiot!« Sie erhob ihre Stimme, nahm Hannah das Glas wieder weg, und einen Moment lang glaubte Hannah fast, Sophie würde es nach Ben werfen, doch dann sackte sie nur unglücklich zusammen und fing an zu weinen.

»Hey, wein doch nicht. Vergiss Ben, diesen Idioten. Und wenigstens läuft eure Firma fantastisch, das ist doch super! Warte kurz, ich hole nur Matt rein und komme gleich wieder zu dir.«

Sie schob sich weiter in Richtung Ausgang. Links von ihr öffnete sich eine Tür und Allyssa kam aus einer der Gästetoiletten heraus. Sie sah aus, als hätte sie gerade einen Geist gesehen. So weiß und entsetzt, dass Hannah unwillkürlich stehen blieb, für den Fall, dass Allyssa hier und jetzt umfallen würde, dabei war die doch ihre Erzfeindin Nummer eins. »Ist was passiert?«, fragte Hannah erschrocken.

»Nein.« Allyssa schüttelte den Kopf, aber in ihren Augen las Hannah etwas anderes. Und zwar pure Panik.

Matt

70 Matt suchte Dylans Nummer auf dem Handy heraus, sammelte sich einen Moment lang und presste dann das kleine blaue Videochat-Symbol. Der Klingelton erklang, er sah sein eigenes Gesicht auf dem Screen, dann öffnete sich ein Fenster und er sah sich ein zweites Mal. Es war nicht zu fassen, Dylan sah wirklich haargenau aus wie er selbst. Jetzt, wo die beiden Kamerafenster unmittelbar untereinander zu sehen waren, war es so offensichtlich, als ob er in einen Spiegel blickte. Gut, Dylans Haare waren länger, aber das war schon alles. Einen geschockten Moment lang sagte keiner von beiden etwas.

Schließlich öffnete Dylan den Mund. »Mensch«, setzte er an, doch dann fehlten ihm offenbar die Worte und er schüttelte nur ungläubig den Kopf.

»Es ist irre«, sprach Matt es aus. »Einfach irre.« Dann konnte er erst mal nicht weiterreden, weil ihm die Tränen kamen. Aber er schämte sich nicht. Das da war sein Bruder. Sein Zwillingsbruder, da gab es keinen Zweifel. Es war wie in diesem Kinderfilm, den er vor Jahren mal gesehen hatte und an dessen Titel er sich nicht mehr erinnerte, nur an die zwei identischen Mädchen, die sich im Ferienlager das erste Mal in ihrem Leben trafen.

»Mann, ey, was haben sie nur mit uns gemacht?« Dylan wirkte regelrecht schockiert. »Mit dir, meine ich.« Er schüttelte erneut den Kopf. »Aber jetzt ergibt auf einmal alles einen Sinn. Ich habe so viele seltsame Erinnerungen, von denen ich immer dachte, sie wären im Laufe der Jahre einfach nur durcheinandergekommen, aber jetzt weiß ich, dass es Erinnerungen an dich sind. An meinen Zwillingsbruder.« Dylan lächelte breit. »Die alte Grandma Kaya hat mir immer gesagt, dass ich mein zweites Ich eines Tages finden werde, aber ich hab gedacht, sie ist halt ein bisschen wirr im Kopf. Sie ist ja auch nicht mehr die Jüngste und …«

»Ich habe auch solche Erinnerungen«, fiel Matt ihm aufgeregt ins Wort. »Genau wie du. Ich hab oft von uns beiden geträumt.« Es sprudelte nur so aus ihm heraus. Er wollte Dylan alles erzählen, ihm sein ganzes Leben anvertrauen, und er wollte alles von Dylan wissen. Er wollte wissen, wie er lebte, wie sein Alltag aussah, was er für Hobbys hatte, welche Bands und Sportteams er toll fand, ob er dasselbe Essen wie Matt mochte, ob er verliebt war und wer seine Freunde waren. Als Dylan die Kamera durch das Zimmer schweifen ließ, wäre Matt am liebsten in das Handy hineingekrochen und auf der anderen Seite bei Dylan wieder herausgekommen. Luxuriös war es da zwar nicht gerade, ehrlich gesagt sah es ein bisschen schäbig aus, aber Matt erschien es so verheißungsvoll wie ein exotisches Paralleluniversum. Auf einem Bügel hing ein besticktes Hemd aus weichem Leder, daneben ein Plakat mit einer atemberaubend schönen jungen Indianerin darauf. Sie trug eine Fellweste, hatte einen breiten Reif aus Perlen um den Hals, bestickte große Ohrringe und unglaublich ausdrucksvolle Augen. Durch das offene Fenster erhaschte Matt einen Blick auf hohes Gras, weites Land und einen malerischen Sonnenuntergang. Was machte er eigentlich hier in diesem Hightech-Käfig? Wenn Dylan sein Bruder war, und das war er mit fast hundertprozentiger Sicherheit, dann war dort sein wahres Zuhause. Dylan lebte mit seinem Volk in South Dakota, wahrscheinlich hatte er sogar bei den Standing-Rock-Protesten mitgekämpft, während er, Matt, in einem anderen Bundesstaat zwischen Robotern und Computern und viel Chrom und Stahl hockte und Mathehausaufgaben machte. War das nicht komplett pervers? Plötzlich überkam ihn eine unbändige Wut. Was hatte seine Eltern nur bewogen, ihn nach Kalifornien zu schaffen?

»Erzähl mir noch einmal alles, was du weißt«, bat er Dylan.

Viel war es nicht. Dylan erinnerte sich nur noch schwach an seine Mutter. Die war vor zwölf Jahren mit dem Auto abgehauen, ausgerechnet als Dylan schwer krank war, und nie zurückgekehrt. Vorher hatte sie sich noch mörderisch mit Dylans ständig betrunkenem Vater gestritten, das hatte Dylan im Laufe der Jahre aufgeschnappt. Sein Vater war offensichtlich davon ausgegangen, dass sie ihn und Dylan verlassen hatte, und seitdem war er noch weiter abgesackt, bis er irgendwann nur noch Unsinn lallte und vor sich hin starrte und schon morgens um zehn anfing zu trinken. Dylan war mehr oder weniger bei seiner Tante aufgewachsen, die aber nie ein Wort über einen Bruder hatte verlauten lassen.

»Und diese Grandma von dir? Diese Kaya«, erkundigte Matt sich gespannt. »Weiß die irgendwas? Die muss doch was wissen, wenn sie so komische Dinge zu dir gesagt hat.«

Dylan zuckte mit den Schultern. »Du, die ist nicht mehr ganz beieinander. Die ist jetzt fast fünfundneunzig. Sie ist auch nicht meine richtige Grandma, sie ist nicht mit mir verwandt. Sie ist einfach nur so 'ne Art …« Er stockte kurz. »Weise Frau. Ich weiß, das klingt schräg, aber es ist so. Also war so. Früher, als sie noch klar denken konnte.«

Verdammt. Matt biss sich auf die Lippe. Das war nicht viel. Aber es war besser als nichts. Er würde den Rest schon noch herausfinden. Jetzt aber erst mal das Allerwichtigste. Er holte das kleine Plastikröhrchen aus der Tasche. »Hier. Das schicke ich dir mit der Post. Du nimmst eine Speichelprobe und schickst es mir umgehend zurück. Mit Overnight-Express, wenn es geht. Ich kann das hier ins Labor geben und dann haben wir den Beweis, dass wir Brüder sind.« Triumphierend schwenkte er das Röhrchen.

»Du, das geht nicht«, erwiderte Dylan.

Was? »Was geht nicht? Wieso denn nicht?« In Matt zog sich

alles zusammen. So nah am Ziel und jetzt ging das aus irgendwelchen Gründen nicht?

»Alter, ich hab keine Kohle für so was. Für Overnight-Express und so. Ich hab nicht mal Kohle für 'ne Briefmarke. Das Handy hier ist auch nur geliehen.« Dylan lachte.

Matt atmete erleichtert auf. Wenn es weiter nichts war. »Kein Problem. Ich kaufe gleich einen frankierten Rückumschlag, den steck ich mit rein.« Allmählich bekam er eine erste Vorstellung davon, wie unterschiedlich ihre Leben waren. Wie arm Dylan war.

»Ich muss jetzt auch weg«, sagte der prompt. »Ich arbeite nachmittags immer in einem Laden im Reservat. Der Besitzer zahlt mir sechs Dollar die Stunde.« Er klang stolz.

Matt schluckte. Der Mindeststundenlohn auf dem Myriad-Campus betrug dreißig Dollar pro Stunde, das bekamen die Hilfskräfte, die die Gebäude reinigten und die Anlagen pflegten.

»Cool«, sagte er dennoch. »Ich schick das Ding heute noch ab.« Die Campus-Post ging zweimal am Tag raus, das schaffte er noch. Doch dann besann er sich. Die Leiterin der Poststelle war die Frau von einem der engsten Mitarbeiter seiner Mutter. Sie würde vielleicht erwähnen, dass Matt einen Expressbrief in ein Indianerreservat in South Dakota geschickt hatte. Das ging nicht. Er wollte nicht, dass seine Adoptivmutter mitkriegte, was er entdeckt hatte. Nicht, bevor er den endgültigen Beweis in der Hand hielt. Er überlegte einen Moment lang und dann fiel ihm eine Lösung ein. Er würde mit dem Auto aus dem Campus rausfahren, auf die Post nach Wallingford, dem nächsten kleinen Ort. Seit Caitlins Verschwinden waren die Wachhäuschen zwar permanent besetzt und man konnte nicht mehr einfach nur einen Code eingeben, aber für Matt war das kein Problem. Er nahm einfach eine der Universalchipkarten mit, die seine Mutter für Campus-Gäste benutzte. Es war ein offenes Geheimnis, dass die älteren Myriad-

Schüler mit diesen Pässen den Campus nach Lust und Laune verließen oder Freunde von draußen reinholten. Man konnte sie sogar im Myriad-Shop kaufen, allerdings musste man sie dann von einem Erziehungsberechtigten aktivieren lassen.

»Mir ist doch noch was eingefallen«, sagte Dylan plötzlich. »Ich weiß auch nicht, wieso, wahrscheinlich weil ich so viel mit dir über früher geredet habe, aber gerade eben hatte ich so einen Erinnerungsflash. Oder so was in der Art.« Er lachte unsicher. »Sagt dir der Name Dowan irgendwas?«

»Dowan.« Matt sprach den Namen leise vor sich hin, als er im Auto saß. »Dowan.« Das war also sein echter Name. Es hörte sich seltsam an. Er fühlte sich nicht wie ein Dowan, er fühlte sich wie ein Matt. Und doch war er Matt und Dowan gleichzeitig. Er blinkte, um rechts abzubiegen, und war so in Gedanken versunken, dass er beinahe das Auto übersehen hätte, das von links kam. Es hupte wie verrückt und Matt erkannte das wütende Gesicht von Mike Gonzales, dem Kapitän des Footballteams. *Aufpassen, Matt Steiner,* mahnte das Smiley auf dem Armaturenbrett mit bekümmertem Gesicht. *Sieben Punkte Abzug für Unaufmerksamkeit. Dein Fahrbonus-Konto beträgt nun nur noch drei Punkte. Sobald du in den Minusbereich abrutschst, wird dir der Führerschein für einen Monat entzogen.* Das Smiley klimperte mit den Augen, eine Träne quoll heraus. Herrgott noch mal. Matt zwang sich zur Konzentration. Er durfte das hier nicht vermasseln. In letzter Sekunde wich er einem zermatschten Kürbis aus, den offenbar jemand in der Halloweennacht auf die Straße geschmissen hatte. *Bravo,* meldete sich das Smiley erneut und klatschte in die Hände. Für einen Extrapunkt reichte es offenbar aber nicht. Matt sah jetzt, dass überall Kürbisse herumrollten. Überhaupt sah es auf dem Campus aus wie nach einer Schlacht. Bonbonpapiere flatterten auf der Straße herum, Kürbisse mit abgebrannten Kerzenstummeln darin standen vor den Gebäuden und fingen langsam an, ihre Form zu verlieren, der Spiderman-Umhang eines Kindes hing nass an einem Busch. Dazwischen wuselten die kleinen runden Straßenreinigungsroboter herum und sammelten Müll auf. Ein paar Männer in blauen Overalls entfernten Halloweenlichter und Dekorationen von den Dächern, ein Arbeiter saß neben einem zusammengesunkenen Frankensteinmonster und trank Kaffee aus einem Pappbecher. Innerhalb weniger Tage würde hier alles auf Thanksgiving getrimmt sein. Myriad-Campus würde wie jedes Jahr zweitausend Obdachlose in Kaliforniern mit Thanksgiving-Paketen versorgen, die Coffeeshops würden Latte Macchiatos mit Kürbisgeschmack und heißen Apfelsaft mit Karamellsoße ins Sortiment nehmen, die Cafeteria würde Pecankuchen und Preiselbeersaft anbieten, es würde Truthahn in allen Variationen geben und für die Vegetarier und Veganer dieses absolut schräge Teil, einen aus Tofu geformten Truthahnbraten, der sich Tofurkey nannte und laut Hannah eine Konsistenz wie Modelliermasse hatte und auch so schmeckte. Hannah. Sofort bekam er ein schlechtes Gewissen. Er hatte sie seit der Halloweenparty kaum gesehen und hatte das Gefühl, dass sie sauer war. »Hast du irgendwie keinen Bock mehr auf mich?«, hatte sie ihn neulich sogar gefragt. Ach, Hannah. Wenn sie wüsste … Es war schon verrückt, jetzt waren sie endlich zusammen und er sah sie weniger als je zuvor. Aber jetzt war Matt endlich dem Geheimnis seiner Herkunft auf der Spur und irgendwie hatte er keinen Kopf für andere Dinge. Er konnte nicht mit Hannah herumalbern, wenn er dauernd an seinen Zwillingsbruder und das Leben, das er verpasst hatte, denken musste. Dort vorn war die Ausfahrt aus dem Campus. Ein Wachmann lümmelte sich in dem Kontrollhäuschen, straffte sich beim Anblick von Matts Auto aber sofort. Matt griff in sein Handschuhfach und holte eine Gäste-Chipkarte heraus. Hoffentlich stellte der Typ keine Fragen.

Neben ihm hielt jetzt ein weiteres grünes E-Auto eines Myriad-Schülers an. Matt erkannte Ryan am Steuer. Na klasse, ausgerechnet Ryan. Bei seinem Anblick flammte immer noch eine gewisse Wut in Matt auf, weil Ryan sich so mir nichts, dir nichts an Hannah rangemacht hatte. Vor allem mit so einem Erfolg. Und obwohl Matt keinerlei Beweise hatte, beschlich ihn außerdem hin und wieder das Gefühl, dass die beiden noch nicht ganz so fertig miteinander waren, wie sie vorgaben. Kurzum, er hätte gut und gern auf Ryans Anwesenheit verzichten können – an der Schule, im Internat und erst recht hier, wo sich keine Möglichkeit bot, ihn zu ignorieren.

Jetzt ließ Ryan auch noch sein Fenster runter. »Hi.«

»Hi«, grüßte Matt notgedrungen zurück. Was wollte der denn?

Ryan senkte die Stimme. »Sag mal, weißt du, ob der andere Ausgang von einem Wachmann besetzt ist? Ich muss unbedingt nach Wallingford, aber ich hab keine Chipkarte.«

»Es sind alle besetzt, seit Caitlin weg ist. Aber die Chipkarte kann deine Mutter besorgen und aktivieren. Ist eigentlich kein Problem, du kannst die Dinger im Myriad-Shop kaufen.« Matt biss sich auf die Lippe. Er war viel zu freundlich. Warum überließ er Ryan nicht einfach seinen Problemen?

»Nein.« Ryan schüttelte den Kopf. »Das geht nicht.«

Sieh an. Aus irgendwelchen Gründen wollte Ryan nicht, dass seine Mutter davon erfuhr, dass er den Campus verlassen wollte. Und warum? Gegen seinen Willen verspürte Matt eine gewisse Neugier, aber Ryan gab keine weitere Erklärung ab. Na gut – Matt wollte schließlich auch aus ganz privaten Gründen raus. Er musterte Ryan unauffällig. Der sah richtig verzweifelt aus.

»Ich kann dich auf meiner mit rausnehmen«, rutschte es Matt heraus, noch ehe er sich bremsen konnte. Verdammt – er war *definitiv* zu freundlich.

»Echt? Das wäre super. Hat deine Mutter sie denn für zwei Leute aktiviert?«

»So was in der Art«, murmelte Matt. Jetzt war schon alles egal und er konnte keinen Rückzieher mehr machen. »Komm.« Er stieg aus und begab sich zum Wachhäuschen. Ryan folgte ihm.

»Ich nehme meinen Kumpel hier mit raus«, erklärte Matt dem Wachmann.

Der scannte die Chipkarte und nickte. »Name?«, wandte er sich an Ryan.

»Ryan Sutter.«

Der Wachmann nickte wieder und tippte Ryans Namen in den Computer. Er zögerte, dann sah er Ryan an. »Sorry«, meinte er. »Aber dich darf ich nicht rauslassen.«

»Wieso denn nicht?«, fragte der verblüfft.

»Tut mir leid. Diese Information darf ich nicht weitergeben.«

Wie seltsam. Matt verstand nur Bahnhof. »Dürfen wir nicht mehr raus, wegen dem, was mit Caitlin passiert ist, oder so?«, fragte er.

»Du darfst ja raus«, erwiderte der Mann. »Aber er nicht.«

Ryan schnaubte ungläubig. »Ich muss aber«, beharrte er.

Was sollte Matt da tun? Ryan tat ihm zwar leid, aber er war schließlich auch nicht gerade sein bester Freund. Und außerdem musste Matt sich beeilen, schließlich wollte er, dass der Gentest heute noch abgeschickt wurde.

»Es geht nicht, okay.« Der Wachmann blieb stur. »Also was ist jetzt mit dir? Willst du raus oder bei deinem Kumpel bleiben?«

Scheiße, natürlich wollte er raus, musste raus, und zwar schnell. »Ja. Sorry«, sagte er mit einem Seitenblick zu Ryan.

»Kein Problem«, murmelte Ryan. »Nicht deine Schuld.« Sie gingen schweigend zu ihren Autos zurück, Matt zuckte noch einmal hilflos mit den Schultern, setzte zu einer tröstenden Bemerkung an, aber es fiel ihm beim besten Willen nichts ein. Er stieg ein, fuhr durch die offene Schranke, wobei er jeglichen Blickkontakt mit dem Wachmann vermied, und dann so schnell er konnte auf die Zufahrtsstraße zum Highway. Im Rückspiegel konnte er das immer noch fassungslose Gesicht von Ryan erkennen, der neben seinem Auto stand und ihm hinterhersah. Offenbar verstand er nicht, was gerade passiert war. Matt verstand es ebenso wenig. Warum hatte der Typ Ryan nicht rausgelassen?

Auf der Post in Wallingford herrschte an diesem trüben Novembernachmittag nur wenig Betrieb. Eine Oma kaufte eine Ladung Weihnachtskarten und erklärte der Frau hinter dem Schalter in allen Einzelheiten, an wen sie die schicken würde. Das Radio dudelte, ein mit Süßigkeiten gefüllter Plastikkürbis stand noch von Halloween an der Kasse, in einer Halle im Hintergrund stapelte ein Angestellter Pakete auf einen Truck. Matt verlangte den Overnight-Express für die Sendung nach South Dakota und auch noch einen Rückumschlag. Während die schläfrige Angestellte alles umständlich verpackte, ließ er seinen Blick durch den Raum schweifen. Kein Vergleich zu dem hochmodernen Postamt auf Myriad. Das hier war eher die Art Post, die Dylan aufsuchen würde. Der Gedanke daran wärmte Matt das Herz. Sein Blick blieb an einem Kalender hängen, es war der jährliche Wandkalender des Polizeipräsidiums vom Humboldt County. Auf dem Novemberfoto war ein korpulenter Polizist zu sehen, der neben einem extrem hässlichen Truthahn stand und den Daumen hochhielt.

»Sie haben ja einen Kalender vom Polizeipräsidium«, rutschte es Matt heraus.

Der Blick der Frau hinter dem Schalter wurde etwas wacher. »Ja. Von meinem Mann. Der arbeitet dort.«

Wie alt mochte der Mann von ihr sein? Matt musterte sie unauffällig. Sie war mindestens fünfzig. Wahrscheinlich sogar eher sechzig, er konnte das immer so schwer schätzen. Also würde ihr Mann ebenso alt sein und garantiert schon eine Weile dort arbeiten. Er musste es einfach versuchen. »Kannte Ihr Mann Officer Pete Duncard?«, fragte er geradeheraus.

Die Frau schien überrascht. »Ja. Wieso?«

»Wegen ...« Matt stockte. Wie sollte er das nur erklären? »Wegen dem Unfall vor zwölf Jahren. Was ist denn da genau passiert? Wir haben neulich in der Schule darüber geredet. In Verkehrserziehung«, fügte er hinzu, als die Frau ihn leicht befremdet ansah.

Das Misstrauen verschwand. Sie seufzte. »Das war ziemlich schrecklich damals. Ein schlimmer Autounfall. Er ist von der Brücke runter direkt in den Fluss gerast.«

»War die Brücke kaputt?«, fragte Matt erschrocken.

»Nein, natürlich nicht. Es war Selbstmord. Haben sie euch das nicht gesagt? Er ist absichtlich von der Brücke gefahren.«

»Mein Gott«, stammelte Matt. »Wie schrecklich.«

Die Frau nickte. »Er konnte einfach nicht mehr, hat mein Mann damals gemeint. Er ist verrückt geworden, der arme Pete. Irgendwelche Drähte waren da oben auf einmal falsch gepolt.« Sie tippte sich erklärend an die Stirn. »Hat sich Fälle eingebildet, die es gar nicht gab. Hat alle Schränke nach Akten durchsucht, die überhaupt nicht existierten. Da haben sie ihn auf unbefristete Zeit suspendiert und das hat er nicht ertragen, der arme Kerl. Gott hab ihn selig, das macht dann zweiundfünfzig Dollar achtzig.«

»Was?« Ach so. Matt reichte ihr wie ferngesteuert seine Kreditkarte. In seinem Gehirn schoben sich jetzt zwei Puzzleteilchen zusammen. Konnte es sein? Gab es eine – wenn auch nur winzig kleine – Möglichkeit, dass einer dieser eingebildeten Fälle mit einer verschwundenen Akte über einen kleinen Jungen zu tun hatte?

Allyssa

80 Allyssa zog sich die Schlittschuhe an. Sie hatte in der Ausleihe der Campus-Eishalle nur noch welche mit ellenlangen Schnürsenkeln bekommen und rutschte beim Versuch, sie zuzubinden, immer wieder mit den Fingern ab.

»Brauchst du Hilfe?«, fragte Ryan neben ihr.

»Ja, meine Finger sind irgendwie zu kalt.« Eigentlich waren sie eher zu zittrig als zu kalt, und das hatte wenig mit der Temperatur zu tun. Sie ließ sich von Ryan helfen und dann hoch und aufs Eis ziehen. Während sie strauchelte und ungraziös herumrutschte, sauste Ryan elegant und lässig über das Eis.

»Wow! Woher kannst du das so gut?«, rief sie verblüfft.

Ryan zuckte nur mit den Schultern. »Bin, seit ich klein war, jeden Winter auf dem Eis gewesen. Gab ja an jeder Ecke eine Eisbahn.«

»In deiner kleinen Stadt? In Maranzita? Hier in Kalifornien?«

Ryan stolperte, fing sich aber im letzten Moment wieder. »Ja«, erwiderte er, sah sie dabei aber nicht an.

Als ob, dachte Allyssa. Natürlich war an seinem angeblichen Maranzita etwas faul, sie war ja nicht blöd, und er verquatschte sich ziemlich häufig. Außerdem war irgendwas, das konnte sie spüren. Ryan checkte ununterbrochen sein Handy nach Nachrichten. Worauf wartete er so dringend? Und warum erzählte er ihr nicht die Wahrheit darüber, wo er eigentlich herkam? Sie waren doch jetzt zusammen. Sie hätte außerdem wetten können, dass Hannah die Wahrheit wusste. Da war so ein stummes Einverständnis zwischen den beiden, gegen das sie irgendwie nicht ankam. Schrieb er sich etwa heimlich mit Hannah? Aber dazu war er eigentlich nicht der Typ, oder? Er war das Beste, was ihr seit

Langem passiert war. Ryan würde ihr nicht so das Herz brechen wie ... Jackson. Sie brachte es kaum fertig, den Namen ihres Exfreundes auch nur zu denken. Sie war so verliebt in ihn gewesen, hatte ihn bewundert, angeschmachtet, besonders weil er fast vier Jahre älter war als sie mit ihren vierzehn Jahren. Und sie hatte alles für ihn getan. In Läden geklaut, obwohl sie das gar nicht nötig hatte. Weil er das toll fand. Leuten Portemonnaies aus den Taschen gezogen und ihm wie Opfergaben präsentiert. Nur, damit er den Arm um sie legte und die anderen Mädchen aus der Schule für sie ignorierte. Selbst ältere Mädchen. Für ihn war sie sogar den LA Cobras beigetreten.

Bis plötzlich an einem heißen Nachmittag in einer teuren Boutique in L.A. ein Mann ihren Arm festgehalten hatte, als Allyssa gerade ein paar schicke Heels für vierhundert Dollar mitgehen lassen wollte. Ein Scheißbulle, der Allyssa schon seit einer Weile beobachtet hatte. Alles war herausgekommen. Die Klauerei, Jackson, die Gang. Ihre Eltern waren aus allen Wolken gefallen. Und Jackson hatte sich einen Dreck um sie geschert, hatte behauptet, sie nicht zu kennen, er würde sich nicht mit »Kindern« einlassen, wie er es bezeichnete. Jackson hatte die ganze Zeit über eine feste Freundin gehabt. Eine neunzehnjährige Tänzerin aus einer Bar. Mit Allyssa hatte er nur gespielt. Allein die Erinnerung daran machte sie so sauer, dass sie mit den Schlittschuhen wütend gegen den Rand der Eisbahn stieß.

»Pass auf, Ice-Tag geht los«, riss Ryan sie aus ihren Gedanken und steckte endlich das Handy weg. Das Licht in der Eissporthalle ging aus und wurde durch spastisch zuckende Laserbeams ersetzt. Zwei kleine neonfarbige Pucks schossen aus einer Öffnung in der Wand heraus und sausten über das Eis. Die Schüler kreischten und stoben in alle Himmelsrichtungen davon. Wer von einem Puck berührt wurde, dessen Schlittschuhe leuchteten auf und er schied aus und musste vom Eis. Dem Gewinner winkte ein ziemlich cooler Preis – eine von Myriad entwickelte Unterwasserkamera, die in einer Taucherbrille integriert war.

Das zuckende Licht machte es Allyssa noch schwerer, das Gleichgewicht nicht zu verlieren. Zum Glück hielt Ryan ihre Hand so fest, dass sie nicht hinfiel. Ab und zu hob er sie hoch oder sauste um sie herum. Er war ganz in seinem Element, und normalerweise wäre das einer von Allyssas glücklichsten Momenten bei Myriad gewesen, aber seit diesem Brief mit dem Gangzeichen der LA Cobras in ihrem Zimmer hatte sie keine ruhige Minute mehr verbracht. Und dann noch die Halloweenparty vor ein paar Tagen. Als sie auf die Toilette gegangen war, hatte sie etwas auf dem Spiegel entdeckt – das Zeichen der LA Cobras. Es sah genauso aus wie ihre alte Gang-Tätowierung, die sie sich doch gerade erst erfolgreich hatte entfernen lassen. Natürlich war ihr sofort klar gewesen, dass dahinter derselbe Typ steckte, der ihr schon den Brief unter der Tür hergeschoben hatte. Was machte der auf Connors Party? Aber als sie sich endlich so weit wieder im Griff hatte, um ihn zur Rede zu stellen, da war er verschwunden und den ganzen Abend lang nicht wieder aufgetaucht.

»Hey.« Ryan stoppte elegant und schlang die Arme um sie. »Was ist denn los? Du stehst ja völlig neben dir. Beinahe wärst du getroffen worden.« Er stupste ihre Nase mit seiner an. »Hast du keinen Bock mehr auf Ice-Tag?« Er zögerte einen Moment lang. »Oder auf mich? Seit ein paar Tagen bist du irgendwie so komisch.«

Ach, Ryan. Wenn er wüsste … »Nein. Ja. Doch natürlich.« Sie umarmte ihn. »Ich war noch nie so glücklich wie mit dir.« Sie bedeckte sein Gesicht mit wilden Küssen. »Wirklich.«

»Okay.« Ryan schien etwas verwirrt über ihren ungestümen Gefühlsausbruch zu sein. »Dann wie … « Jemand krachte in sie hinein und riss sie beide zu Boden. Allyssa verspürte einen heftigen Schmerz in ihrem Knie. Verdammt noch mal. Wütend sah sie hoch. Es war Ben mit seiner neuen Freundin Maddie Thayers, die hysterisch lachte und ihren Schal um sich und Ben wickelte, als wollte sie ihn wie einen Tanzbären an sich ketten. Allyssa fragte sich kurz, ob die beiden eigentlich wussten, dass sie mittlerweile in der Schule den Spitznamen *Klettverschluss* hatten, weil sie dauernd aneinanderklebten.

»Sorry«, japste Maddie. »Wir haben einfach so irre viel Spaß zusammen!«

»Ich hatte auch Spaß. Bis eben. Bis mir jemand die Kniescheibe zertrümmert hat«, hörte Allyssa sich selbst gereizt sagen, dabei war Maddie Thayers niemand, mit dem man es sich verscherzen sollte.

»Hm?« Maddie sah sie mit ihren großen Puppenaugen verständnislos an. Eigentlich sah sie fast aus wie ein Klon von Sophie, dachte Allyssa. Wie vorhersehbar und langweilig von Ben. Sie war kurz davor, den ganzen Frust der letzten Tage auf diese hohle blonde Tussi abzuladen. Außerdem hatte sie genug vom Eislaufen. An Ryans Hand hangelte sie sich zum Rand der Eisfläche und zog draußen als Erstes diese unbequemen Schlittschuhe aus. Eislaufen würde definitiv nicht ihr neues Hobby werden. Und wenn sie etwas nicht hundertprozentig gut konnte, hatte sie sowieso nach kurzer Zeit keine Lust mehr drauf. Warum sich blamieren, wenn man es vermeiden konnte?

»Ich geh mal aufs Klo«, erklärte sie Ryan.

»Okay.«

Aus dem Augenwinkel sah sie, wie er sein Handy rausholte. »Ich hoffe, du kriegst endlich deine Nachricht«, rutschte es Allyssa raus. »Von wem auch immer.« Herrgott, sie würde doch ihre schlechte Laune jetzt nicht ausgerechnet an Ryan auslassen.

»Das hoffe ich auch.« Sein Gesichtsausdruck war undurchschaubar. Traurig und gleichzeitig erwartungsvoll.

Bevor sie jetzt noch losplärrte, ob es Hannah war, auf deren Nachricht er wartete, marschierte Allyssa lieber in Strümpfen los in Richtung Toiletten. Am Eingang entdeckte sie Hannah und Sophie, die gerade eintrafen. Verdammt, hatte er etwa doch Hannah eine Nachricht geschrieben, dass sie kommen sollte? Langsam sah sie echt schon Gespenster. Sophie blickte sich gerade suchend um, garantiert fragte sie sich, ob Ben hier war. Fast tat sie Allyssa leid in ihrem Liebeskummer. Wenn sie sich vorstellte, dass Ryan sie einfach so wegen Hannah fallen lassen würde … Ein entsetzlicher Gedanke. Hinter Sophie tauchte Evan auf, mit seinem Hündchenblick. Der hatte hier gerade noch gefehlt.

»Scheiß Eisbahn«, sagte Allyssa laut, als sie dort ankam und ihren lädierten Anblick in den großen Spiegeln davor sehen konnte. So laut, dass zwei kleine Jungs, die gerade herauskamen, die Augen aufrissen und anfingen zu kichern. Sie versuchte, ihre Haare einigermaßen zu bändigen, trug schnell ein bisschen Lipgloss auf und beobachtete dabei im Spiegel, wie Ryan am Rand stand und in sein Handy starrte. Jetzt glitt plötzlich ein Lächeln über sein Gesicht. Die ersehnte Nachricht war wohl eingetroffen. Jetzt legten auch noch zwei aus dem Tanzteam schwungvolle Pirouetten vor ihm hin und riefen ihm lachend etwas zu. Allyssa reichte es: Sie würde sich nicht gefallen lassen, dass andere Mädchen ihren Freund anbaggerten und er sich heimliche Nachrichten mit Gott weiß wem schrieb. Sie würde jetzt schnell aufs Klo gehen und sich dann zurück zu Ryan auf das Eis begeben und verdammt noch mal Spaß haben.

In der Damentoilette schrubbte gerade eine Putzfrau den Boden. *Bitte warten! Glatter Fußboden!* warnte ein Schild. Auch das noch.

»Brauchen Sie noch lange?«, fragte Allyssa den gebeugten Rücken der Frau.

»Kommt ganz drauf an«, erwiderte die Putzfrau, »wie gut du

kooperierst.« Ihre Stimme klang heiser und urplötzlich wurde es Allyssa eiskalt.

Die Putzfrau drehte sich um und grinste Allyssa an. »Hey, Süße. Lange nicht gesehen.« Sie stand auf. »Wo ist denn eigentlich deine Tätowierung hin? Schon vergessen, was du geschworen hast?« Sie deutete auf Allyssas Pflaster am Arm und trat einen Schritt auf sie zu.

Allyssa war vor Entsetzen wie gelähmt. »Ich …«, setzte sie an, dann versagte ihr die Stimme.

»Loyal for life«, flüsterte Thunder-Girl. »Erinnerst du dich jetzt?«

Hannah

86 »Okay, Kyle. Guck dir den Schlamassel an. Wir müssen was tun.« Hannah deutete auf den Bildschirm ihres Notebooks. Sie hatte sich endlich durchgerungen und sich mit ihm im Atrium getroffen, um die Zukunft von *Fun-Fart* zu besprechen.

»Ich habe mir nämlich was überlegt«, begann sie. »Wir können ja unser Produkt nicht mehr ändern.« Leider, aber das verkniff sie sich. »Aber wir könnten es erweitern. Also nicht nur ... äh ... Furzkissen, sondern generell Scherzartikel. Besondere Scherzartikel. Cooles Zeug.«

»Hä?« Kyle weckte den schlafenden Putzmann auf dem Screen auf. »Was denn zum Beispiel?«

Jetzt kam es drauf an. Hannah holte erneut tief Luft. »Also, ich dachte da an ferngesteuerte Hologramme zum Erschrecken. Weißer Hai, Grizzlybär und so was. Außerdem Walkie-Talkie-Ohrringe, Glow-in-the-dark-Gartenzwerge, die sich immer woanders im Garten verstecken, Schnuller für Babys, aus denen Laserstrahlen schießen, wenn das Baby dran saugt, Handyhüllen, die kleine Schreie von sich geben, wenn jemand anderes als der Besitzer das Handy nimmt, USB-Sticks, die den Bildschirm blutrot verfärben, wenn man sie in den Computer steckt, und so weiter.

Kyle reagierte nicht. Er starrte sie nur an. »Geil«, flüsterte er schließlich. »Der Hammer. Das ist mega. Das machen wir!«

Gott sei Dank. Hannah fiel ein Stein vom Herzen. Rasch verteilte sie Jobs an all die frustrierten Angestellten, sie gründete eine Buchhaltung, eine Verkaufsabteilung und eine Geschäftsführung und beförderte den Putzmann zur Sekretärin.

»Ach Kyle, und noch was.« Sie sah ihn dabei nicht an. »Der Name.«

»Der Name ist spitze«, widersprach Kyle sofort.

»Ja, das ist er. Total!«, versicherte Hannah hastig. »Aber wir könnten vielleicht einen Buchstaben weglassen? Dann wäre das Logo schicker?«

»Welchen?«

»Das zweite F.« Hannah veränderte den Firmennamen blitzschnell in *Fun Art*.

»Na gut. Wenn du meinst.« Kyle gab sich geschlagen.

Hannah atmete auf. Sie würden zwar niemals gewinnen, aber sich wenigstens nicht mehr tödlich blamieren und mit dem Projekt durchfallen. Und jetzt wollte sie endlich zu Matt.

Sie lief zum Parkplatz, stieg in ihr Auto und fuhr los. Während der Fahrt konnte sie hören, wie eine Nachricht hereinsummte. Wahrscheinlich Matt, der fragte, wo sie blieb. An einer Ampel checkte sie kurz ihr Handy. Ach nein, eine SMS von ihrer Mutter.

Ich vermisse dich. Ich hoffe so sehr, dass du uns zu Thanksgiving besuchst. Wir sind dieses Jahr bei Julians Familie in Montana, das ist doch ganz in deiner Nähe. Na ja, fast. ☺ Ruf mich doch bitte an, mein Schatz!

Mist. Was sollte sie nur darauf antworten? Nach New Orleans wäre sie ja zur Not noch geflogen, dort lebte ihre Mutter jetzt. Dort hätten sie zumindest abends im French Quarter ausgehen, Straßenmusikanten zuhören und leckeren Flusskrebs und kalorienbombige Bananen-Eisbecher essen können. Aber nach Montana? Da gab es doch nichts als Berge und schießwütige Hinterwäldler auf Bärenjagd. Wenn sie Pech hatte, war die Familie von Julian, dem zweiten Mann ihrer Mutter, genauso. Hannah hatte seine Familie nie kennengelernt, sie mochte Julian einfach nicht. Er war ein Besserwisser und seine belehrende Art ging ihr total auf die Nerven. Gut, er trug ihre Mutter auf Händen, aber trotzdem – er war der Grund, warum Hannahs Mutter die Familie verlassen hatte. Hannah rang mit sich, dann entschied sie sich zu einem neutralen, wenn auch lahmen *Mal sehen*. Bis zu Thanksgiving war es schließlich noch eine Weile hin. Aber sie würde ihre Mutter anrufen. Nicht nur wegen dem leidigen Thanksgiving-Fest, sondern auch, um noch ein paar Dinge über ihren Dad zu erfahren. Die Sache mit dem Epi-Pen ließ Hannah keine Ruhe, sie lauerte wie ein böses Geschwür immer im Hintergrund ihrer Gedanken. Schon mehrmals hatte sie überlegt, erneut ins Büro ihres Vaters zu gehen, einfach um sich davon zu überzeugen, dass der Epi-Pen noch da war und dass sie keine Fata Morgana gesehen hatte, aber irgendetwas hielt sie davon ab. Was, wenn der Epi-Pen tatsächlich auf einmal wieder verschwunden war? Dann würde sie wirklich an ihrem Verstand zweifeln.

Als sie ihr Auto vor dem Haus von Matts Adoptivmutter parkte, traf sie eine Entscheidung: Sie würde Matt endlich davon erzählen und ihn um Rat fragen. Schließlich war er ihr bester Freund und Vertrauter.

Matt ließ sie herein und führte sie in sein ehemaliges Kinderzimmer, in dem die Zeit stehen geblieben zu sein schien. Auf seinem Bett lag noch die blaue Patchworkdecke von früher, auf einem Regal saßen Teddys, an der Wand hing ein Poster von Harry Potter. Ansonsten wirkte das Haus extrem unbewohnt, fast wie eins dieser Musterhäuser, die Käufer anlocken sollten. Hannah fragte sich, ob es schon immer so gewesen und es ihr nur nie aufgefallen war. Aber ein siebter Sinn sagte ihr, dass die sterile Leere eine Entwicklung der letzten Jahre sein musste. Seit Matts Adoptivvater mit seiner neuen jungen Frau zusammengezogen war. Und die Dinge hatten sich, seit Matt im Internat wohnte, nicht unbedingt verbessert. Seitdem stand das Haus wie eine leere, teure Kulisse in der Gegend herum. Es hatte einen Balkon, auf dem nie jemand saß, mit Blick aufs Meer, dem nie jemand Beachtung schenkte, es hatte eine hochmoderne, elegante Küche, in der nie jemand kochte, und eine hellgraue Wildledercouch im Wohnzimmer, auf der nie jemand saß. Warum also hatte Matt darauf bestanden, dass sie ausgerechnet hierherkam? Sie hätten sich genauso gut im Internat treffen und ein bisschen draußen mit Daisy spielen können.

»Setz dich doch.« Matt saß auf dem Bett in seinem Zimmer und klopfte mit der Hand auf den Platz neben sich.

Da verstand Hannah plötzlich. Er hatte sie hierherbestellt, weil sie hier im Gegensatz zum Internat alleine sein konnten. Alleine auf seinem Bett sitzen konnten. *Liegen konnten?* Nervös zupfte sie an einer Haarsträhne herum. Konnte das sein? Das sah Matt eigentlich nicht ähnlich, er war ziemlich zurückhaltend und bis jetzt hatte er sie auch nur ziemlich schüchtern geküsst, aber …

»Was ist denn?« Er sah sie an.

»Nichts.« Sie ließ sich neben ihm nieder. Gott sei Dank war das Bett ziemlich hart und sie versank nicht hilflos in den weichen Kissen.

»Okay. Ich hab es zurück.« Matt langte unter das Bett und zog etwas hervor.

Wovon sprach er? Verdutzt musterte sie einen großen gelben Umschlag.

»Die Speichelprobe. Von Dylan.«

»Ach so. Aha.« Erleichterung und Enttäuschung überfielen Hannah gleichzeitig. Das hier hatte rein gar nichts mit ihr oder *mit ihr auf dem Bett* zu tun. Sondern wieder mal nur mit Dylan. »Und dann willst du sie jetzt dieser Elli aus der Zwölften bringen.«

»Nein.« Matt öffnete den Umschlag so vorsichtig, als befände sich Dynamit darin. »Wer weiß, wann die dazu kommt, sich damit zu beschäftigen. Oder vielleicht verliert sie es. Oder bringt es mit anderen durcheinander. Ich liefere das selbst im Labor bei der Forschungsgruppe ab.«

»Aber das Labor ist in den Sicherheitsbereichen. Da kommst du gar nicht rein. Du musst es beim Pförtner abgeben. Dann kannst du es genauso gut auch dieser Elli geben.«

»Ich komme nicht rein. Aber du.« Matt sah sie auffordernd an.

»Das stimmt«, sagte Hannah langsam. Ihr Dad hatte ihr vor Jahren eine eigene Chipkarte anfertigen lassen, damit sie ihn überall erreichen konnte. Und weil niemand von der Chipkarte wusste, hatte sie ihr auch niemand jemals weggenommen. Hannah selbst hatte schon eine Ewigkeit nicht mehr daran gedacht.

»Wenn das jemand merkt, bin ich das Ding los«, gab sie zu bedenken.

»Du benutzt es doch sowieso nie«, widersprach Matt. »Bitte.« Er schlang die Arme um sie. »Das ist total wichtig für mich, Hannah. Und du weißt, dass ich dir bei allem helfen würde, solltest du je danach verlangen. Bei allem.« Er sah sie eindringlich an, dann küsste er sie.

»Okay«, flüsterte Hannah, als sie wieder Luft holen konnte. »Ich mach es. Aber ich brauche auch etwas von dir.«

»Alles, was du willst. Was willst du?«

Hannah zögerte kurz. »Deinen Rat. Ich brauche deinen Rat in einer Angelegenheit, die ich nicht verstehe. Ich weiß nicht, was ich davon halten soll.«

»Okay. Erzähl es mir auf dem Weg.« Matt stand auf. »Ach, und noch was, Hannah.«

»Was denn?«

»Wenn es dir nichts ausmacht, könntest du, wenn wir alleine sind …«

»Was?« Was wollte er von ihr, wenn sie alleine waren? Dass sie keinen BH anzog? Gegen ihren Willen kroch eine seltsame Hitze ihren Hals hoch, dabei hatte Matt doch gar nichts Derartiges verlangt.

»Ich möchte … nur damit ich mich schon daran gewöhne, für alle Fälle …« Er stockte erneut.

»An was denn gewöhnen?«, fragte Hannah. Warum spuckte er nicht endlich aus, was er wollte?

»Könntest du mich bitte Dowan nennen? Das ist mein richtiger Name. Glaube ich.«

»Dowan?«, wiederholte Hannah.

»Ja. Also nur, wenn wir alleine sind. Sonst nicht. Die anderen … du weißt schon.«

Ja, sie wusste. Die anderen in der Schule würden den seltsamen Namen sofort aufschnappen und zerfetzen, sie würden ihn Dow Jones nennen oder Downy. »Okay«, meinte sie zögerlich. »Für mich bist du aber Matt.«

»Versuch es einfach mal.«

»Okay. Dowan.« Der neue Name fühlte sich völlig falsch in Hannahs Mund an. Ehrlich gesagt fand sie das ein bisschen lächerlich, Matt wusste doch noch nicht mal, ob das wirklich sein echter Name war.

»Danke.« Er strahlte sie an und zog sie vom Bett hoch.

 »Hm. Ehrlich gesagt weiß ich auch nicht, was ich davon halten soll.« Matt biss sich nachdenklich auf die Lippe. Hannah hatte ihm im Auto alles über den Epi-Pen erzählt. »Ich meine – so, wie du es schilderst, klingt es ja fast, als ob …« Er stockte.

»Sag es ruhig.« Hannah starrte geradeaus. Vielleicht konnte Matt es ja aussprechen.

»Es klingt so, als ob … also, als ob jemand den Epi-Pen erst absichtlich weggenommen und dann wieder hingelegt hat.«

Genau, dachte Hannah. Genau das ist es. Sie nickte langsam. »Zuerst hab ich ja gedacht, dass er halt an dem Tag einfach nur seinen Epi-Pen verlegt hat, obwohl das komplett unwahrscheinlich war, aber es gab einfach keine andere Möglichkeit. Aber dann, als ich gesehen habe, dass das Ding auf einmal wieder da ist, da habe ich überhaupt nichts mehr verstanden. Es ist ja wohl nicht in die Schublade geflogen, oder?«

»Nein.« Matt schüttelte den Kopf, als hätte es sich hierbei um eine ernsthafte Frage gehandelt. »Aber trotzdem – wie kommt es dahin? Bist du ganz, ganz sicher, dass der Epi-Pen damals nicht in der Schublade war?«

»Ja.« Ein Schluchzen quoll in Hannahs Hals hoch. Sie wollte nicht an diesen schrecklichen Tag zurückdenken. Aber sie musste. Es war wichtig. »Ich bin mir absolut sicher. Ziemlich sicher.«

»Absolut oder ziemlich?«

»Absolut.«

»In dem Fall, finde ich, solltest du noch ein weiteres Mal nachsehen. Wenn du willst, komme ich mit.«

»Das wäre lieb von dir, Matt.« Hannah schenkte ihm ein Lächeln. Dann besann sie sich und schob schnell noch ein »Dowan« hinterher. Es fühlte sich noch lächerlicher an als vorhin. »Wir sind da.«

Die Sicherheitsbereiche in der Nähe der Highschool befanden sich in schmucklosen Kästen, die wahrscheinlich von vornherein jegliches Interesse von neugierigen Besuchern unterbinden sollten. Hier drin war unter anderem die Abteilung Genetik mit ihren Laboren, in denen zum Beispiel neue Pflanzen gezüchtet wurden. In anderen Bereichen wurden solche Dinge wie die iBabys konzipiert. Solange sie geheim bleiben mussten, durfte nichts über diese Entwicklungen nach außen dringen. Außerdem gab es noch weitere Sicherheitsbereiche beim Botanischen Garten, wo sich die Hanfplantage befand, und dann noch die unterirdischen Entwicklungslabore in der Nähe des Parks, zu denen nur der absolut engste Führungskreis Zugang hatte. Nicht einmal Hannah wäre dort mit ihrer Chipkarte hineingekommen.

Matt war so langsam wie eine alte Oma gefahren und parkte sein Auto jetzt so vorsichtig und umständlich, als wäre es aus Glas, obwohl der Parkplatz nahezu leer war.

»Alles in Ordnung mit deinem Auto?«, erkundigte Hannah sich.

Statt einer Antwort deutete Matt lediglich auf das Smiley auf seinem Armaturenbrett, und Hannah stellte belustigt fest, dass er nur noch drei Bonuspunkte für gutes Fahren übrig hatte.

»Autsch«, sagte sie. »Noch drei Punkte weg und du musst laufen.«

»Einen Punkt Abzug für zu langsames Fahren, Matt Steiner«, meldete sich prompt das Smiley. Es drohte scherzhaft mit einem kleinen dicken Finger. »Auch zu langsames Fahren kann den Verkehr behindern. Dein Fahrbonuskonto beträgt somit nur noch zwei Punkte. Der Countdown läuft.«

»Was?«, empörte Matt sich. »Spinnt das Ding jetzt total?« Mit einem harmonischen Gong wechselte die Bonuspunktanzeige auf zwei. »Hast du das gesehen?« Fassungslos zeigte Matt auf das Armaturenbrett. »Was soll ich denn sonst machen, du bescheuertes Teil? Etwa rasen wie bei Formel 1?«

»Reg dich nicht auf. Das Smiley hört dich nicht.« Hannah legte ihm beruhigend die Hand auf den Arm und sah schnell weg, damit er nicht merkte, dass sie sich ein Lachen verkniff. »Ich spiel gern Chauffeur für dich.«

»Du hast gut reden.«

»Hey, beruhige dich. Du willst jetzt bestimmt nicht mit hochrotem Kopf und Schaum vorm Mund in die Sicherheitsbereiche rein, glaub es mir. Dann fängt dich nämlich gleich jemand ab, weil sie denken, du hast eine Bombe bei dir oder so.«

»Okay.« Matt zwang sich sichtlich zur Ruhe. »Okay. Ich bin ja schon wieder friedlich.«

Sie stiegen aus und schlenderten betont lässig zum Wachhäuschen am Eingang. Darin saß eine Frau von der Campus-Security. Sie las irgendwas auf ihrem Handy und sah gelangweilt hoch. »Hallo«, grüßte sie ohne eine Spur des Erkennens. Gott sei Dank. Sie musste neu sein und hatte keine Ahnung, wer Hannah war.

»Hallo. Wir gehören zur Forschungsgruppe Genetik und haben eine Laborgenehmigung«, behauptete Hannah. »Unter Elli Kressman. Wir sind in der zwölften Klasse«, fügte sie noch hinzu, weil die Frau nicht antwortete und sie nur misstrauisch beäugte. Sahen sie zu jung aus? Hoffentlich wollte die jetzt keine Details wissen.

Ihr Buzzband vibrierte plötzlich.

Kyle hat eine Weihnachtsfeier für die Belegschaft organisiert. Arbeitsmoral um 100 % gestiegen. Produktion von Laserschnullern, Hologrammen, Gartenzwergen, Handyhüllen und USB-Sticks floriert. Erste Bestellungen gehen ein.

»Sorry«, murmelte Hannah und unterdrückte ein Grinsen. »Einladung zur Weihnachtsfeier.« Sie wagte es nicht, Matt oder die Security-Frau anzusehen.

»Wird jedes Jahr früher mit Weihnachten.« Die Frau verdrehte die Augen. »Warum feiern wir es eigentlich nicht gleich mit Halloween zusammen? Könnte man 'ne Menge Geld sparen.«

Hannah war sich nicht ganz sicher, ob die Frau eine Antwort auf diese Frage erwartete, aber es sah nicht so aus, denn sie winkte sie beide durch. Puh! Hoffentlich funktionierte jetzt auch die Chipkarte noch, denn sonst standen sie da wie blöd, und die Frau würde sich wundern und ihre Namen wissen wollen und alles würde auffliegen. Sie schob die Karte in den Schlitz, wartete eine nervtötende Zehntelsekunde lang auf das grüne Licht und atmete dann auf. *Danke, Dad*. Die Tür öffnete sich lautlos und sie begaben sich hinein. Das riesige Info-Tablet im Eingangsbereich verwies auf die verschiedenen Bereiche. Hannah tippte darauf herum, dann fand sie, was sie suchte. »Forschungsgruppe Genetik, zweiter Stock, Bereich B, Labor 32.« Sie verzichteten auf den Fahrstuhl, sondern liefen rasch die Treppen hoch. Sie mussten Hannahs Chipkarte noch mehrmals benutzen und kamen sich vor wie in einem Labyrinth. Türen öffneten und schlossen sich, endlose Gänge erstreckten sich, die urplötzlich wieder durch kaum sichtbare Glastüren unterbrochen wurden, die erneut eine Chipkarte verlangten.

»Wäre schwerer, hier rauszukommen als aus Alcatraz«, meinte Matt mit unverhohlener Bewunderung.

Endlich waren sie da. Ein Schüler aus der Zwölften sah erstaunt hoch, als sie plötzlich durch die Tür traten. Er hatte irgendein keltisches Symbol an den Hals tätowiert und seine punkigen lila Haare waren unter einem Labor-Haarnetz versteckt, was ihm das Aussehen eines irgendwie gemeingefährlichen Hausmütterchens verlieh.

»Äh?«, machte er. »Was geht hier ab?«

Hannah wedelte lässig mit ihrer Chipkarte. »Mein Pass für das Labor. Wir hatten hier was zu erledigen und dachten, wir liefern das hier gleich selbst ab. Die Speichelprobe für die T-Shirts mit der DNA.«

»Ach so.« Der Typ wirkte erleichtert, dass er sich nicht mit etwas Kompliziertem beschäftigen musste. »Alles klar. Her damit. Welche Farbe?« Er sah sie fragend an.

»Farbe?« Matt verstand nicht ganz.

»Für dein T-Shirt, Alter.« Der Junge lächelte nachsichtig.

»Oh. Blau. Zweimal Blau, denke ich. Einmal hell und einmal dunkel.«

»Zweimal?« Der Junge lugte in den Umschlag. »Ah, okay, ich sehe zwei Röhrchen. Welche Namen?«

»Matt«, erwiderte Matt. Und nach einer kurzen zögerlichen Sekunde fügte er »Und Dylan« hinzu.

»All righty.« Der Hausmütterchen-Punk tippte auf seinem Computer herum, der Drucker spuckte zwei Namensaufkleber aus und der Typ klebte sie in Windeseile auf die Röhrchen. »In zwei Tagen oder so haben wir die DNA und dann machen wir uns an die T-Shirts. Du hörst von uns.«

»Ich freue mich drauf.« Matts Stimme klang belegt. »Es interessiert mich nämlich.« Er knetete seine Finger. »Also, wie die aussieht.« Ein verlegenes Husten. »Von beiden, meine ich.«

»Logo.« Den Jungen schien Matts Gestammel nicht zu stören. »Verstehe ich.« Er sah sich stolz um und grinste sie beide an. »Dann lernt mal schön fleißig; wenn ihr groß seid, dürft ihr vielleicht auch hier arbeiten.« Er lachte wiehernd über seinen eigenen Witz.

Hannah und Matt lachten pflichtschuldig mit, dann gab es keinen Grund mehr, hier länger zu verweilen. Jetzt hieß es warten. Hannah wusste selbst nicht, was sie Matt eigentlich wünschte.

Dass Dylan sein Bruder war? Es würde ihn glücklich machen, aber auch unendliche Komplikationen mit sich bringen. Dass er es nicht war? Dann wäre Matt zutiefst niedergeschmettert und traurig, aber wenigstens würde er dann vielleicht wieder halbwegs normal werden. Oder? Nein, würde er nicht. Er würde weitersuchen, bis ans Ende seines Lebens, wenn es sein musste. Sie seufzte. Dann schon lieber gleich Dylan als Bruder.

»Okay, lass uns gehen.« Sie zog ihn mit sich. Irgendwo mussten sie falsch abgebogen sein, denn plötzlich fanden sie sich vor einer Glastür wieder, hinter der ein üppiger Pflanzendschungel wucherte. *Danger! Poison!* Ein Totenkopfschild an der Tür warnte vor unbefugtem Zutritt. Wo war denn nur der Zugang zum Treppenhaus? Sie irrten weiter umher und kamen in einen Bereich, wo Fotos von glücklichen Paaren mit ihren Babys an den Wänden hingen. Das musste die Abteilung für In-vitro-Befruchtung sein.

»Kann ich euch helfen?«, fragte plötzlich eine Stimme hinter ihnen. Sie klang nicht besonders freundlich.

Hannah fuhr herum. Shit, wer war das?

Aus einer Tür hinter ihnen war gerade eine Frau mit rundem Gesicht und blondem Dutt getreten. Hannah erkannte Claire Drummond, eine der engsten Mitarbeiterinnen ihres Dads.

»Hannah? Was machst du denn hier?« Claire musterte sie erstaunt.

»Wir haben was … abgegeben«, krächzte Hannah. »Bei der Forschungsgruppe Genetik. Aus der zwölften Klasse.«

»Ach die. Ja, das sind eifrige junge Leute.« Claire wurde augenblicklich freundlicher und lächelte sie an. »Wie geht es dir denn?«

»Super«, log Hannah. »Das hier ist übrigens Matt. Matt Steiner.« Oder besser *Dowan – the boy formerly known as Matt*. Aber das behielt sie natürlich für sich.

»Der Matt.« Ein seltsamer Ausdruck huschte über Claires

Gesicht, doch dann lächelte sie wieder. »Was bist du groß geworden. Wollt ihr kurz reinkommen? Ich habe mir gerade einen Kaffee gekocht und habe heute noch mit niemandem aus dem realen Leben geredet, nur mit virtuellen Gesichtern auf Bildschirmen.«

Hannah wechselte einen unschlüssigen Blick mit Matt. Lust hatte sie eigentlich keine, aber ihr Vater hatte Claire immer sehr gemocht, und es erschien ihr irgendwie unhöflich, die Einladung nicht anzunehmen. »Okay.«

Sie betraten Claires Büro. »Wow«, rutschte es Hannah heraus. Die eine Wand war komplett mit Babyfotos zugeklebt. »Was für ein fruchtbares Zimmer.«

Claire lachte schallend los. »Du hast den Humor von deinem Dad geerbt. Interessierst du dich für Genetik? Oder Biologie? Willst du mal was in dieser Richtung studieren?«

»Ich weiß es noch nicht genau.«

»Wir müssen uns erst nächstes Jahr entscheiden, in welche Richtung wir gehen wollen«, fügte Matt erklärend hinzu.

»Ach stimmt ja, ihr seid ja erst in der Neunten. Kaffee?« Claire holte drei Tassen aus einem Schrank. »Ich hatte doch auch noch irgendwo ein paar Kekse.« Sie wühlte unten in einem Fach herum. »Na so was. Sind leider alle.« Sie tauchte wieder auf. »Interessiert euch das hier? Wollt ihr irgendwas wissen?«

»Sind die alle künstlich entstanden?« Hannah deutete auf die unzähligen Babys.

»Ja.« Claire nickte stolz. »Mit dem neuartigen Verfahren, das wir entwickelt haben, klappt eine Schwangerschaft meist auch in den schwierigsten Fällen.«

»Also mit hundertprozentigem Erfolg?« Hannah riss beeindruckt die Augen auf.

Wieder trat dieser eigenartige Ausdruck in Claires Gesicht. »Das leider nicht. Manchmal auch nach endlosen Versuchen nicht. Manchmal sperrt sich einfach die Natur.«

»Das ist dann bestimmt schwer zu ertragen«, sagte Matt leise.

»Ja.« Ein unbehagliches kleines Schweigen entstand.

»Jedenfalls sind das hier beileibe nicht alle unsere Babys, sondern nur eine Auswahl. In Wirklichkeit sind es viel mehr.« Claires munterer Ton kehrte zurück, sie goss Kaffee in die Tassen und reichte ihnen Zucker und ein Milchkännchen. Matt blickte die ganze Zeit zum Fenster, als ob der Baum da draußen ihn brennend interessierte. Hannah spülte den viel zu bitteren Kaffee runter, und sobald die Tasse leer war, sprang sie auf. »Ui. Schon so spät. Matt und ich haben heute noch …« Sie stockte.

»Earth Club«, kam Matt ihr zu Hilfe. »Irgendjemand muss ja die Erde retten.« Er stand ebenfalls auf.

Claire lächelte verwirrt. »Na dann. Komm ruhig mal wieder vorbei, Hannah«, sagte sie. »Ich würde mich freuen.«

»Klar. Mach ich.« Und über Matt würde sie sich nicht freuen? Oder warum hatte sie ihn nicht mit einbezogen?

»Was zum Geier war das eben?«, flüsterte Hannah, als sie mit Matt wieder draußen im Gang stand. Sie liefen los, weiter vorn wies endlich ein Schild zum Ausgang.

»Ich bin mir nicht ganz sicher, aber …« Matt blieb stehen.

»Aber was?«

»Meine Adoptivmutter hat horrende Rechnungen vom Genetiklabor in ihrem Büro. Von vor ungefähr zwölf Jahren.« Matt sah starr an ihr vorbei. »Und ich glaube, ich weiß jetzt, wofür die waren.«

Evan

100 »Okay. Es war also ein Spaß. Welche Art von Spaß muss man sich denn unter *Rache ist süß* vorstellen, wenn ich mal fragen darf? Das hast du Caitlin doch in deiner Nachricht geschrieben.«

Evan schwieg. Der Security-Heini konnte ihn mal kreuzweise. Evan hatte für die Zeit von Caitlins Verschwinden ein wasserdichtes Alibi, dank Psychotussi Abercrombie, die jetzt mit im Zimmer von Mr Mallory, dem Direktor von Myriad High, saß und bei jedem Satz, den irgendjemand von sich gab, zustimmend nickte.

»Soll das jetzt ein Verhör sein oder was?«, fragte Evan trotzig zurück. »Dann würde ich nämlich gern meinen Anwalt anrufen.« Bluffen, das war die beste Strategie. Als ob Evan, als ob seine Familie einen Anwalt hatte! Als ob sein Vater, der sich lächerlicherweise täglich einen Schlips umband, um dann die Autos anderer Leute zu reinigen, sich auch nur eine Stunde der Arbeit eines Anwalts leisten konnte. Selbst letztes Jahr, als man Evan in seiner alten Schule fertiggemacht und gemobbt und gequält hatte, hatte sein Vater seine ganze Hoffnung in die Kompetenz der Schulleitung gelegt. Doch von denen war selbstredend keine Hilfe zu erwarten gewesen. Die wollten sich nur selbst aus der Affäre ziehen und waren wahrscheinlich heilfroh, dass Evan jetzt nicht mehr dort war, um sie an den *unangenehmen Vorfall*, wie der Direktor Evans Tortur genannt hatte, zu erinnern.

»Einen Anwalt.« Der Mund des Security-Manns zuckte fast belustigt. »Nein, das ist natürlich kein Verhör. Du bist ja freiwillig hier. Wir wollen nur ein paar Sachen klären, und wenn du nichts zu verbergen hast, dann sollte das ja auch kein Problem sein.«

Miss Abercrombie nickte schon wieder zustimmend. »Vielleicht kannst du ja einfach mal beschreiben, welche Gefühle du hattest, als du *Rache ist süß* geschrieben hast?«

Evan hätte beinahe laut losgelacht. Welche Gefühle hatte man da wohl? Caitlin hatte in der ganzen Schule herumerzählt, dass er ein Loser war, blöd aussah, wie ein Landei redete und dass jedes Mädchen, das seine sieben Sinne noch beieinanderhatte, sich von ihm fernhalten sollte. Es hatte sich angefühlt wie der Beginn seines Martyriums in Idaho, und weil Evan Angst davor hatte, dass sich das wiederholen könnte, hatte er eben *Rache ist süß* geschrieben. Um Caitlin ein bisschen in die Schranken zu verweisen, was ja auch irgendwie geklappt hatte, denn jetzt war sie verschwunden.

»Ich hab das nur aus Jux geschrieben«, sagte er. »Ich hatte überhaupt nichts mit ihr vor und ich habe nichts mit ihrem Verschwinden zu tun. Ich weiß nicht, wie oft ich das noch sagen soll.« Er schielte unter seiner Haarsträhne hervor. Auf der Uhr an der Wand war es fast drei. Gleich begann Sophies Cheerleadertraining und da musste er unbedingt hin. Die anderen Mädchen aus dem Team waren in letzter Zeit unheimlich fies zu ihr und er musste ihr beistehen, er wusste schließlich am besten, wie sich das anfühlte. Und jetzt hatte der Security-Heini ihm auch noch sein Buzzband weggenommen, damit die Befragung nicht davon gestört wurde, und er konnte sich nicht um *Perfect Fit* kümmern und Sophie würde sauer sein. Oder vielleicht stand sie ja just in diesem Moment tränenüberströmt am Rand des Footballfeldes und niemand half ihr? Dachte sie an ihn? Er rief sich wieder Minkys Tod in Erinnerung und quetschte eine Träne hervor. »Ich würde jetzt gern gehen«, schluchzte er.

»Ich glaube, jetzt ist es genug.« Miss Abercrombie reichte ihm mitleidig ein Taschentuch. »Mein Patient ist völlig verstört. Wenn er nun mal nichts weiß!« Aufgebracht sah sie den Security-Mann an. Der zögerte, aber offensichtlich fiel ihm nichts ein, was er sonst noch hätte fragen können. Außer dieser blöden Nachricht, die Evan mit Caitlins Verschwinden in Verbindung brachte, gab es schließlich nichts, und das sah der Security-Mann wohl nun auch ein. Er seufzte ärgerlich. »Okay«, brummte er. »Aber halt dich weiter zur Verfügung.«

»Natürlich.« Evan lächelte. Was glaubte der denn? Wo sollte Evan denn sonst hin? Nach Idaho würde er ganz gewiss nicht abhauen. Als er aus dem Zimmer ging, erblickte er durch eine Glaswand ein Ehepaar Mitte vierzig. Der Frau liefen Tränen übers Gesicht, der Mann streichelte ihren fülligen Arm. Das mussten Caitlins Eltern sein, die Frau hatte rote Haare wie ihre Tochter. Jetzt hob Caitlins Mutter den Kopf und sah zu Evan. *Das ist er*, sagte sie zu ihrem Mann, Evan konnte es von ihren Lippen ablesen. In ihrem Blick loderte purer Hass.

Sophie

Sophie zog den Rock der Cheer-Uniform glatt und griff in ihre Tasche, um das Haargummi herauszuholen, damit sie ihre Haare für das Training zu einem Zopf binden konnte. Mist, sie hatte das Gummi vergessen.

»Sorry, könntest du mit ein Haargummi borgen?«, wandte sie sich an das Mädchen neben sich, das gerade den Spind in der Umkleide zuschloss. Eins von den normalen, netten Mädchen aus dem Team, denen es egal zu sein schien, mit wem Ben jetzt ging, und die nicht demonstrativ tuschelten, sobald Sophie auftauchte.

»Klar.« Das Mädchen lächelte sie an, griff in ihre Tasche und reichte Sophie ein Haargummi.

»Danke.« Sophie lächelte zurück, aber das Mädchen hatte sich bereits abgewandt und begab sich zur Tür.

Sophie drehte das Haargummi zwischen den Fingern. Er war gerissen. »Oh«, rief sie dem Mädchen hinterher. »Sorry, aber hättest du noch ein anderes? Das hier ist kaputt.«

»Ich weiß«, erwiderte das Mädchen, ohne sich umzusehen, und ging raus.

Sophie schossen Tränen in die Augen. Tränen der Wut und der Beschämung. Wieder eine, die in das andere Lager übergewechselt war. In das Lager der Mobber und Tuschler und Kicherer, die Maddie Thayers aus Anbetung die blütenweißen Sneakers küssten. Was ging hier eigentlich ab? Warum machten die das? Sophie hatte doch niemandem etwas getan. Sie hatte nicht mit Ben Schluss gemacht, ja, sie hatte nicht ein einziges böses Wort über Maddie Thayers verloren, weil es einfach gegen ihre Prinzipien verstieß, über andere Leute schlecht zu reden. Nein, Sophie hatte sich komplett neutral gegenüber Maddie verhalten, obwohl ihr natürlich mittlerweile klar geworden war, dass Maddie sich bereits seit Wochen an Ben herangemacht haben musste. Solche Sachen passierten schließlich nicht von einem Tag auf den anderen. Also hätte man doch eigentlich Mitleid mit ihr, Sophie, haben müssen?

Sie verstand das alles nicht, und tief in ihrem Herzen ahnte sie, dass entgegen ihrer bisherigen Annahme eben nicht alle Menschen gut waren. Das Buzzband vibrierte.

Aktien für Perfect Fit sind um 4 % gestiegen! Perfect Fit steht momentan an zweiter Stelle im Wettbewerb. Evan hat eine Gehaltserhöhung für alle Angestellten vorgeschlagen. Angenommen?

Das Gefühl von Scham verschwand augenblicklich und wurde von Dankbarkeit für Evan ersetzt. Ausgerechnet Evan, den niemand leiden konnte, den alle irgendwie creepy fanden und dem sie sonst was unterstellten, ausgerechnet Evan kümmerte sich rund um die Uhr um dieses Projekt. Sie konnte sich echt keinen besseren Partner vorstellen. Und sie lagen an zweiter Stelle, das war sagenhaft. Bei all den coolen Firmen, die es gab! Sie schluckte ihre Tränen runter und straffte sich. Wer war sie denn? Nein, sie würde sich das Mobbing der Cheerleader nicht weiter gefallen lassen.

Doch als sie auf das Footballfeld hinaustrat, fielen ihre guten Vorsätze sofort wieder zu einem Häufchen Selbstmitleid zusammen. Da vorn standen die Jungs vom Footballteam und alberten mit den Mädchen vom Cheerteam herum. In der Mitte des Kreises Ben und Maddie, ein Anblick, der Sophie spontan an dieses alberne Kennenlernspiel am Anfang des Schuljahres erinnerte, als Ben und sie noch glücklich und zusammen gewesen waren. Es schien Jahre her zu sein. Ben hatte seine Arme von hinten um Maddie geschlungen und sie zappelte und kicherte und sonnte sich in all der Aufmerksamkeit. Eigentlich wäre Sophie am liebsten sofort wieder weggelaufen, aber da musste sie jetzt durch. Tapfer schritt sie auf die Gruppe zu.

»Hey, Soph«, grüßte Ben sie lässig und umschlang Maddie dabei noch ein wenig fester. Als hätte es sie, Sophie, nie gegeben. Als hätte es all die Momente, Küsse, Neckereien und Zärtlichkeiten zwischen ihnen nie gegeben.

»Hey.« Es kam nur als ein Krächzen heraus.

»Hey, Sophie.« Maddie lächelte sie an. »Ich dachte, wir probieren es von jetzt an mit dir als Base. Da brauchen wir ein paar starke Mädchen. Was hältst du davon?«

Jemand kicherte leise. Base waren die großen, kräftigen Mädchen, sofern man bei Cheerleadern überhaupt von kräftig reden konnte. Die, die ganz unten standen und die anderen, grazileren Mädchen in die Luft stemmten. Bis gestern hatte Sophie zu Letzteren gehort.

»Aber …«, setzte sie an, doch in dem Moment kreischten ein paar Mädchen wie die Verrückten los, weil ein Stock, der auf dem Boden vor ihnen lag, plötzlich in die Luft abhob. Es war eine dieser Chamäleon-Drohnen und sie gehörte offenbar Kyle, denn der lachte sich halb tot und ließ das Ding, das jetzt seine Form zu einer Art Kondensstreifen änderte, wilde Kreise ziehen. »Siehst du das, Sophie?«, rief er ihr atemlos zu. »Ist das nicht geil?« Er strahlte sie an.

Kyle redete so ziemlich als Einziger hier ganz unbekümmert mit ihr. Beinahe hätte Sophie losgeheult. Und außerdem war das mit der Base offenbar beschlossene Sache, denn nun zogen die Jungs aufs Feld und die Mädchen gruppierten sich am Rand. Morgen war ein wichtiges Footballspiel und das war heute sozusagen die Generalprobe.

»Du gehst hierhin.« Ariana zog sie am Arm und versuchte, Sophie irgendwohin zu schieben, aber diesmal wehrte Sophie sich.

»Nein, ich bleibe hier«, erklärte sie und funkelte Ariana wütend an.

»Okay.« Ariana hob betont erschrocken die Hände. »Okay. Ist ja gut. Wollte nur helfen.«

Als ob, dachte Sophie.

»Da hat wohl jemand heute seine Pillen nicht genommen«, hörte sie Ariana halblaut in die Runde sagen. Wieder das blöde Kichern.

»Vielleicht solltest du auch mal ein paar Pillen nehmen. Gegen deine Hautprobleme«, rutschte es Sophie heraus.

Bingo. Ariana fuhr herum und starrte sie perplex an.

Sophie schlug instinktiv die Augen nieder. Nie im Leben hätte sie früher so etwas zu jemandem gesagt.

»Ist dein Freund zum Zuschauen gekommen?«, hörte sie jemanden hinter sich.

»Was?« Sophie fuhr herum.

Das Mädchen hinter ihr deutete auf die Tribüne. Dort saß Evan und winkte ihr zu.

»Das ist nicht mein Freund«, erwiderte Sophie. War das jetzt die nächste blöde Anmache? »Das ist mein Businesspartner.«

»Ach so. Aber ich würde mich trotzdem von dem fernhalten. Es wird so einiges gemunkelt.« Roxy hieß das Mädchen. Sie war genauso neu im Cheerteam wie Sophie. In ihren Augen konnte Sophie keinen Argwohn lesen, wahrscheinlich war es noch nicht bis zu Roxy vorgedrungen, dass man Sophie jetzt ignorierte. Roxy deutete Sophies Schweigen offenbar als Aufforderung, ins Detail zu gehen. »Er soll irgendwas mit Caitlins Verschwinden zu tun haben«, flüsterte sie. »Er soll sie rausgelockt und dann die Klippen runtergestoßen haben. Da haben sie ja auch ihr Auto und ihr Handy gefunden.«

Sophie starrte sie an. *Das* also erzählten die Schüler sich hinter vorgehaltener Hand?

»Die hat bestimmt das Meer weggespült.« Roxy hatte jetzt vor Aufregung gerötete Wangen.

»Unsinn.« Sophie schüttelte energisch den Kopf. Evan war der Einzige außer Hannah und Chloe, der in den letzten Wochen nett zu ihr gewesen war. Sie würde jetzt definitiv nicht über ihn tratschen und solche Albernheiten diskutieren.

»Na, wie auch immer.« Roxy ließ das Thema endlich fallen. »Jedenfalls ist es bescheuert, dass du jetzt an der Base stehen musst. Du bist viel besser oben. Aber du weißt ja, wenn Maddie sich was in den Kopf gesetzt hat ...« Sie lächelte unsicher.

»Roxy, kommst du mal?«, erklang da Maddies Stimme – nicht unfreundlich, aber sehr bestimmt. Roxy verdrehte kurz die Augen und ging dann rüber zu Maddie Thayers. Wenige Momente später konnte Sophie alle Mädchen laut lachen hören.

Allyssa

 Ich kann nicht tun, was Thunder-Girl verlangt, dachte Allyssa. Ich kann das einfach nicht und ich will das auch nicht. Sie lauschte Mr Howards Erläuterungen im Fach *Eigene Erfindungen,* ohne dass auch nur eine Silbe seiner Rede zu ihr durchdrang. Mr Howard stampfte durch das Klassenzimmer und redete und redete, dann riss er offenbar einen Witz, denn die Klasse lachte laut auf. Alle so happy. So sorglos. Keiner ahnte, was für eine gewaltige Last auf Allyssa lag. Immer wieder spulte sie in Gedanken das schreckliche Zusammentreffen mit Thunder-Girl in der Eishalle ab.

»Du hast was gutzumachen, Allyssa. Man lässt seine Schwestern nicht im Stich. Hast du echt gedacht, du könntest einfach so verschwinden und dich in deinem Nobelinternat verstecken?« Thunder-Girl hatte so leise gesprochen, dass man sie kaum verstehen konnte, doch für Allyssa hatte es sich angefühlt, als ob jedes Wort in ihr Trommelfell gefräst wurde. Sie verfluchte den Tag, an dem sie sich mit den LA Cobras eingelassen hatte. Wie dumm und naiv hatte sie nur sein können? Sie hatte es für Jackson getan und weil sie schwer von den einflussreichen, älteren Mädchen in ihrer Schule in L.A. beeindruckt gewesen war. Allyssas Eltern waren ehemalige Hippies und hatten darauf bestanden, dass Allyssa mit »ganz normalen Kindern« zur Schule ging, wie sie es immer nannten, damit sie das wahre Leben kennenlernte. Nur dass es in L.A. keine ganz normalen Schulen gab. Es gab Schulen für die Reichen und Schulen für die Armen und in Letzteren regelten Gangs den Schulalltag, und die Lehrer waren nur schlecht bezahlte und entnervte Komparsen in einem Actionfilm, den sie nicht verstanden.

»… irgendwelche Ideen, wie wir dieses Projekt angehen können?« Mr Howard war neben ihrem Platz stehen geblieben. »Allyssa? Was würdest du erfinden?«

»Eine Zeitmaschine«, platzte Allyssa, ohne zu überlegen, heraus. »Um in der Zeit zurückzureisen.« *Um gewisse Dinge ungeschehen zu machen.*

Jemand lachte röchelnd auf, andere fielen mit ein. Verdammt, hatte sie sich gerade blamiert? Allyssa zauberte sich rasch ein überlegenes Lächeln ins Gesicht. Für den Bruchteil einer Sekunde fing sie einen Blick von Hannah auf. Die lachte nicht mit. Hannah sah aus, als ob sie genau dasselbe geantwortet hätte. Natürlich, die wäre sicher gern in die Vergangenheit zurückgereist, um ihren Dad zu sehen. Aber Mitleid von Hannah war echt das Allerletzte, was Allyssa jetzt gebrauchen konnte.

»Aha«, meinte Mr Howard belustigt. Wenn er lachte, wackelte sein Dreifachkinn. »Und wohin würdest du zurückreisen?«

Jetzt sahen alle sie an, auch Ryan. Er lächelte ihr aufmunternd zu.

»Zum Anfang des Schuljahres«, gab sie jetzt schlagfertig zurück. Ryans Lächeln hatte ihr gutgetan. »Und dann würde ich einen anderen Kurs wählen als diesen hier.«

Die Klasse lachte wieder, aber diesmal auf eine andere Art. Allyssa atmete unhörbar auf. Sie hatte wieder Oberwasser und zum Glück war Mr Howards seelische Verfassung so robust wie sein Körperbau und er nahm nichts übel.

»Ach was«, meinte er nur. »Das wird ein spannendes Projekt, warte es nur ab. Es wird fünf Erfinderteams mit je einem Teamleiter geben. Vielleicht wirst du ja einer von ihnen. Was können wir also erfinden?« Er ging endlich weiter. »Mitschreiben, Leute. Wir können Dinge komplett neu erfinden, das ist allerdings nur was für die ganz Ambitionierten unter euch. Zeitreisemaschinen sind selbstredend willkommen.« Die Klasse kicherte wieder, wenn auch etwas lahmer. »Zweitens können wir bereits existierende Erfindungen modifizieren. Erweitern. Manchmal bedarf es nur eines einzigen weiterführenden Gedankens, um etwas bereits Existierendes zu verbessern oder weiterzuentwickeln. Beispiele?«

Er hielt wieder an.

»iPhone sieben gegenüber iPhone sechs«, witzelte jemand, aber die Gagrunde war offenbar vorbei, denn jetzt lachte keiner mehr, und Mr Howard brachte den Schüler mit einer Handbewegung zum Schweigen.

»Oder wir lassen uns von der Natur inspirieren. Die Natur hat immer noch die besten Ideen. Beispiele für Erfindungen, die der Mensch sich aus der Natur abgeguckt hat?«

Ratlose Stille trat ein. Die beiden Nerds aus der ersten Reihe, die sonst jede Frage strebermäßig beantworteten, noch bevor sie überhaupt gestellt wurde, waren heute nicht da.

»Der Klettverschluss«, meldete sich plötzlich eine Stimme. Sie gehörte Sophie. »Der beruht auf dem Prinzip von Kletten, die aneinanderhaften. Manchmal gebraucht man das Wort auch im übertragenen Sinne für Paare, die immer aneinanderkleben.« Ein paar Leute kicherten los, denn alle wussten, auf wen Sophie damit anspielte. Loser-Evan lachte ganz besonders laut, das war ja klar.

Mr Howard merkte nichts. Er strahlte. »Es ist doch immer wieder erfrischend, wenn sich Schönheit mit Verstand paart«, lobte er. »Ich ernenne dich hiermit zur ersten Teamleiterin für das Projekt, Sophie. Such dir ein paar fähige Leute für dein Team aus. Ich bin gespannt, was ihr erfinden werdet.«

Sophie lächelte überrascht. Na, sieh mal einer an, dachte Allyssa. Sophie hatte offenbar beschlossen, sich nicht mehr alles gefallen zu lassen. Wer oder was diesen Sinneswandel wohl ausgelöst hatte? Normalerweise hätte Allyssa versucht, in der Pause irgendwie mehr darüber zu erfahren, aber heute war ihr nicht danach. Als alle aus dem Klassenzimmer strömten, empfand sie nur eins:

Neid. Neid auf die Normalität, in der die anderen sich bewegten. Sie hätte jetzt liebend gern mit Sophie getauscht. Was war schon ein blöder Ex und ein bisschen Zickengetue gegen das, was Allyssa bevorstand? Herrgott, sie hätte im Moment sogar mit Fettklößchen Natascha Madison und deren normalem und langweiligem Leben getauscht. Mit Hannah sowieso. Ein bitterer Gedanke kam Allyssa. Als Hannah wüsste sie wenigstens, dass Ryan sie wirklich liebte. Jetzt kam er ihr hinterhergelaufen.

»Hey, Lyssa.« Er legte ihr den Arm um die Schulter. »Lust, nach der Schule was zu unternehmen? Kino oder so?« Er nickte kurz zum Fenster. Es nieselte schon seit dem Morgen ununterbrochen und ein unangenehmer kühler Wind wehte.

»Kino klingt gut.« Sie schmiegte sich an ihn. Im Kino neben Ryan war sie sicher. Am liebsten hätte sie ihn gebeten, sie nonstop zu begleiten, aber dann würde er wissen wollen, warum, und außerdem war das einfach nicht möglich.

»Und ich dachte, wir könnten vielleicht Hannah und Matt fragen, ob sie mitkommen wollten«, fuhr Ryan fort.

Was? Was sollte das denn jetzt? »Wieso?«

»Ich finde einfach, es ist an der Zeit, dass wir uns alle vertragen«, murmelte Ryan. »Ich weiß, ihr wart nie die dicksten Freundinnen, aber es ist doch irgendwie blöd, wenn wir uns so aus dem Weg gehen. Die beiden haben uns doch nichts getan. Und Hannah ist echt ein guter Kumpel. Und Matt auch, er hat sich neulich sehr bemüht, mir zu helfen. Wir könnten doch normal miteinander umgehen. Freunde sein.«

Wir können doch alle Freunde sein. Wie in der zweiten Klasse … Allyssa schluckte. Das war jetzt nicht sein Ernst, oder? »Ein Doppeldate?«, brachte sie schließlich heraus.

»Genau.« Ryan wirkte erleichtert, dass sie so schnell begriffen hatte, worauf er hinauswollte. »Wird sicher nett. Ich hab Hannah neulich schon mal gefragt.«

Er hatte das bereits mit Hannah besprochen? Noch bevor er es ihr, Allyssa, gegenüber erwähnt hatte? Ärger flammte in ihr auf, doch dann besann sie sich. Mit drei anderen Leuten im Kino zu sitzen war noch sicherer als nur mit Ryan. Niemand würde sich an

sie heranwagen, wenn sie in einer Gruppe war. Das war jetzt einfach wichtiger.

»Okay«, erwiderte sie deshalb mit gespielter Munterkeit. »Finde ich auch. Eine gute Idee. Machen wir. Uh, ich muss los zu *Bio-Fuse*.« Sie ließ Ryan los, aber der zog sie wieder an sich.

»Einfach so wegrennen?« Er verzog in gespielter Entrüstung das Gesicht. »Das geht aber nicht.« Und dann küsste er sie so lange, bis jemand von den um sie herumwuselnden Schülern »Mann, nehmt euch ein Hotelzimmer!« rief.

Allyssa musste immer noch lachen, als sie den Gang entlangrannte, damit sie nicht zu spät zu *Bio-Fuse* kam. Ryan war wunderbar. Er war das Beste in ihrem Leben und sie würde ... Jemand hielt sie fest und zog sie so rabiat zur Seite, dass sie beinahe gestürzt wäre.

»Hey!«, wehrte sie sich wütend. »Spinnst ...« Der Rest des Satzes blieb ihr im Hals stecken. Vor ihr stand Ramiro in seinem beschissenen karierten Hemd, Thunder-Girls Lover, Handlanger und Spion. Er war es, der herausgefunden hatte, dass Allyssa sich auf dem Myriad-Campus aufhielt, da ging sie jede Wette ein.

»Lucia musste leider schon wieder abreisen«, erklärte er mit einem schiefen Lächeln. »Aber dafür bin ich ja jetzt da. Hast du schon mal dein Revier abgesteckt? Wir werden doch hoffentlich gut zusammenarbeiten?«

Lucia. Natürlich, das war Thunder-Girls richtiger Name. Irgendwie brachte Allyssa so einen harmlosen Mädchennamen nie mit diesem Schreckgespenst in Zusammenhang.

»Noch nicht«, stammelte sie. »Das geht hier auch nicht so,

wie Thund … wie Lucia sich das vorstellt. Myriad High ist anders als die Schulen in L.A. Das hier ist …«

»Geht alles«, unterbrach Ramiro sie gelangweilt. »Und der einzige Unterschied zu den Schulen in L.A. ist, dass hier noch massenhaft mehr Kohle zu machen ist. Guck sie dir doch an, die reichen Schnösel.« Er spuckte verächtlich auf den Boden, als zwei Jungs aus der Zwölften mit Google-Brillen auf der Nase an ihnen vorbeiliefen. Dann drückte er Allyssa ein kleines Päckchen in die Hand. »Hier. Dein Startkapital. Fixe sie an. Du weißt ja, was zu tun ist. Bei Fragen bin ich immer für dich da.« Er klopfte ihr ein wenig zu grob auf die Schulter und ging weg.

Das kleine Päckchen in Allyssas Hand brannte wie Feuer. Sie sollte Drogen auf Myriad pushen. Einen neuen Absatzmarkt erschließen. Das war es, was Thunder-Girl von ihr wollte. Als Wiedergutmachung. »Eventuell verzeihe ich dir dann sogar, Sweetie«, hatte sie Allyssa ins Ohr geflüstert.

Ich kann das einfach nicht und ich will das auch nicht, dachte Allyssa erneut verzweifelt. Ryan hasste Drogen. Er verachtete Leute, die sich davon abhängig machten, und noch mehr verachtete er Leute, die mit Drogen Geld verdienten. Skrupellose Schweine hatte er die genannt. Er würde definitiv kein skrupelloses Schwein zur Freundin haben wollen. Tränen liefen ihr über die Wangen. Zum Glück war niemand mehr im Gang, weil die Stunde bereits angefangen hatte.

Hannah

»*Mutanten Island, Love Secrets* oder *Herrscher der Finsternis*«, las Ryan vor. »Was meint ihr?« Sie standen alle vier leicht verlegen vor dem Campus-Kino und studierten das Filmangebot. Aus dem Foyer wehte der Geruch nach Popcorn und Hotdogs zu ihnen, irgendwo greinten ein paar kleine Kinder schon vor Beginn des Kinobesuches völlig überdreht.

Hannah zuckte mit den Schultern. Ehrlich gesagt interessierte sie keiner der drei Filme sonderlich. In *Love Secrets* würde die Hälfte aller Mädchen von Myriad High sitzen, in *Mutanten Island* die Hälfte aller Jungs vom Schlage Kyle. *Herrscher der Finsternis*, entschied sie. »Was immer das ist. Matt?«

Matt blies kurz die Wangen auf und runzelte die Stirn. Er hatte die Haare heute offen, obwohl er sie neulich noch hatte abschneiden wollen, weil ihm halblange Haare so lästig waren, hatte mehrere Lederbänder um die Handgelenke geschlungen und trug eine Kette mit einer Feder daran um den Hals. War das jetzt sein neuer Look?

»*Herrscher der Finsternis*«, stimmte Matt ihr zu. »Ist ein Zombiefilm. Zombies sind immer gut. Es gibt aber auch noch *Pocahontas 3*.«

Allyssa lachte schallend los. »Ähm«, sagte sie. »Du weißt schon, dass das ein Trickfilm für Kinder ist? Mit Hamstern als Darsteller. Hamster als Indianer! Ich meine – wer denkt sich so einen Schrott aus?«

»Warum denn nicht?« Matt sah sie trotzig an.

Hannah wechselte einen sekundenschnellen Blick mit Ryan. Das Doppeldate dauerte noch keine drei Minuten und ging bereits voll nach hinten los. Allyssa in Leder-Minirock und kniehohen

Stiefeln sah blendend aus, aber sie war schlecht gelaunt und irgendwie fahrig. Hannah merkte ihr an, dass sie lieber sonst wo gewesen wäre als hier im Kino mit ihr und Matt und dass sie das hier nur Ryan zuliebe mitmachte. Denkst du etwa, ich bin gerne hier?, dachte Hannah wütend. Ich hab mir das nicht ausgedacht.
Beinahe hätte Hannah in letzter Sekunde noch Sophie mitgeschleppt, einfach damit sie noch jemanden zur Verstärkung bei sich hatte und weil Sophie ihr in letzter Zeit so leidtat. Eine Weile lang hatte die Freundin kaum noch das Zimmer verlassen, um ja nicht Ben und Maddie zu treffen. Aber dann hätte Hannah heute noch ein Date für Sophie organisieren müssen, denn sonst hätte es irgendwie blöd ausgesehen, und deswegen hatte sie die Idee wieder verworfen.

Jetzt war sie froh, denn da hinten stand Evan und starrte zu ihnen rüber. Als er Sophie nirgendwo entdeckte, wirkte er sichtlich enttäuscht. Hannah wandte sich schnell ab, damit er nicht noch auf die Idee kam, sich ihnen anzuschließen. Es reichte schon, dass Matt und Ryan auf einmal beste Kumpels waren, irgendwie suchte Matt nach einer Lösung, wie er Ryan aus dem Campus schmuggeln konnte, auch wenn Hannah nicht ganz kapiert hatte, warum Ryan nicht einfach mit einem Pass rausfahren durfte. Das musste irgendein technischer Fehler sein. Und warum wollte er überhaupt raus? Angeblich musste er dringend jemanden treffen, allerdings hatte er nicht verraten, wen. Hannah überlegte, ob es etwas mit seinem Dad zu tun hatte und dieser komischen Nachricht, die Ryan beim Homecoming-Ball bekommen hatte. Aber vor den anderen konnte sie ihn nicht danach fragen.

»Warum nicht?« Allyssa stemmte jetzt die Hände in die Hüften. »Weil es Hamster sind. Fucking Hamster!«

»Ich finde, *Herrscher der Finsternis* klingt doch gut …«, versuchte Ryan zu vermitteln, aber Allyssa war noch nicht fertig.

»Hamster sind keine Indianer. Wie beleidigend ist das denn den Native Americans gegenüber? Wenn ihre Geschichte als Hamsterschmonzette verfilmt wird? Gerade *du* solltest das doch wissen.« Sie tippte Matt gegen die Brust.

Sprachlos starrten sie alle drei Allyssa an. Glitzerte da eine Träne in ihrem Auge? Hannah beschlich das eigenartige Gefühl, dass Allyssa hier Dampf wegen etwas ganz anderem abließ. Indianer und auch Hamster waren ihr bislang doch völlig schnuppe gewesen. Was war nur mit ihr los?

»Absolut«, mischte sich da eine Stimme ein. »Ich gebe dir völlig recht.« Hannah verdrehte innerlich die Augen. Yella vom Earth Club. Diesmal hatte sie vier andere Mitglieder im Schlepptau, Evan war allerdings Gott sei Dank nicht dabei. Sie hielten alle irgendwelche selbst gemalten Schilder in der Hand.

»Was habt ihr denn vor?«, erkundigte sich Hannah verblüfft.

»Wir demonstrieren.« Yella reckte stolz das Kinn hoch. »Gegen diese konformistische Entertainmentscheiße, die die Geschichte der amerikanischen Ureinwohner verzerrt und degradiert.«

»Du meinst … den Hamsterfilm?«, hakte Hannah vorsichtig nach. Yella nickte und wie auf Befehl hielten ihre Gefolgsleute die Schilder hoch. *Boykottiert Hamsterindianer! Für die Rechte der Native Americans! Thanksgiving ist kommerzielle Konsumverblödung!*

Allyssa wieherte los. Anscheinend hatte sie ihren kleinen Wutausbruch vergessen. »Du feierst also dieses Jahr kein Thanksgiving?«, fragte sie Yella spöttisch.

»Wenn du damit meinst, ob ich mich mit inhuman geschlachtetem Truthahn aus der Massentierhaltung und mit pestizidverseuchtem Kürbis vollstopfe, dann nein«, entgegnete Yella genauso spöttisch. »Warum sollen wir mit überteuerten Fressalien etwas feiern, das die komplette Unterdrückung der Indianer einleitete? Aber falls es dich interessiert – wir werden zu Thanksgiving in ein

Indianerreservat fliegen und dort bei der Renovierung einer Schule mithelfen. Das war nämlich der ursprüngliche Geist von Thanksgiving. *To give.* Und *to thank.* Du kannst dich uns gern anschließen.«

Yella war schon ziemlich abgedreht und nervig, aber irgendwie auch bewundernswert. Mit welcher Konsequenz die ihre schrägen Pläne durchzog und sich von niemandem einschüchtern ließ, nicht mal von Allyssa, war bemerkenswert. Außerdem waren ihre Worte auf fruchtbaren Boden gefallen, denn Matt hatte aufmerksam zugehört, und während Allyssa Ryan jetzt kopfschüttelnd fortzog, um Kinokarten zu kaufen – für welchen Film auch immer –, blieb Matt stehen, um sich mit Yella zu unterhalten.

»Wo genau fliegt ihr da hin?«, erkundigte er sich.

Im Kino wurde das Doppeldate nicht besser, ganz im Gegenteil. Zuerst hatten Hannah und Allyssa in der Mitte und die Junge jeweils am Rand gesessen, aber dann hatte Allyssa sich beschwert, dass sie nichts sehen konnte, weil vor ihr ein riesiger Typ saß, und deshalb mussten Plätze gewechselt werden, und nun saß Hannah zwischen Matt und Ryan. Hinter ihnen aß jemand geräuschvoll Käsechips, die wie alte Turnschuhe rochen, *Herrscher der Finsternis* war ein einziges Gemetzel und folgte keiner logischen Story, irgendein Trottel, der den Film schon mal gesehen hatte, rief dauernd »Jetzt! Gleich passiert es!« und ab und zu wehte eine Wolke von Allyssas Vanilleparfüm zu Hannah hinüber. Sofort wurde Hannah übel, der Geruch weckte zu viele schlechte Erinnerungen. Sollte Allyssa jetzt auch noch anfangen, Erdnüsse zu knacken, dann würde Hannah sich wahrscheinlich auf die Frisur der Frau in der Reihe vor ihnen erbrechen. Sie hatte nämlich immer noch nicht herausgefunden, wer vor ein paar Wochen die Erdnüsse in ihrem Zimmer deponiert hatte, war sich aber fast hundertprozentig sicher, dass es nur Allyssa gewesen sein konnte.

Wer sonst? Allyssa hatte eine riesige Tüte Erdnüsse in ihrem Zimmer und eine nie verglühende Abneigung gegen Hannah. Und außerdem hatte die Sache mit den Erdnüssen nahezu genau an dem Tag aufgehört, als Allyssa endlich erreicht hatte, was sie wollte, nämlich Ryans Freundin zu sein. Jetzt lehnte sie sich gefühlt alle vier Sekunden zu ihm rüber und flüsterte ihm was zu und schmiegte sich an ihn. Hannah hörte leises Schmatzen. Sie schielte nach links. Ryan und Allyssa waren ausgiebig am Knutschen. Wütend drehte sie sich nach rechts zu Matt. Warum küsste er sie nicht auch? Wozu waren sie denn sonst im Kino? Bis jetzt hielt er nur lahm ihre Hand.

»Hey.« Sie stupste ihn an und schmiegte sich an ihn, genau wie Allyssa es bei Ryan machte. Ihre Wangen berührten sich, und endlich kapierte Matt, was sie wollte. Seine Lippen suchten ihre, und Hannah hoffte, aus Gründen, die sie selbst nicht verstand, dass Ryan das mitkriegte. Sie knutschten mindestens genauso geräuschvoll wie Allyssa und Ryan eben.

»Du musst seine Gedärme rausziehen, nur so kannst du ihn töten«, brüllte es von der Leinwand.

»Gleich!«, schrie der Idiot von hinten wieder, Hannah zuckte zusammen und stieß aus Versehen ihre Cola um, die sich daraufhin plätschernd über den Fußboden ergoss. Verdammt noch mal! Klebrige Cola war über ihre Sneakers geschwappt. Sie bückte sich rasch, um den Becher wieder hinzustellen und mit einem Papiertaschentuch das Gröbste aufzuwischen. Beinahe wäre sie mit Ryan zusammengestoßen, der sich im selben Moment gebückt hatte.

»Hier«, sagte er und reichte ihr ein weiteres Taschentuch. Ihre Hände berührten sich kurz, und es fühlte sich an, als hätte jemand Hannah einen Stromstoß versetzt. Sie wischte eine Weile erfolglos auf dem Boden herum, denn die ganze umgekippte Cola konnte sie sowieso nicht wegputzen, und stieß dabei dauernd mit

Ryan zusammen, der ebenso erfolglos herumwischte. Absichtlich? Hannah konnte es nicht sagen, denn jetzt wurde es stockfinster, weil sich vorn auf der Leinwand ein torkelnder Zombie an ein neues Opfer heranschlich. Hannah setzte sich auf und versuchte, sich endlich auf den blöden Film zu konzentrieren. Im Saal herrschte Totenstille, man sah nur die Augen des Zombies im Dunkeln glühen. In diesem Moment vibrierte Hannahs Buzzband.

Alarmstufe 1! Fünfunddreißig Angestellte haben auf der Weihnachtsfeier eine Alkoholvergiftung erlitten. Dringendes Einschreiten erforderlich!

Hannah stöhnte leise auf. Hoffentlich kümmerte Kyle sich darum. Die Angestellten waren verdammt noch mal seine Verantwortung. Keine zwei Sekunden später vibrierte das Buzzband wieder, lauter diesmal.

Alarmstufe 2!! Betrunkene Angestellte haben Produktion durcheinandergebracht. Gartenzwerge verschießen unkontrollierte Laserstrahlen, Babyschnuller verspritzen blutrote Flüssigkeit und Furzkissen schreien bei Berührung! Dringendes Einschreiten erforderlich!

Der Chipsfresser aus der Reihe hinter ihnen knurrte gereizt.

Herrgott noch mal. Wo steckte Kyle denn nur? Was sollte sie jetzt tun? Das Buzzband vibrierte nahezu sofort wieder, diesmal erklang noch eine laute Sirene.

Alarmstufe 3!!! Zwei Angestellte im Alkoholkoma! Dringendes Einschreiten erforderlich!

Ums sie herum setzte jetzt wütendes Murmeln ein.

»Ruhe, verdammt noch mal!«, rief jemand von hinten. Ich dreh hier gleich durch, dachte Hannah. Sie war kurz davor, aufzustehen und rauszugehen, als sie eine Bewegung neben sich spürte. Jemand griff nach ihrer Hand und hielt sie beruhigend fest. Von

links, nicht von rechts. Es war Ryan. Hannah wagte kaum zu atmen. Es fühlte sich gut an, Ryans Hand zu halten. Viel zu gut. Jetzt streichelte er sie leicht und Hannah ließ ihn, während sie starr nach vorn blickte, wo gerade ein Zombie verwirrt gegen eine Mülltonne prallte und sich in seine Einzelteile auflöste. Mit einem explosionsartigen Krachen donnerte ein Auto ebenfalls gegen die Mülltonne und offenbar war das gut, denn jetzt johlten die Leute im Saal begeistert los. Hannah atmete auf. Wenigstens war es jetzt nicht mehr so still. Das Buzzband vibrierte erneut, aber diesmal lautlos.

Geschäftspartner Kyle hat die Lage stabilisiert.

Gott sei Dank.

»Ähm … Ryan?« Matt beugte sich plötzlich über Hannah hinweg zu Ryan.

Oh Gott. Hannah zog augenblicklich ihre Hand aus Ryans heraus. Matt hatte alles bemerkt. Matt würde wütend aufspringen und sie würde vor Schreck wie festgeleimt mit klebrigen Schuhen hier sitzen bleiben, während um sie herum Zombies platzten.

»Ryan, ich glaube, ich hab eine Lösung«, flüsterte Matt, denn jetzt wurde es wieder ruhiger im Saal. »Ich nehme dich einfach im Kofferraum meines Autos mit aus dem Campus raus. Dann kannst du nach Wallingford. Was hältst du davon?«

Sophie

»Liebe Myriad-Schüler, in wenigen Tagen ist Thanksgiving, und es freut uns, dass auch Caitlin Barlow das Fest wieder mit ihren Eltern feiern kann.«

Sophie blinzelte verschlafen. Was? Hatte sie das eben richtig gehört? Sie setzte sich im Bett auf. Das Konterfei von MISSI, dem Internatscomputer, erfüllte den ganzen Bildschirm. MISSI hatte heute auf ihre Brille verzichtet und war wie eine der ersten puritanischen Siedlerinnen Amerikas gekleidet, komplett mit Häubchen und Weste, als wäre sie gerade mit der Mayflower angekommen.

»Caitlin ist gestern Abend wohlbehalten wieder auf dem Myriad-Campus eingetroffen«, redete MISSI munter weiter. »Außerdem werden noch freiwillige Helfer gesucht, die das Thanksgiving-Dinner für Obdachlose mit ausrichten. Den Preis für den Riesenkürbis hat dieses Jahr unser Mathelehrer Mr Rupert gewonnen. Er hat das Gewicht nahezu exakt geschätzt, nämlich auf 1146 Pfund, und gewinnt dafür ein Glas Preiselbeersoße von …«

»Warte, warte, was?« Sophie sprang aus ihrem Bett. »Was interessiert uns der Kürbis und die Preiselbeersoße – habt ihr das eben gehört?«

Hannah richtete sich mit zerzausten Haaren auf, Daisy miaute beleidigt in ihrem Körbchen, weil sie noch schlafen wollte, und Chloe brummte und drehte sich nicht mal im Bett um.

»Hey! MISSI hat eben behauptet, dass Caitlin wieder da ist!« Jetzt hatte Sophie endlich die Aufmerksamkeit der beiden.

»Ist nicht wahr.« Hannah sah sie ungläubig an.

»Doch! Sie hat es eben gesagt!«

»Vielleicht hat sich ja wieder jemand in MISSI eingehackt. So ganz normal sieht sie ja nicht aus.« Hannah deutete auf das Häubchen auf MISSIs Kopf.

»Nein, nein.« Sophie wurde immer aufgeregter. »Ich hab gestern noch gehört, wie Mr Howard gesagt hat, dass er MISSI in Thanksgivingstimmung bringen wird. Das hat er selbst gemacht. Und erinnert euch – zu Halloween hatte MISSI ein Hexenkostüm an. Ich frag mal schnell nach, ob Ben was weiß wegen Cait …« Sie stockte. Röte schoss ihr ins Gesicht, dabei waren doch nur Hannah und Chloe Zeugen ihres peinlichen Aussetzers. Für den Bruchteil einer Sekunde hatte sie tatsächlich vergessen, dass Ben nicht mehr ihr Freund war. Noch vor wenigen Wochen hätte sie ihm jetzt sofort eine Nachricht geschickt und nachgehakt, ob er irgendwas über Caitlin gehört hatte. Aber jetzt … Sie schluckte.

»Wenigstens hast du ihm nicht aus Versehen wirklich eine SMS geschickt«, bemerkte Chloe trocken und kletterte aus dem Bett. Sie griff nach ihrem Handy und starrte stirnrunzelnd auf das Display.

Dann sah sie hoch. »Es stimmt. Sie ist wieder da. Es weiß zwar noch niemand, wo sie die ganze Zeit gewesen ist, aber meine Mutter hat es mir auch geschrieben. Connor schreibt auch, dass sie gestern Abend mit ein paar Mädchen lachend vor der Schule gestanden hat.«

»Lachend?«, wiederholte Hannah ungläubig.

»Na ja, wie auch immer.« Chloe zuckte mit den Schultern. »Auf jeden Fall ist sie ja nun ganz eindeutig nicht von Evan die Klippen runtergestoßen worden. Ich habe diesen Unsinn sowieso nie geglaubt.«

Natürlich. Evan! Eine Welle der Erleichterung überkam Sophie. Evan hatte die ganze Zeit recht gehabt, er hatte nichts mit Caitlin »angestellt«, wie es immer alle genannt hatten. Ja, er hatte überhaupt nichts mit ihrem Verschwinden zu tun. Sonst hätte Caitlin sicher nicht lachend vor der Schule gestanden, während ihr Entführer ein paar Hundert Meter weit weg in der Schulbibliothek saß. Sophie freute sich für ihn. Wirklich. Jetzt würden ihn die Leute endlich nicht mehr wie einen Aussätzigen behandeln.

Caitlin saß wie eine Sonnengöttin in der Cafeteria und lächelte und winkte hoheitsvoll nach allen Seiten. Sie sah ein bisschen dünner aus als früher, trug eine lange Strickjacke und hatte ihre Haare mit einem gemusterten Tuch zurückgebunden. Neben ihr saßen Allyssa, Ariana und das halbe Cheerleaderteam. Sie alle hingen Caitlin an den Lippen, was diese sichtlich genoss. Eine Traube neugieriger Schüler drängte sich mehr oder weniger unauffällig um den Tisch herum. Jetzt erschien Ben mit Maddie Thayers im Arm und Kyle im Schlepptau. Selbstverständlich durften sie direkt neben Caitlin Platz nehmen und ihren Erlebnissen lauschen. Sophie platzte fast vor Neugier, was denn nun eigentlich mit Caitlin passiert war, aber sie würde sich gedulden müssen, denn um diesen Tisch würde sie einen großen Bogen machen. Chloe würde es schon über ihre Mutter erfahren. Oder Kyle würde es ihr verraten. Kyle hatte sich, seit mit Ben Schluss war, immer wieder mit unbeholfenen Annäherungsversuchen an sie herangemacht, und bislang war sie jedes Mal unter irgendeinem Vorwand geflohen, aber vielleicht würde sie sich ja ausgerechnet heute zu einem Kaffee einladen lassen, um ihn ein bisschen auszuquetschen.

»Sophie!«

Sie drehte sich um. Evan kam auf sie zu. Er wirkte happy und gelöst und fast wie ein anderer. »Ich hab es dir doch immer gesagt«, rief er ihr schon von Weitem zu.

Sie nickte. »Und ich hab es dir auch immer geglaubt«, versicherte sie ihm. Sie merkte, wie ein paar Schüler Evan hinterhersahen, aber nicht mit dem üblichen wachsamen Getuschel, son-

dern eher verwirrt. Sophie erkannte ein Mädchen, das den Spitznamen *Gossip Girl* trug, weil sie die größte Klatschtante der ganzen Schule war. *Gossip Girl* guckte Evan säuerlich hinterher. Sie war eine der größten Verfechterinnen der Evan-ist-ein-Mörder-Theorie
 gewesen und musste sich nun eines Besseren belehren lassen.

Evan stand jetzt vor Sophie. »Ich hab es dir doch immer gesagt«, wiederholte er. »Ich hatte nichts mit ihrem Verschwinden zu tun.«

»Ich weiß.« Sophie lächelte ihn an. »Wo war sie denn? Hast du eine Ahnung?«

»Klar. Ich weiß alles. Ich war gestern am späten Nachmittag noch im Sekretariat, um meinen Stundenplan zu ändern, als auf einmal Caitlins Eltern reinkamen und im Zimmer von Mr Mallory verschwunden sind. Die Sekretärinnen haben sich aufgeregt unterhalten und dabei völlig vergessen, dass ich ja die ganze Zeit noch mit meinem dussligen Stundenplan in der Hand in der Ecke saß.« Er lachte vergnügt.

»Und? Sag schon.« Sophie konnte ihre Neugier jetzt kaum noch bremsen.

Evan legte den Kopf schief. »Trinkst du einen Kaffee mit mir?«

»Ähm, ja. Klar.« Warum auch nicht? Eben hatte sie noch überlegt, mit Kyle einen Kaffee zu trinken, um etwas zu erfahren, warum also nicht auch mit Evan, der ja nun erwiesenermaßen kein Mörder war? Trotzdem wurde ihr das Herz schwer, als sie ihm vorbei an Caitlin und Ben und Maddie und all den anderen zu einem freien Tisch folgte. Zum Glück lauschten die alle begierig Caitlin und bemerkten sie nicht. Bis auf Ben. Ben sah ausgerechnet in dem Moment hoch, als sie sich mit Evan ein Stück weiter weg an einen Tisch setzte. Ein spöttisches Grinsen erschien in Bens Gesicht, und Sophie wusste genau, was er dachte. *Was hast du dir denn da für einen Loser an Land gezogen? Mit so was hängst du jetzt rum? Ist das etwa mein Nachfolger? Wo bleibt dein Geschmack?*

Sophie wich seinem Blick aus und konzentrierte sich stattdessen auf Evan.

»Also.« Evan lehnte sich genüsslich zurück. »Sie ist damals abgehauen, weil sie diesen Typen treffen wollte, irgendeinen Studenten. Dann ist ihrem Auto der Saft ausgegangen und sie ist an dieser Klippe bei Newport liegen geblieben.«

»Und dann?« Sophie lauschte ihm so konzentriert, dass Ben und Maddie und alle anderen einen Moment lang komplett in den Hintergrund rückten.

»Dann wollte sie per Anhalter weiter.«

»Wow. Wie mutig.« Nie im Leben wäre Sophie außerhalb des Campus per Anhalter gefahren. Es gab so viele Verrückte da draußen.

»Na ja. Oder, wow, wie dämlich«, bemerkte Evan trocken. Er nahm der Servierdrohne zwei Kaffeetassen ab und schob eine Sophie hin. »Zucker und Milch? Ach, halt, ist nicht mit dabei.«

»Geht schon.« Was interessierte sie denn jetzt der Zucker. Sie mochte ihren Kaffee sowieso nur mit Milchschaum und Haselnuss, aber sie brachte es jetzt nicht fertig, Evan das zu gestehen. Höflich nippte sie an dem bitteren Gebräu.

»Jedenfalls hatte sie nur Flip-Flops an und ist neben dem Auto gestolpert und den Hang runtergerutscht. Dabei hat sie ihr Handy verloren und sich den Fuß verstaucht«, erzählte Evan endlich weiter. »Das Handy haben sie ja dann später gefunden.«

»Und wo war Caitlin danach?«

Wie auf Kommando kreischte der Tisch, an dem Caitlin saß, begeistert los. Was immer mit ihr geschehen war, es musste ganz außergewöhnlich lustig gewesen sein. Sophie verstand das nicht. Wie konnte Caitlin da sitzen und lachen, wenn ihre Eltern, ja, wenn alle sich solche Sorgen um sie gemacht hatten?

»Sie ist unten auf einer anderen Straße gelandet, fast mehr ein Feldweg. So eine Gruppe von alternativen Aussteigern, die in einem umgebauten Schulbus unterwegs waren, hat sie dann mitgenommen, weil sie mit dem verstauchten Fuß nicht mehr weiterkam. Eigentlich wollte sie nur bis Newport mitfahren, um diesen Typen zu treffen, aber dann hat sie es sich anders überlegt. Weil sie am nächsten Tag einen schweren Mathetest hatte und weil ihre Eltern so nerven und weil sie endlich mal was erleben wollte und weil diese Hippies 'ne Ladung Hasch dabeihatten. Also Letzteres ist meine Vermutung. Sie ist einfach die ganze Zeit lang mit denen die Westküste runtergefahren.«

»Und warum hat sie sich nicht gemeldet?«, fragte Sophie fassungslos. »Ihre armen Eltern!«

»Arme Eltern? Mit Eltern muss man kein Mitleid haben.« Einen Moment lang verzerrte sich sein Gesicht.

»Meine sind aber sehr nett«, widersprach Sophie.

Evan winkte ab. »Na ja, jedenfalls ist Caitlin dann in so einem Badeort an der Küste von jemandem erkannt worden, als sie sich ein Eis gekauft hat. Die haben sofort die Polizei angerufen, weil sie ja dachten, Caitlin wäre entführt worden oder so. Sie haben Caitlin nicht wieder gehen lassen, bis die Polizei da war, und in der Zwischenzeit ist der Hippiebus wohl weitergefahren. Diese Typen werden jetzt von der Polizei gesucht. Caitlin ist ja noch minderjährig.«

»Haben die Caitlin was ... angetan?« Sophie stockte. »Du weißt schon.«

Evan grinste. »Wenn man Caitlins Erzählung Glauben schenken kann, dann hat sie all den bärtigen jungen Hippie-Männern so sehr den Kopf verdreht, dass die sich ein Leben ohne Caitlin nicht mehr vorstellen können. Ich glaube, von ›antun‹ kann nur bedingt die Rede sein.«

Sophie starrte ihn einen Moment lang perplex an, dann prustete sie los. Evan konnte ja richtig witzig sein.

Er lachte mit. »Du siehst wunderschön aus, wenn du lachst«, sagte er plötzlich. Er beugte sich vor und sah ihr in die Augen.

Oh Gott, was wurde das jetzt? »Ich muss …«

»Warte, Sophie.« Evan griff plötzlich nach ihrer Hand und hielt sie fest. Ohne Vorwarnung presste er einen Kuss auf ihren Handrücken.

»Was machst du denn da?«, fragte sie schockiert und versuchte, ihre Hand wegzuziehen, aber Evan ließ sie nicht.

»Sophie, du bist so toll. Vom ersten Moment an, als ich dich gesehen habe, da habe ich …«

Warum war es auf einmal so still? Sophie drehte ihren Kopf leicht nach links und sah ihre schlimmsten Befürchtungen bestätigt. Der ganze Tisch um Caitlin herum glotzte zu ihnen hinüber. Evan schmatzte schon wieder einen Kuss auf ihre Hand.

»Lass das!«, fuhr sie ihn an und endlich ließ er sie los.

»Entschuldige. Ach, Mist. Entschuldige bitte, Sophie. Ich wünschte mir einfach, du wärst meine Freundin. Meine *richtige* Freundin. Könntest du dir das nicht vorstellen?«

Sophie stand hastig auf. Was sollte sie denn jetzt nur tun? »Nein. Es tut mir leid«, erwiderte sie schließlich steif. »Aber das geht nicht, okay? Es geht einfach nicht.« Abgesehen davon, dass sie Evan niemals, niemals als Freund in Betracht gezogen hätte, gehörte ihr Herz doch immer noch Ben, auch wenn er ein verdammter Idiot war, aber sie konnte ihn einfach nicht vergessen. Ihn dauernd zu treffen und mitansehen zu müssen, wie er mit Maddie schmuste, war die Hölle, jeder Kuss zwischen den beiden ein Nadelstich in ihr Herz. Aber es gab nichts, was sie dagegen tun konnte. Sie konnte Ben nicht zwingen, sie weiter zu lieben, und sie konnte sich selbst nicht zwingen, ihn nicht mehr zu lieben. »Es tut mir leid«, stammelte sie ein letztes Mal. Sie ließ den unglücklichen Evan einfach sitzen und ging mit feuerrotem Gesicht am Tisch der Cheerleader mit Ben und Maddie, Caitlin und Allyssa vorbei.

»Na? Heißes Date gehabt?«, rief ihr ein Mädchen hinterher und irgendwer lachte.

Ihr Puls raste, ihre Wangen brannten, aber sie lief eisern weiter. Das Buzzband summte und teilte ihr irgendwas mit, aber sie wollte das jetzt nicht sehen. Sie wollte diese Verbindung mit ihm nicht mehr. Sie würde gleich morgen zu Professor Crawford gehen und ihn um ein anderes Projekt bitten oder wenigstens um einen anderen Geschäftspartner.

Sie kam an einem der Snackautomaten vorbei, in dem Schokomuffins, Erdnüsse, Oreo-Kekse und Chocolate-Chip-Cookies lockten. Eigentlich hatte Sophie sogar auf ihr Mittagessen verzichten wollen, aber jetzt war schon alles egal. Sie war ohnehin unten an der Base im Team gelandet. Wütend presste sie ihren Finger auf den Fingerabdruck-Scanner und zog sich einen Muffin heraus.

»Guten Appetit, Sophie Woodrow«, flötete der Automat. »Der Schokomuffin besteht aus Bioweizen und Dinkelmehl, Fair-Trade-Kakao aus Guatemala, Bio-Butter von glücklichen Kühen, Freilandeiern und Manuka-Honig aus Neuseeland. Der gesamte Muffin hat 500 Kalorien, 30 Gramm Fett, 48 Gramm Kohlenhydrate und 5 Gramm Eiweiß.«

»Schön zu wissen«, murmelte Sophie. Das Buzzband vibrierte erneut. Ein schrecklicher Gedanke kam ihr. Was, wenn Evan vor lauter Wut die Firma abgebrannt oder aufgelöst hatte? Das waren verdammt noch mal ihr Projekt und ihre Firma und die würde sie nicht von einem wütenden Evan kaputt machen lassen. Widerwillig sah sie nach.

Perfect-Fit-Aktien steigen unaufhörlich. Eure Firma liegt seit heute an erster Stelle im Wettbewerb!

An erster Stelle. Wie ferngesteuert schmiss sie den Muffin in den Müll. Sie musste sich nicht glücklich futtern. Sie war wer. Sie konnte was! Sie konnte unter Umständen sogar den Wettbewerb gewinnen. Sie würde nicht so kindisch sein und zu Professor Crawford rennen. Sie würde lässig über den Dingen stehen und Evan als Geschäftspartner behalten. Sie arbeiteten hervorragend zusammen. Warum sollte sich daran etwas ändern, nur weil sie ihn nicht zum Freund wollte?

»Ich schaffe das«, sagte sie zu sich selbst. Manchmal hieß es im Leben eben einfach nur Augen zu und durch.

Hannah

 »Pass auf.« Kyle reichte ihr sein Handy. »Bestes Werbe-My-Movie ever. Das katapultiert uns in die Top Ten.«

Hannah enthielt sich lieber jeglicher Prognose, obwohl sie zugeben musste, dass *Fun Art* ziemlich aufgeholt hatte. Seit die Firma breiter aufgestellt war, interessierten sich eine Menge virtueller Investoren dafür. Sie waren ins Mittelfeld aufgestiegen und befanden sich in guter Gesellschaft mit einer Firma für solarbetriebene Minihäuser für Obdachlose, einer Firma für selbstwärmende Schlafsäcke mit Ärmeln und Beinen, einer Firma für Hunde-Regenschirme und einer Firma, die eine Cloud-Couch – ein schwebendes Sofa – entwickelt hatte. »Okay«, sagte sie nur und drückte *Play*. In dem My-Movie stand Kyle in einem rockigen Outfit auf einer total öden Party herum. Die anderen Partygäste waren hauptsächlich die Leute vom Earth Club, Mrs Gomez, die Lehrerin für *Offline leben*, die Schulsekretärin Mrs Higgings und noch ein paar andere Lehrer und Schüler, die alle Kyles Vorstellung von todlangweilig und spießig entsprachen. Alle Gäste außer Kyle trugen gestrickte Westen und im Hintergrund spielte jemand quäkend Geige. Plötzlich holte My-Movie-Kyle sein Handy heraus und projizierte das Hologramm von einem Weißen Hai in die Luft, der sein Maul aufriss und durch die Luft auf Mrs Higgings losging. Die Partygäste schrien auf und rannten in alle Richtungen davon, die Musik änderte sich zu Hardrock, neue Partygäste strömten herein, diesmal waren es all die coolen Schüler, die bei Myriad High den Ton angaben. Sie trugen angesagte Klamotten und tanzten ekstatisch zwischen Glow-in-the-dark-Gartenzwergen und gewaltigen Grizzlybären. Laserstrahlen schossen durch die Luft, ein paar Mädchen fingen an zu strippen und man sah eine Nahaufnahme von Kyle, der den Daumen hochhielt. *Fun Art – for a really cool party!* erschien auf einem Banner über seinem Kopf. Als letztes Bild sah man den schwebenden Weißen Hai, dem noch eine halbe Strickweste im Maul hing. Er landete auf einem Kissen und ein lautes Furzgeräusch erklang.

»Und?«, fragte Kyle gespannt.

»Bestes Werbe-My-Movie ever«, sagte Hannah. Was blieb ihr auch anderes übrig? Kyle hatte sich ganz offensichtlich extreme Mühe gegeben. Überhaupt stürzte er sich jetzt mit einer Begeisterung in dieses Projekt, die sie ihm niemals zugetraut hatte.

»Sag ich doch«, meinte er zufrieden. »Wir haben das Ding praktisch schon gewonnen.«

Hannah lächelte ihm zu und machte, dass sie zum Biolabor kam. Dort wollte sie vor der Stunde schnell noch Matt treffen.

»Ey, Alter, gut, dass ich dich erreiche.« Ein Junge aus der Zwölften kam auf Hannah und Matt zu und winkte. Hannah erkannte ihn nicht sofort, weil er heute eine braune Wollmütze auf dem Kopf hatte, aber als er näher kam, verrutschte die Mütze etwas und sie erkannte die lila Haare des Labor-Punks aus der Forschungsgruppe Genetik.

»Muss gleich zum Bus, der zum Flughafen fährt«, schnaufte er leicht außer Atem. »Fliege über Thanksgiving zu meinem Onkel nach New York. Big party, Leute. Big party. Ich wollte dir gerade eine Message schicken, da hab ich dich entdeckt.« Er knuffte Matt an die Schulter. »Du Barbie-Brain hast mir zweimal dieselbe Probe gegeben. Ich weiß ja, dass Liebe blind macht«, hier zwinkerte er Hannah zu, »aber da müsst ihr noch mal ins Röhrchen spucken, dein Schatz und du. Wegen eurer T-Shirts, ihr wisst schon. Hier.« Er griff in seine enorme Umhängetasche aus abgewetztem Leder und reichte Matt zwei neue, leere Röhrchen. Matt griff allerdings nicht danach, er stand da wie versteinert.

»Du meinst, die Proben waren identisch?«, fragte er schließlich. »Sie hatten dieselbe DNA?«

»Bingo, Herzchen. Ich weiß zwar nicht, wie ihr das verschusselt habt, aber egal, wir sind ja alle mal gestresst. Bring es mir einfach nach der Truthahn-Orgie nächste Woche im Labor vorbei, okay?« Er hielt Matt die Röhrchen weiter hin, und weil Matt nicht reagierte, sondern ins Leere starrte, griff Hannah schließlich danach.

»Mir scheint, dein Freund braucht dringend Ferien«, meinte der Typ achselzuckend zu Hannah. »Oder mehr weibliche Zuwendung.« Er lachte kollernd über seinen eigenen Witz. »Happy Thanksgiving, Leute.« Und damit rannte er davon.

»Matt?« Hannah stupste ihn vorsichtig an. Sie wagte kaum zu atmen. Dieser durchgeknallte Punk hatte ja keine Ahnung, was er ihnen da gerade mitgeteilt hatte. Aber gleich musste sie zu *Bio-Fuse*. Mrs Webber war endlich wieder da, nachdem sie ein paar Wochen lang angeblich aus gesundheitlichen Gründen gefehlt hatte, obwohl alle wussten, dass ihre Abwesenheit etwas mit der aufgedeckten Affäre zwischen ihr und Professor Crawford zu tun hatte.

Matt sah Hannah an. In seinen Augen schimmerte es feucht. »Du weißt, was das bedeutet?«, flüsterte er.

»Ja.«

»Sag es. Ich will es von jemandem hören.«

»Es bedeutet, dass Dylan dein Bruder ist, Matt. Dein Zwillingsbruder. Du hast deinen Zwillingsbruder gefunden.« Wenn sie nicht gleich in den Unterricht ging, würde sie ebenfalls feuchte Augen kriegen, einfach weil Matt vor Glück wie erstarrt war.

»Fuck.« Matt schniefte und lachte gleichzeitig. »Oh mein Gott. Ich habe es ja schon vermutet, aber es offiziell zu hören, das ist doch noch etwas anderes. Es ist das Ende eines langen, langen

Albtraums. Und der Beginn meines neuen Lebens, Hannah. Endlich werde ich Klarheit bekommen. Und ich will ihn sehen. Am liebsten heute noch.« Er umarmte sie glücklich und wiegte sie hin und her wie ein Kind.

»Hannah Montgomery? Wir würden dann gern anfangen.« Mrs Webber stand auf einmal neben ihnen und hastig machte Hannah sich los. Schmusende Schüler waren zwar überall in Myriad High zu finden, aber irgendwie war es doch ein bisschen peinlich, wenn ein Lehrer so direkt danebenstand.

»Bis später im Internat!«, rief sie Matt zu. »Warte im Atrium auf mich.«

»Nein, ich fahre nach Hause, zu meiner Adoptivmutter.« Das letzte Wort spuckte er regelrecht aus. »Komm dorthin.«

»Okay.« Hannah folgte Mrs Webber ins Biolabor, wo eine gnädige Seele nach mehreren Wochen endlich die komplett verdorrte Pflanze Abby entfernt hatte. Abbys Zustand war eine permanente Erinnerung daran gewesen, wie mies es Mrs Webber ging. Die Lehrerin blickte jetzt kurz zu dem leeren Platz, an dem Abby gestanden hatte. Betty war ebenfalls nicht mehr da.

»Für die Wissenschaft müssen Opfer gebracht werden«, sagte Mrs Webber nur knapp. »Abby und Betty sind im Dienste der Wissenschaft gestorben. Wenden wir uns Projekt Cecilia zu. Mitkommen.« Hannah trottete der murmelnden Klasse hinterher, die in den Botanischen Garten hinausging und schließlich vor einer Wand stehen blieb. Erstaunte Rufe wurden laut. Die ganze Wand war mit einer Art weißem, pelzigem Belag zugewachsen. »Darf ich vorstellen: Cecilia«, erklärte Mrs Webber und deutete auf den weißen Belag, in dem Hannah jetzt lauter winzig kleine Flechten erkannte. »Unsere Cecilia sieht im Moment aus wie ein Schimmelpilz. Sie ist aber keiner. Sie wird als Baustoff eingesetzt. Sie verändert ihre Substanz je nach Wetterlage und Temperatur. Im Winter breitet sie sich als wärmedämmende Schicht aus, im Sommer als kühlender tiefgrüner Belag. Erste Aufgabe …«

Hannah konnte sich nicht mehr konzentrieren. Immer wieder schweiften ihre Gedanken zu Matt. Was würde nun werden?

Als Hannah später am Nachmittag zum Haus von Deborah Steiner kam, öffnete Matts Adoptivmutter ihr die Tür und nicht Matt. Hannah hatte gar nicht damit gerechnet, dass Deborah zu Hause sein würde, und spürte nun einen kleinen Hauch von Enttäuschung. Solange Deborah im Haus herumlief, würden sich die Liebkosungen zwischen ihr und Matt auf keusche Wangenküsse beschränken. Und das jetzt, wo sie in wenigen Stunden zum Flughafen musste, weil sie ihre Mutter und Julian in Montana treffen würde. Mist. »Hi, Deborah«, grüßte sie dennoch höflich.

»Hallo, Hannah.« Deborah reichte ihr die Hand, und einen Moment lang sah es so aus, als würde sie Hannah umarmen wollen, doch dann bremste sie sich. Es war seltsam, Hannah hatte immer das Gefühl, als ob Deborah sie fast mehr mochte als ihren eigenen Sohn. Adoptivsohn. Zu ihr war sie jedenfalls immer nett gewesen, ganz besonders nach dem Tod von Hannahs Vater. Sie hatte Hannah Süßigkeiten zukommen lassen und Blumen, einen extrem teuren Laptop geschenkt und ihr angeboten, dass sie sich bei ihren alten Harvard-Kontakten dafür einsetzen würde, dass man Hannah nach der 12. Klasse dort studieren ließ, wenn sie das wollte.

»Fliegst du auch mit?«, erkundigte sich Deborah. »Bist du auch in dem Club?«

Wohin fliegen? Welcher Club? Hannah hatte nicht die leiseste Ahnung, wovon Deborah redete. Matt wollte irgendwohin fliegen und hatte seiner Mutter offenbar irgendetwas vorgelogen. Aber was?

»Äh«, machte sie hilflos.

»Hannah ist nicht im Earth Club«, erklang da zum Glück Matts Stimme. »Sie macht stattdessen Bungee-Jumping.«

»Wie mutig. Dein Dad wäre stolz auf dich.«

»Ja«, piepste Hannah. What the hell … Matt erschien hinter seiner Adoptivmutter. Er trug seine Haare wieder offen, hatte einen Lederhut auf dem Kopf und ein dunkles Hemd an sowie eine Weste mit Fransen und dazu Cowboystiefel.

»Ich verstehe nicht, warum du dir nicht endlich die Haare abschneidest. Und warum ihr euch für diesen Trip so anziehen müsst«, bemerkte Deborah Steiner missbilligend. »Ihr könnt doch dort auch helfen, ohne euch wie Häuptling Crazy Horse anziehen zu müssen.«

Hannah hielt erschrocken die Luft an, denn sie konnte sehen, wie Matts Augen vor Wut ganz dunkel wurden. Crazy Horse. Wie konnte sie so etwas sagen?

Deborah Steiner bemerkte ihren Fauxpas allerdings nicht. »Was machst du zu Thanksgiving?«, erkundigte sie sich bei Hannah.

»Ich fliege später zu meiner Mutter.«

»Ach so, natürlich. Dann schon mal Happy Thanksgiving. Matt, wir sehen uns nachher noch kurz, okay?« Deborah Steiner hatte es plötzlich eilig. Sie schnappte sich eine Tasche, die in der Eingangshalle stand, und trat an Hannah vorbei durch die Tür nach draußen. Gott sei Dank. Sie haute ab.

Jetzt drehte sie sich noch einmal um. »Irgendwann komme ich mal zuschauen, Hannah«, sagte sie.

»Zuschauen?« Hannah lief feuerrot an. Was hatte sie da eben gesagt? Bei was wollte sie Matt und Hannah denn um Himmels willen zuschauen?

»Beim Bungee-Jumping.« Deborah stieg in ihr Auto und fuhr davon.

»Kannst du mir mal erklären, was hier eigentlich los ist?«, fragte Hannah nahezu sofort.

»Klar. Wie du siehst, fliege ich über Thanksgiving weg. Mit meinem Club.« Er grinste.

»Was für ein Club?«

»Dein Lieblingsclub. Der Earth Club. Du erinnerst dich? Sie

fliegen über Thanksgiving in ein Indianerreservat. Nach South Dakota.«

»Bist du komplett verrückt geworden? Du willst allen Ernstes mit Yella und Konsorten irgendwohin fliegen? Nur um dich indianisch zu fühlen?« Sie deutete auf sein Outfit.

»Natürlich nicht. Ich bin doch nicht blöd. Aber das weiß meine Adoptivmutter ja nicht. Sie hat nur diesen Wisch unterschrieben und das Ticket nach South Dakota bezahlt und war wahrscheinlich froh, dass sie zu Thanksgiving mit mir nicht heile Familie spielen muss und dass ich endlich mal bei einem Club mitmache, wo ich Extrapunkte in der Schule bekomme.«

»Dann was …«

»Verstehst du es immer noch nicht?«, unterbrach er sie ungeduldig. »Ja, ich fliege nach South Dakota. Und ja – ich fliege in ein Indianerreservat. Aber nicht mit Yella. Ich fliege zu Dylan. Der lebt in South Dakota.«

»Du fliegst zu Dylan.« Natürlich. Jetzt kam Hannah sich in der Tat ein wenig schwer von Begriff vor. Aber die Dinge hatten sich so rasant entwickelt. Matt musste das heute spontan beschlossen und organisiert haben.

»Aber was, wenn Yella Deborah später sagt, dass du gar nicht bei der Gruppe mit dabei warst?«

»Ich fliege ja erst mal mit ihnen dahin. Und dann steige ich aus Versehen in den falschen Bus und versuche die nächsten Tage, wieder zu ihnen zu stoßen. Ich schreibe Yella dauernd Nachrichten, aber irgendwas kommt immer dazwischen. Ist ja Thanksgiving, der Verkehr ist chaotisch und alles hat zu. Und schließlich treffe ich sie zum Heimflug auf dem Flughafen wieder.«

Hannah schluckte. Er hatte alles durchdacht, bis ins letzte Detail.

»Ich muss gleich los.« Er quetschte eine Winterjacke in einen Koffer. »Dort ist es schon saukalt«, meinte er, ohne aufzusehen.

»In Montana auch«, erwiderte Hannah mechanisch. Das war es also. Er würde nach South Dakota fliegen und sie später am Abend nach Montana. Eigentlich hatte Hannah einen Nachmittag mit Matt geplant. Sie hätten sich zusammen freuen können, dass er endlich seinen Bruder gefunden hatte. Vielleicht noch ein bisschen Hand in Hand Schlittschuh fahren können, im *Yoyo Freeze* Kürbiseis essen oder einfach nur ihr eigenes kleines gemütliches Vor-Thanksgiving feiern können. Eingekuschelt in einer Decke vor dem Fernseher, mit Kakao und einem altmodischen Film. *Charlie Browns Thanksgiving* oder irgend so was. Stattdessen hetzte Matt davon und war in Gedanken überall, nur nicht bei ihr. Langsam fragte sie sich, ob ihre Beziehung schon am Ende war, bevor sie überhaupt richtig angefangen hatte.

»Ach halt, da ist noch was«, murmelte Matt wie zu sich selbst. Er sprang auf und rannte aus dem Zimmer. Hannah folgte ihm zögernd. Er lief zu der Tür, hinter der sich Deborahs Büro verbarg, wie Hannah noch aus Kindertagen wusste.

Als sie eintrat, hatte Matt schon eine Schublade aufgerissen und suchte nach etwas. Zahllose Papiere waren auf den Boden gesegelt. Wenn Deborah das mitkriegte, würde sie einen Anfall bekommen.

»Wonach suchst du denn?« Hannah bückte sich und fing an, die Papiere wieder aufzuheben. Hoffentlich waren sie nicht in einer bestimmten Ordnung abgeheftet gewesen. Kurz überflog sie, was sie da aufhob. Rechnungen, Korrespondenzen, ausgedruckte E-Mails, sogar noch altmodische Briefe. Aus allen Bundesstaaten, sogar aus dem Ausland. *Werte Mrs Steiner, hier das gewünschte Produkt für Ihre Forschungszwecke … erkenntlich zeigen … Hoch-*

achtungsvoll Dr. med. Ashton Snyder … freuen uns, Ihnen mitteilen zu dürfen … gelieferten neuen Systeme … Hannah schob alles zu einem Haufen zusammen. Der Name Ashton Snyder kam ihr bekannt vor, aber bevor sie darüber nachdenken konnte, rief Matt: »Hier ist es.« Er zeigte ihr triumphierend ein kleines, verblichenes Lederband, auf dem der Name *Dowan* zu lesen war. »Das gehört mir, jede Wette. Das hatte ich damals um. Ich nehme es mit. Es würde mich nicht überraschen, wenn Dylan auch eins mit seinem Namen drauf hätte.« Er griff nach den Papieren. »Danke.« Rasch stopfte er alles zurück in die Schublade, dann streichelte er das kleine Armband. »Ich muss los.«

»Okay.« Hannah beschloss, sich nichts anmerken zu lassen. Aber dennoch wünschte sie sich, Matt hätte sie genauso gestreichelt wie das Armband. Und außerdem nagte etwas in ihrem Hinterkopf. Ashton Snyder? Sie kam einfach nicht drauf.

Ein paar Stunden später hatte sie selbst ihre Tasche gepackt und trat aus dem Internat. Auf dem Parkplatz wartete der Shuttle-Bus, der die Myriad-Schüler zum nächsten Flughafen brachte. In den Tagen vor Thanksgiving fuhr er mehrmals täglich.

»Halte durch«, sagte Chloe neben ihr. Sie hatte Daisy auf dem Arm und würde sich während Hannahs Abwesenheit um sie kümmern. »Wenn du es nicht mehr aushältst – ich bin immer für dich da. Du kannst dich jederzeit bei mir ausheulen. Ich werde nur mit meinen Eltern auf der Couch abhängen und Daisy für dich streicheln und Filme gucken und Kürbiskuchen futtern.«

»Wenn du nicht bei Connor sein wirst«, widersprach Hannah.

»Wohl eher nicht.« Chloe verzog traurig das Gesicht. »Er ist schon weg. Mit seiner Schwester nach Hawaii geflogen. Da wohnt seine Mutter.«

»Glückspilz«, murmelte Hannah. Warum war ihre Mutter nicht wenigstens nach Hawaii gezogen? Dann könnte sie jetzt mit leichterem Herzen diesen vermaledeiten Thanksgiving-Trip antreten.

»Tschüss, Chloe. Tschüss, Daisy.« Sie umarmte ihre Freundin und küsste die kleine Katze auf den Kopf. »Happy Thanksgiving.«

»Happy Fressfest.« Chloe drückte sie. »Und ich glaube, da will jemand zu dir.« Sie deutete nach rechts.

Hannah sah sich um. Dort stand Ryan und nickte ihr zu. Er winkte sie zu sich.

»Was will er denn?«, fragte Chloe.

»Weiß nicht«, murmelte Hannah. Aber sie hatte da so eine Ahnung. Wenn es um das Händchenhalten neulich im Kino ging, dann … Was sollte sie sagen? Unschlüssig ging sie zu ihm rüber.

»Hannah«, begrüßte er sie knapp. »Ich wollte dich nur kurz sprechen. Ich …«

»Ich weiß, das neulich war nicht in Ordnung«, fiel sie ihm ins Wort.

»Was?« Er sah sie verständnislos an.

»Das im Kino. Mit uns.« Hannah blickte auf ihre Schuhe.

»Das war nicht in Ordnung, ich weiß. Auch wenn es trotzdem sehr schön war.« Ein winziges Lächeln. »Aber darum geht es nicht, ich wollte dich was anderes fragen. Du kennst doch Matts Mutter recht gut.«

»Deborah?« Das war das Letzte, was Hannah erwartet hatte. »Wieso?«

»Ich muss etwas herausfinden. Du weißt ja, dass ich neulich nicht aus dem Campus rauskonnte. Als Matt mir helfen wollte. Da habe ich noch gedacht, es handele sich irgendwie um ein Versehen. Einen Computerfehler oder so. Aber dann habe ich es noch mal versucht. Und noch mal. Matt wollte mir ja helfen, aber er hatte bis jetzt noch keine Zeit und es ist doch so dringend.« Er redete immer schneller. Der Bus hupte, um die letzten Bummler zu ermahnen, dass er gleich abfuhr.

»Ryan, ich muss los, kann das nicht warten?«

»Sie haben mich einfach nicht rausgelassen. Obwohl jedes Mal ein anderer Wachmann dort war. Ich komme hier nicht raus. Wir wollten eigentlich auch über Thanksgiving weg, einfach nur mal raus, irgendwohin ans Meer. Meine Mutter hat keinen Urlaub bekommen. Über Thanksgiving, wo alles zuhat und kein Mensch da ist. Als Künstlerin! Man lässt uns nicht raus. Ich verstehe nicht, warum. Ich meine«, er senkte die Stimme, »du weißt ja, warum wir hier sind. Matts Mutter hat uns geholfen und uns hier aufgenommen. Sie weiß Bescheid. Und jetzt lässt man uns nicht raus, aber es ist dringend!« Der Bus hupte erneut.

Hannah versuchte, Ryans Bericht zu folgen, aber das ergab alles einfach keinen Sinn. »Ich verstehe das nicht«, sagte sie. »Hat deine Mutter sich beschwert? Warum redet sie nicht mit Deborah?«

»Ich verstehe es auch nicht. Ich habe Matts Mutter per E-Mail gefragt, aber sie hat mir nicht geantwortet. Sie hat auch meiner Mutter nicht geantwortet und ist telefonisch nicht erreichbar. Kannst du mir helfen, etwas rauszufinden? Bei Matts Mutter. Oder woanders. Du hast mehr Beziehungen hier als ich. Matt hat auch gesagt, du hast so eine Chipkarte.« Er vermied ihren Blick.

»Hat er das?«, sagte Hannah trocken. Nicht zu fassen. Jetzt plauderte Matt schon ihre Geheimnisse aus. Zwar nur an Ryan, aber trotzdem. Was, wenn Ryan Allyssa davon erzählte? Dann wussten bald alle alles über Hannahs Privatleben. »Und wieso ist es so dringend?«

»Weil es mein Dad ist. Er lebt und hat sich gemeldet, jetzt schon ein paar Mal. Er will mich treffen, in Wallingford, schon seit einer Weile, aber …« Ryan griff jetzt nach ihrer Hand. »Bitte. Du bist die Einzige, die mein Geheimnis kennt. Auch …« Er stockte kurz. »Auch Allyssa nicht.«

»Allyssa«, wiederholte Hannah langsam, als hörte sie den

Namen zum ersten Mal. Irgendwo in ihrem Kopf machte es jetzt klick. »Allyssa Snyder …«

Ryan fiel ihr ins Wort. »Hannah, Allyssa ist jetzt egal. Ich habe meiner Mutter nichts von Dads Nachrichten erzählt, denn sie würde mir verbieten, ihn zu treffen, weil sie solche Angst um mich hat. Aber ich will ihn sehen. Ich *muss* ihn sehen. Doch ich komme einfach nicht raus. Ich komme einfach nicht aus dem Scheiß-Campus raus.«

»Das kann doch gar nicht sein«, murmelte Hannah, aber ihre Gedanken waren woanders. Endlich wusste sie, woher sie den Namen Ashton Snyder kannte. Das war Allyssa Snyders Vater. Was hatte der denn mit Deborah Steiner zu tun?

Der Bus hupte zum dritten Mal.

Matt

142 Es hatte alles prima geklappt. Im Flugzeug hatte er Gott sei Dank einen Sitzplatz weit weg von dem schnatternden Pulk des hauptsächlich aus Mädchen bestehenden Earth Clubs ergattert. Evan war zum Glück nicht mit dabei, so weit ging dessen Liebe zur Umwelt offenbar doch nicht. Oder er musste zu seinen Eltern nach Idaho. Dann hatte Sophie endlich mal Ruhe vor ihm, dachte Matt. Es wurde zwar in der Schule hinter vorgehaltener Hand behauptet, dass die beiden jetzt miteinander gingen und sich in der Cafeteria geküsst hatten, aber Matt konnte sich das beim besten Willen nicht vorstellen. Sophie war so nett und hübsch und Evan war so … ein Creep. Wie auch immer. Matt hätte sich jedenfalls nichts Schlimmeres vorstellen können, als drei Stunden lang eingequetscht neben Evan im Flugzeug sitzen und sich mit ihm unterhalten zu müssen. Er hatte schließlich nicht vergessen, wer für seine öffentliche Bloßstellung mit dem Therapie-Video am Anfang des Schuljahres verantwortlich gewesen war. Wenigstens musste Matt, im Gegensatz zu Evan, nicht mehr zu Miss Abercrombie, das hatte er bei seiner Adoptivmutter erzwungen. Was brauchte er irgendwelche schwammigen Gespräche über seine Vergangenheit mit der Psychologin, wenn er das Geheimnis seiner Herkunft so gut wie gelöst hatte?

Auf dem Flughafen Sioux Falls hatte er am Gepäckband absichtlich getrödelt, obwohl seine Tasche schon mehrmals an ihm vorbeigefahren war, und dann einem der Mädchen vom Earth Club gesagt, dass er noch auf die Toilette wollte und sie alle dann am Bus treffen würde. Das hatte er auch getan, aber während sich alle bereits in den Bus drängten, hatte er seine Tasche etwas weiter weg draußen abgestellt und war im Getümmel einfach wieder aus dem Bus geklettert. Yella hatte ihn reingehen sehen, und niemand hatte bemerkt, dass er wieder ausgestiegen war. Sie würden erst beim Umsteigen in Chamberlain mitkriegen, dass er gar nicht da war. Als sie endlich weg waren, war Matt zum Taxistand gerannt und hatte sich von einem Fahrer, der sein Glück nicht fassen konnte, für eine Menge Cash in das zwei Stunden weit weg liegende Reservat fahren lassen. Busse oder Züge gab es hier nicht, von E-Autos ganz zu schweigen. Spätestens nach einer halben Stunde im Taxi war Matt auch klar geworden, dass das hier so ziemlich dem Gegenteil seiner Lebenswelt entsprach. Auf seiner Seite war der moderne Myriad-Campus mit all seinen fortschrittlichen Erfindungen und Einrichtungen, den üppigen Grünanlagen, der Kultur, dem Bio-Essen und dem gesunden, leichten und sorglosen Leben, und auf der anderen Seite waren die endlosen novembergrauen Felder, Wiesen und Ebenen South Dakotas, die Einsamkeit der sich kaum ändernden Landschaft, in der wie weggeschmissen kaputte Autos herumstanden oder ab und zu ein paar Pferde grasten, die schäbigen Tankstellen, die Dairy Queens und McDonald's, die Pfandleihen und die mickrigen kleinen Läden an der Landstraße. Sie fuhren an einer armseligen Ansammlung flacher Häuser vorbei und der Fahrer murmelte den Namen eines Reservats. Noch nicht das, in dem Dylan lebte, aber das würde ähnlich aussehen, und mit einem Mal wurde Matt klar, dass er unmöglich wie ein Kronprinz im Taxi dort vorfahren konnte. Er ließ sich einen Kilometer von Dylans Reservat entfernt von dem verwunderten Taxifahrer absetzen, der einfach nicht verstand, warum Matt für das viele Geld nicht bis zu seinem Ziel gefahren werden wollte, aber schließlich aufgab und kopfschüttelnd davonbrauste.

Jetzt stand Matt allein auf der staubigen Landstraße. Es dämmerte bereits und er fror in seiner dünnen Lederjacke und den Cowboystiefeln. Er hatte Dylan vor zwanzig Minuten geschrieben, dass er fast da war, und Yella, dass er sie irgendwie alle beim Umsteigen verloren hatte und versuchen würde, ihnen hinterherzufahren. Jetzt hatte er keinen Empfang mehr und konnte nur hoffen, dass Dylan wirklich auf ihn wartete. Sonst war er komplett aufgeschmissen. Aber so was von.

Dylan stand neben einem leicht verwitterten Schild, auf dem *Red River Reservation* stand. So sehe ich also aus, dachte Matt im ersten Moment. Es war komplett surreal. Dylan trug trotz der Kälte nur ein Hoodie und Turnschuhe ohne Socken. Er lief auf Matt zu und sah sich immer wieder um, als ob er Angst hatte, dass ihm jemand folgte. Als sie sich gegenüberstanden, sagte keiner ein Wort. Ein Kloß bildete sich in Matts Hals. Er machte einen Schritt auf Dylan zu und auf einmal lagen sie sich in den Armen.

»Ich glaub es nicht«, murmelte Dylan in sein Ohr. »Ich glaub es einfach nicht. Du bist tatsächlich echt.«

»Natürlich.« Matt grinste ihn an. »Was hast du denn gedacht?«

»Man weiß nie«, erwiderte Dylan mystisch. Dann musterte er Matt. »Lauft ihr in Kalifornien alle so rum?« Er deutete auf die nagelneuen Cowboystiefel, den Hut und die Weste unter der offenen Lederjacke. Plötzlich schämte sich Matt. Was musste Dylan von ihm denken? Er kam sich auf einmal vor wie ein verkleideter Clown. Dylan sah ganz normal aus, Sweatshirt und Jeans. Nur die langen schwarzen Haare und die Kette um seinen Hals ließen auf sein indianisches Erbe schließen. Die Kette … Daran hing ein Quarzstein. Matt knöpfte hastig die obersten Knöpfe seines Hemdes auf. »Ich hab dieselbe«, sagte er leise. »Und auch das hier.« Er griff in seine Tasche und holte das Lederband mit seinem Namen heraus. »Hast du auch so eins?«

Dylan starrte das kleine Band an. »Ich hatte mal so eins, mit *Dylan* drauf. Vor ewigen Zeiten. Irgendwann hab ich es verloren oder es ist kaputtgegangen, ich weiß es nicht mehr.«

Matt schluckte. Damit war das geklärt. »Sind die Quarzketten von hier?«, fragte er schließlich.

»Ja«, erwiderte Dylan. »Bei uns haben viele einen Quarzstein als Anhänger. Das bringt Glück und Reichtum. Nicht dass es bei irgendeinem von uns gewirkt hätte. Aber bei dir ja schon, was?« Er deutete auf Matts Apple-Watch, sein brandneues Handy, das aus seiner Tasche lugte, die teure Reistasche aus Wildleder, seine Lederjacke und die Markenjeans. Bislang hatte Matt über diese Dinge nie nachgedacht. Sie standen ihm einfach zur Verfügung. Jetzt wurden ihm die Unterschiede mit geradezu brennender Peinlichkeit bewusst.

»Das bedeutet mir alles nichts«, murmelte er verlegen.

»Echt nicht? Wieso denn nicht?« Dylan sah ihn ungläubig an.

»Ich … Hör mal, können wir nicht irgendwohin gehen? Hier ist es saukalt. Also für mich.«

Dylan grinste. »Ja, der Herbst ist hier nicht ganz so lieblich wie in Kalifornien, was?« Dann wurde er ernst. »Wir müssen vorsichtig sein, wenn wir reingehen. Du willst ja sicher nicht, dass dich jemand sieht oder erkennt.«

»Wieso denn nicht?«

»Wieso nicht? Du bist seit zwölf Jahren weg. Wir wissen immer noch nicht, was damals passiert ist. Unser Vater ist tot, unsere Mutter verschwunden. Niemand außer der alten Kaya, nicht mal meine eigene Tante, hat mir je was von dir erzählt, kommt dir das nicht merkwürdig vor? Sie wollten irgendwie nicht, dass ich das weiß. Wenn also jetzt irgendjemand mitkriegt, dass du mein Zwillingsbruder bist und dass du auf einmal wieder da bist, dann weiß ich nicht, ob das so gut ist.« Er hob hilflos die Schultern.

In Matts Kopf drehte sich alles. Mit einem Schlag wurde sein naiver Traum von einer fröhlichen Familien-Wiedervereinigung zerschmettert. Ja, natürlich konnte er nicht einfach hier in das Reservat spazieren und »Hallo, ich bin wieder da!« rufen. Was

hatte er sich nur dabei gedacht? Irgendetwas in seiner Vergangenheit stimmte ganz und gar nicht. Er hatte die Adoptionsurkunde nie gefunden. Gab es sie überhaupt? Vielleicht war er entführt worden? Vielleicht hatte man ihn absichtlich loswerden wollen?
 Dylan hatte recht.

»Aber was dann?«, stotterte Matt. »Jetzt bin ich doch schon so weit gekommen.«

»Als Allererstes ziehst du mal diese Stiefel und die teure Lederjacke aus und nimmst den komischen Deckel da ab.« Dylan deutete auf seinen Hut. »Hier, du kannst mein Sweatshirt anziehen, ich hab noch ein T-Shirt drunter. Hast du noch andere Schuhe mit?«

»Ja. Turnschuhe.«

»Gut. Zieh dich um und dann kommst du einfach mit mir rein. Du bist ein Kumpel aus meiner Schule, wenn uns jemand anspricht. Wir bleiben nirgendwo stehen und quatschen mit niemandem.«

»Wo … wo gehen wir hin? In dein Haus?«

Dylan schüttelte den Kopf. »Wir gehen zur alten Kaya. Ich habe sie in den letzten Tagen ein paarmal besucht, und ich könnte schwören, sie ahnt was. Sie war komplett klar und wach und hat lauter so seltsame Bemerkungen gemacht. Wenn überhaupt einer was weiß, das uns weiterhilft, dann sie.«

Die nächste halbe Stunde verging wie im Rausch. Matt hatte sich die Kapuze des Sweatshirts tief ins Gesicht gezogen, hielt sich an Dylan und bemühte sich, dessen schlenkernden Gang und das lässige kurze Nicken nach allen Seiten hin nachzuahmen. *Red River Reservation* war unglaublich. Es war alles gleichzeitig: schäbig, trostlos, atemberaubend, real und wild, mit einer Szenerie von roten und weißen kleinen Häusern, Pferden und Hunden, bunten Fahnen und Symbolen überall, mit kahlen Bäumen, mit grimmigen, mit fröhlichen, mit zerfurchten und bildschönen Gesichtern. Matt wagte kaum zu atmen. Das ist mein Zuhause, schrie es in ihm. Das ist mein wahres Zuhause! Dylan tauschte Nichtigkeiten mit allen möglichen Leuten aus, warf ein paarmal ein: »Das ist Matt, mein Kumpel«, und blieb schließlich vor einem ehemals rosafarbenen kleinen Bungalow stehen. Ein völlig verrosteter Pick-up-Truck wartete davor auf seiner Wiederinstandsetzung.

Dylan drehte sich zu Matt um. »Alles okay?«

Matt nickte.

Die alte Kaya war garantiert hundert oder so. Sie saß in einem Sessel in einem völlig zugemüllten Zimmer. Jeder erdenkliche freie Platz war mit gerahmten Fotos, Vasen, getrockneten Blumen und Traumfängern vollgestopft.

»Kaya«, grüßte Dylan. »Guck mal, wer hier ist.« Er trat einen Schritt zur Seite und Matt näherte sich der alten Frau. Sein Mund wurde ganz trocken. Die alte Kaya sah ihn aus kleinen tiefschwarzen Augen regungslos an. Sie sagte keinen Ton, und Matt zweifelte langsam daran, ob sie wirklich so klar und wach war, wie Dylan behauptet hatte, als plötzlich ein Lächeln über ihr Gesicht glitt. Ein Lächeln, welches das ganze furchige Gesicht, ja das ganze chaotische Zimmer erleuchtete.

»Habt ihr euch endlich wiedergefunden«, sagte die alte Frau. »Das ist gut so. Man darf nicht trennen, was die Natur zusammengefügt hat.«

»Liebe … Kaya«, stotterte Matt, weil er nicht wusste, wie er die alte Frau sonst ansprechen solle. »Was wissen Sie über uns? Wir wissen gar nichts. So gut wie gar nichts. Wir … es ist wichtig.«

Die alte Frau nickte. »Natürlich wollt ihr das wissen. Setz dich, Dowan.«

Matt sah sich nach einem Stuhl um, entdeckte keinen und

setzte sich daher einfach vor sie auf den Boden. Dylan nahm neben ihm Platz.

»Mina war sehr schön und viel zu jung für diesen Trunkenbold«, begann Kaya, und Matt nahm an, dass sie damit seine Mutter und seinen Vater meinte. »Dauernd hat er Angst gehabt, dass sie ihm wegläuft. Und seine Schwester hat das alles nicht besser gemacht: Sie war furchtbar eifersüchtig auf Mina.«

»Tante Magi?«, fragte Dylan.

»Ja. Und dann hat Mina Zwillinge bekommen. Da ging der Streit erst richtig los.« Die alte Kaya schloss ihre Augen und summte irgendwas.

Matt wartete und schielte zu Dylan. Was ging dann los? Und wieso? War die alte Frau jetzt eingeschlafen?

»Zwillinge bringen Unglück«, sagte die alte Kaya plötzlich und machte ihre Augen wieder auf.

»Aber das sind doch nur blöde Legenden und abergläubische Märchen«, meinte Dylan.

Matt verstand überhaupt nicht, wovon sie redeten. Wieso bedeuteten Zwillinge Unglück? Vielleicht mehr Arbeit, ja – aber Unglück?

»Sie sind ein böses Omen«, sagte die alte Frau. »Früher, als ich jung war, hat man oft einen Zwilling weggegeben. Und ganz früher hat man ...« Sie winkte ab.

»Was?«, fragte Matt entsetzt.

»Was wohl«, murmelte Dylan.

»Magi wollte, dass ein Zwilling verschwindet, aber Mina fand das lächerlich. Euer Vater fand gar nichts. Nur den Boden seiner Schnapsflasche, weil er das ewige Gestreite nicht mehr aushalten konnte.«

Die alte Frau schloss ihre Augen wieder und driftete weg. Matt atmete tief durch. So langsam fügten sich die Puzzleteile zusammen.

»Und die anderen hier im Reservat?« Dylan rüttelte die alte Kaya sacht am Arm.

»Da mischt man sich nicht ein«, erklärte die alte Frau streng. »Manche hielten hinter ihrem Rücken zu Mina, manche nicht. Und Magi hat mit ihren giftigen Bemerkungen weiterhin die Luft verpestet. Als ihr drei Jahre alt wart und langsam verständiger wurdet, hatte eure Mutter dann die Nase voll von ihrem nutzlosen Ehemann und Magis Sticheleien und wollte mit euch abhauen. Sie hat es mir selbst erzählt. Sie wollte nach Kalifornien und hat sich von irgendwoher ein Auto organisiert.«

Nach Kalifornien! Matt beugte sich atemlos vor. Dort war seine Mutter ja auch angekommen, sonst hätte man ihn nicht dort gefunden.

»Doch dann wurde ich krank«, sagte Dylan langsam. »Ich erinnere mich ganz, ganz dunkel an eklig feuchte Tücher. Und Schmerzen. Und dass ich geweint habe.«

Die alte Frau nickte. »Schwitzfieber. Ein krankes Kleinkind konnte sie nicht mitnehmen. Aber es war alles organisiert. Da ist Mina erst mal nur mit Dowan weg. Sie hat sich unter Tränen von dir verabschiedet und mich gebeten, dass ich ein Auge auf dich haben soll, und mir versprochen, dass sie wiederkommt und dich holt. Doch sie kam nie zurück.«

Eine Weile lang herrschte Schweigen. Die alte Kaya griff nach einer Tasse Tee, die neben ihr stand, und nahm schlürfend einen Schluck. »Magi hat geglaubt, eure Mutter sei einfach mit einem Zwilling auf und davon, und war zufrieden, denn das war es ja, was sie wollte. Sie hatte ja nichts gegen dich.«

Dylan nickte langsam. »Nein, sie war immer nett zu mir«, sagte er leise. »Im Gegensatz zu meinem Vater.«

»Und wo wohnt Mina jetzt mit dir?«, wandte Kaya sich unvermittelt an Matt. »Warum ist sie nie zurückgekommen?«

»Ich weiß nicht, wo sie ist«, flüsterte Matt. »Ich habe nicht die leiseste Ahnung. Wir sind in Kalifornien gelandet. Im Wald. An mehr erinnere ich mich nicht. Vielleicht ist sie sogar … « Er brach ab. »Ich bin adoptiert worden. Glaube ich zumindest.«

»Unsinn.« Die alte Kaya schüttelte den Kopf. Dann verschloss sich ihr Gesicht auf einmal, ihre Augen blickten ins Leere. »Junger Mann!«, schimpfte sie los. »Was machen Sie denn da auf meinem Fußboden? Verschwinden Sie gefälligst!«

Matt wechselte einen Blick mit Dylan. Der deutete ihm an, mit raus auf die Veranda zu kommen.

»Oh Mann.« Draußen vergrub Matt sein Gesicht in den Händen.

»Sorry. Das dauert jetzt eine Weile, bis sie wieder klarer wird.« Dylan biss sich auf die Lippen. Er musste das wohl auch erst einmal alles verdauen.

»Wie lange?«, fragte Matt. Es gab doch noch so viel zu fragen. So viel zu erfahren!

»Tage. Wochen. Kann man nicht sagen.«

Verdammt. So viel Zeit hatte er nicht. Er hatte nur drei lächerliche Tage, dann musste er zurück in ein Leben, das er sich gerade überhaupt nicht mehr vorstellen konnte. Selbst Hannah hatte in diesem Moment keine Bedeutung, sie war Teil dieses Lügenlebens, das er doch gar nicht wollte. »Und wo ist deine Tante Magi?« Wo war diese Person, die sein Leben zerstört hatte?

»Seit zwei Jahren weg. Sie ist nach Sioux Falls gezogen. Hat irgendeinen neuen Mann kennengelernt. Angeblich ist er reich. Ich wohne bei meinem Onkel, der lässt mich wenigstens machen, was ich will.« Dylan holte eine Packung Zigaretten heraus und reichte sie Matt. »Auch eine?«

Ich rauche nicht, wollte Matt antworten. *Rauchen ist schädlich, niemand in Kalifornien raucht, es ist nahezu illegal.* Doch plötzlich überkam ihn eine solche Wut auf sein behütetes Leben, dass er wortlos eine von Dylans Zigaretten nahm. Er würde sich nicht länger herumschubsen lassen, er würde sein Leben endlich selbst in die Hand nehmen. Er würde herausfinden, was passiert war, nachdem seine Mutter hier weggefahren und in Kalifornien angekommen war. Und er würde herausfinden, wie Dylans Leben und somit auch sein Leben im *Red River Reservation* war.

Hannah

152 Berge. Nichts als schneebedeckte Berge hatte Hannah aus dem Flugzeug gesehen. Es sah schön aus, besonders jetzt, wo die Weihnachtszeit bald anfing, aber sie hätte um nichts in der Welt hier leben wollen, so viel war klar, als sie in der Ankunftshalle des Flughafens in Missoula stand. Dicke Jacken und Schals von Oktober bis April. Wenn man in Kaliforniern noch baden gehen konnte, fuhren hier schon die Schneepflüge durch die Straßen. Wie es wohl Matt jetzt auf seiner abenteuerlichen Reise erging? Das Letzte, was sie von ihm gehört hatte, war, dass er Yella und Konsorten erfolgreich abgehängt hatte und nun im Taxi saß, das ihn zu Dylan bringen sollte. Wahrscheinlich feierte er gerade mit etlichen anderen Verwandten seine glückliche Rückkehr. Hannah stellte sich eine große Gruppe von Indianern vor, die alle solche Stiefel und Hüte wie Matt trugen und um ein Lagerfeuer herumsaßen. Saßen die modernen Indianer noch um ein Lagerfeuer herum? Oder auch nur vorm Fernseher wie der Rest der Welt?

»Hannah.« Ihre Mutter kam auf sie zu und hatte wie immer, seit sie Hannah und ihren Dad verlassen hatte, ein entschuldigendes Lächeln im Gesicht. Es war irgendwie zu ihrem permanenten Gesichtsausdruck geworden. Und wie immer fühlte Hannah die widersprüchlichsten Emotionen in sich aufsteigen: Wut auf das, was ihre Mutter getan hatte, Liebe zu ihr, die sie trotz allem nicht unterdrücken konnte, und vor allem Sehnsucht. Sehnsucht nach diesen frühen, sorglosen Kindertagen, als die Welt noch in Ordnung gewesen war. Aber das war vorbei und würde nie wiederkommen. Jetzt war ihre Mutter bei ihr und umarmte sie. Ihr vertrauter Geruch umgab Hannah wie ein weiches Himmelbett, in das sie am liebsten gesunken wäre, um Thanksgiving komplett zu verschlafen.

»Mom.« Sie drückte ihrer Mutter einen Kuss auf die Wange und machte sich los. »Julian.« Sie reichte Julian, dem Mann ihrer Mutter, die Hand. Er stand in einer enormen Daunenjacke daneben. Er war ohnehin ziemlich korpulent und die Jacke ließ ihn aussehen wie das Michelin-Männchen. Erst recht seit seine Haare sich lichteten. Hannah hatte nie verstanden, was ihre Mutter an ihm fand. Julian war Ingenieur und hatte damals ein paar Monate auf dem Campus gearbeitet. Aus Gründen, die Hannah nie begreifen würde, hatte ihre Mutter sich in dieser Zeit in diesen drögen Menschen verliebt und dafür Hannahs klugen und humorvollen Vater verlassen. Vielleicht hatte Julian innere Werte. Oder es war irgendwas mit Sex, wobei Hannah im Zusammenhang mit ihrer Mutter nicht an Sex denken wollte.

»Kalt hier bei euch«, sagte sie schnell und zog fröstelnd die Schultern hoch.

»Na, du bist ja auch viel zu dünn angezogen«, bemerkte Julian mit diesem Hauch von Besserwisserei, der in jeder seiner Bemerkungen mitschwang.

»Kannst dir was Warmes von mir borgen«, sprang Hannahs Mutter ihr sofort zu Hilfe. Sie hakte sich bei Hannah ein. »Wir haben ein richtiges Festessen geplant. Julians Mom hat zwei Preiselbeertorten und zwei Pecantorten gebacken und sein Dad macht einen erstklassigen gefüllten Truthahn. Oh, und Süßkartoffeln mit Marshmallows, das mochtest du doch als Kind immer so.«

Igitt. Als Kind mochte ich auch Barbie und hatte generell einen miserablen Geschmack, dachte Hannah, aber sie lächelte nur tapfer.

»Und dann wartet auch noch eine Überraschung auf dich«, flüsterte ihre Mom ihr ins Ohr und lächelte verschwörerisch.

Die Überraschung hieß Elaine, sah aus wie aus dem Ei gepellt, war ein Jahr älter als Hannah und Julians Tochter aus der Ehe mit seiner ersten Frau. Hannah hatte ihre Mutter zwar schon manchmal von einer Elaine erzählen hören, dem aber nie große Beachtung beigemessen. Und nun verbrachte Elaine Thanksgiving ebenfalls hier und man hatte Hannah neben sie gesetzt. Wie zwei Kinder, die gefälligst miteinander spielen sollen, wenn die Erwachsenen sich unterhielten. Hannahs Mutter saß mit Julian zwischen seinen Eltern, dann gab es noch diverse Tanten und Onkel, deren Namen Hannah sofort wieder vergessen hatte, und eine Uroma, die bereits das fünfte Glas Eierlikör kippte und glaubte, dass es keiner bemerkte. Die Erwachsenen stritten laut über Politik, der Truthahn war verbrannt und für den Preiselbeerkuchen hatte Julians Mutter aus Versehen vor lauter Stress Salz statt Zucker verwendet. Nach einem angeekelten Aufschrei der Uroma hatte man den Kuchen kommentarlos entsorgt.

Hannah hatte ihr Bestes gegeben, sich mit Elaine zu unterhalten, aber dieses Mädchen war einfach die eingebildetste Tussi diesseits des Pazifiks. Sie lebte mit ihrer Mutter in New York, was ihrer Meinung nach alle anderen im Raum automatisch zu tumben Hinterwäldlern disqualifizierte. Ihr Lieblingssatz war: »Oh mein Gott, das kennst du nicht?«

»Wo gehst du denn immer shoppen?«, erkundigte sie sich jetzt bei Hannah.

»Eigentlich nur online«, sagte Hannah. »Im Campus gibt es keine besonderen Klamottenläden. Das meiste nähe ich auch selber.«

»Ah ja.« Elaine streifte Hannahs Samtkleid mit einem mitleidigen Blick und lächelte nachsichtig. »Ich gehe zu Barneys in Downtown. Oder zu Dover Street Market.«

»Was ist das?«, rutschte es Hannah gegen ihren Willen heraus. Da kam es auch schon wie aus der Pistole geschossen.

»Oh mein Gott, das kennst du nicht? Das ist *der* Markt für Avantgarde-Labels.«

Hannah verdrehte innerlich die Augen. »Kann ich noch etwas von dem Kartoffelbrei haben?«, fragte sie laut.

»In New York isst niemand mehr Kartoffeln«, behauptete Elaine. »Die blähen viel zu sehr auf. Zu viel Stärke. Wusstest du das? Ich mach Leistungskurs Bio, und du? Habt ihr überhaupt Leistungskurse in eurer kleinen Schule? Wahrscheinlich werde ich Medizin studieren. Wenn ich in die Cornell University reinkomme, aber ich denke, das wird kein Problem werden. Und du?«

Cornell war eine der Elitehochschulen in New York und jetzt reichte es Hannah.

»Ich werde nach Harvard gehen«, antwortete sie, den Mund voller Kartoffelbrei. »Ich habe bereits einen Studienplatz dort.« Das stimmte zwar nicht ganz, aber Deborah Steiner hatte es Hannah ja so gut wie versprochen.

»Was?«, japste Elaine. Am Tisch wurde es still und alle sahen Hannah erstaunt an.

»Ja. Deborah Steiner hat mir einen Platz besorgt. Sie war die Kollegin von meinem Dad und ist die Mutter von meinem Freund. Hast du einen Freund, Elaine? Und voraussichtlich werde ich Bio-Computing studieren.«

Elaine sah sie leer an.

»Oh mein Gott, das kennst du nicht?« Hannah riss die Augen auf. »Das ist eine interdisziplinäre Studienrichtung, eine Mischung aus Biologie und Informatik. Künstliche Intelligenz und so weiter. Gibt es das etwa noch nicht in New York? Der Kartoffelbrei ist übrigens ausgezeichnet«, sagte sie. »Liegt wahrscheinlich an der Stärke.« Und dann klatschte sie sich noch eine Ladung auf den Teller, obwohl sie pappsatt war.

Miss you, schrieb sie Matt nun schon zum dritten Mal, aber er antwortete immer noch nicht. Offenbar war er so im Brudertaumel, dass alles andere nebensächlich wurde. Langsam ärgerte sie sich. Gerade jetzt hätte sie ein wenig Mitgefühl und Unterstützung gebrauchen können. Sie saß auf dem Bett im Gästezimmer, in das sie sofort nach dem Dinner geflüchtet war. Ihr Skizzenblock lag vor ihr auf der Decke. Sie hatte versucht, Matt aus dem Gedächtnis zu zeichnen, aber es fiel ihr schwer. Seine Züge ähnelten immer wieder denen von Ryan, egal wie oft sie radierte und wischte und neu ansetzte. Vor lauter Frust hatte sie schließlich einen Truthahn gemalt, der das Gesicht von Elaine hatte. Sie konnte die anderen laut lachen hören, Gläser klirrten und ab und zu schrillte Elaines »Oh mein Gott … in New York« aus dem Geschnatter der Erwachsenen heraus wie eine Sirene. Was mache ich eigentlich hier?, dachte Hannah. Ich hätte bei Chloe und ihren Eltern bleiben sollen. Wie es Ryan wohl ging? Der steckte genauso auf dem Campus fest wie sie hier in Montana. Nach kurzem Zögern schickte sie ihm eine Nachricht. *Happy Thanksgiving!* Warum auch nicht? Sie waren doch jetzt offiziell wieder Freunde – platonische Freunde. Im Gegensatz zu Matt antwortete Ryan sofort. *Dir auch! Ist es sehr schrecklich?* Ein vollgefressenes Smiley daneben.

Noch viel schrecklicher, schrieb Hannah zurück und fügte ein kotzendes Smiley an.

Es klopfte an ihrer Tür und Hannah schob hastig ihr Handy weg.

Ihre Mom kam herein. »Das war nicht besonders nett von dir. Elaine ist jetzt ganz verunsichert.«

Mir doch egal, dachte Hannah. Sie zuckte mit den Schultern. »Sie nervt mit ihrem New York.«

»Sie versucht nur, sich mit dir zu unterhalten. Komm, jetzt geh wieder rein und setz dich zu ihr.«

»Ich bin müde.«

»Hannah, bitte. Warum machst du es mir so schwer? Ich sehe dich so selten. Viel zu selten. Da will ich mich nicht mit dir streiten. Aber ich kann auch nicht zulassen, dass du unhöflich zu Julians Tochter bist. Ich meine, sie gehört mit zur Familie. Julian ist jetzt meine Familie.«

»Schön für dich.« Die Wut in Hannahs Bauch brodelte immer heftiger. »Aber wenn du uns nicht verlassen hättest, dann hätte ich jetzt auch noch meine Familie!« Es war rausgerutscht, noch ehe sie sich hatte bremsen können.

»Das ist nicht fair. Und das mit deinem Dad, das wäre auch so passiert. Auch wenn ich noch da gewesen wäre.«

»Das glaube ich nicht.«

»Was willst du denn damit sagen?«

»Wie konnte er an einer Erdnussallergie sterben, wenn gar keine Erdnüsse in der Nähe waren? Hast du dich das nie gefragt?«

»Natürlich. Er muss irgendein Produkt benutzt haben, in dem mikroskopisch kleine Spuren waren. Ich habe keine Ahnung, was es gewesen sein könnte.«

»Und sein Epi-Pen?«, trumpfte Hannah auf. »Der war damals nicht in seiner Schublade. Aber weißt du was? Jetzt ist er auf einmal wieder da!«

»Unmöglich«, sagte ihre Mutter.

»Doch!« Hannah traten vor lauter Empörung Tränen in die Augen.

»Hannah, ich …«

»Jennifer, kommst du?«, tönte es aus dem Wohnzimmer. »Julian will jetzt singen.«

Oh Gott, das hatte Hannah ganz vergessen. Julian spielte Gitarre und fing zu fortgeschrittener Stunde und ab einer gewissen Menge Alkohol immer an, Countrymusik zu singen.

»Wir reden morgen darüber.« Hannas Mutter wandte sich zum Gehen. »In Ruhe, okay?«

»Okay.« Geh nur. Geh zurück zu deinem dicken Ingenieurmops mit seinem Gitarrengedudel über einsame Cowboys und zu viel Whisky auf der Ranch, dachte Hannah. Sie hatte die Nase gestrichen voll. Noch zwei Tage, dann konnte sie endlich wieder hier weg.

»Ach, und Hannah?« Ihre Mom drehte sich noch einmal um. »Das mit Deborah – stimmt das? Sie hat dir einen Studienplatz organisiert? Geht denn das überhaupt jetzt schon? Du bist doch erst fünfzehn.«

»Na ja, so halb«, mummelte Hannah. »Sie hat Beziehungen.«

»Ich möchte eigentlich nicht, dass du irgendwas von Deborah Steiner annimmst. Dass du ihr irgendwas schuldig bist.«

»Wieso denn nicht?« Das hatte Hannah jetzt nicht erwartet.

»Diese Frau hat deinen Dad sehr vereinnahmt. Sie wollte ihn ganz für sich.«

Was? Was wollte sie damit sagen? Ihr Dad und Deborah Steiner? Nie im Leben!

»Nicht … sexuell.« Ihre Mutter hustete verlegen. »Nicht was du denkst. Intellektuell. Sie hat ihn intellektuell komplett vereinnahmt. Ich finde, es ist besser, wenn du alleine deinen Weg gehst, ohne sie. Ich bin immer für dich da.«

Hannah starrte auf die Tür, die sich hinter ihrer Mutter schloss. Zum ersten Mal bekam sie eine leise Ahnung davon, dass ihre Mutter damals vielleicht nicht einfach nur aus egoistischen Motiven abgehauen war.

Endlich. Auf dem Flughafen in Missoula fühlte Hannah sich zwei Tage später wie erlöst. Die Dinge hatten sich nach dem verqueren Thanksgiving-Dinner nicht unbedingt verbessert. Zwar hatte Hannah eine Art friedlich-schweigende Koexistenz mit Elaine erreicht, aber »Freundinnen« waren sie weiß Gott nicht geworden. Ein Schneesturm hatte das Internet lahmgelegt und allen

Verwandten ein klaustrophobisches Aufeinanderhocken aufgezwungen, das hauptsächlich durch das ununterbrochene Ansehen von wechselnden Footballspielen im Fernsehen aufgelockert wurde. Am zweiten Tag gab es noch einen Eklat zwischen einer Tante und der Uroma, was dann den Gesprächsstoff bis zu Hannahs Abflug geliefert und ein wenig von ihr und Elaine abgelenkt hatte. Hannahs Versuche, noch mal mit ihrer Mom über den EpiPen zu sprechen, waren ins Leere gelaufen, weil ihre Mom, obwohl sie es nicht so direkt ausdrückte, durch ihren Gesichtsausdruck klarmachte, dass sie das für Hirngespinste hielt. Egal. Es war vorbei und zu Weihnachten würde Hannah definitiv bei Chloe und ihren Eltern bleiben. Jetzt genoss sie erst mal einen frisch gebrühten Cappuccino und das Internet des Flughafens. Chloe hatte ihr einen Haufen Nachrichten geschickt, Fotos von leckeren Dingen, die ihre Mutter gekocht hatte und die allesamt besser aussahen als das, was man Hannah vorgesetzt hatte. Ryan hatte ebenfalls noch zwei Nachrichten geschickt, kleine Witzbildchen mit Truthähnen und Kürbissen. Dem letzten Bild hatte er noch ein »Freue mich, wenn du wieder da bist« hinzugefügt. Hatte das etwas zu bedeuten? Wollte sie, dass es etwas bedeutete? Von Matt gab es auch nur zwei Nachrichten. *Habe so viel herausgefunden. Gruß Matt* und *Es geht mir so viel durch den Kopf, ich erzähle dir bald davon, versprochen*. Vermisste er sie? Freute er sich, dass er Hannah bald wiedersah, so wie Ryan? Sie konnte nichts aus diesen Zeilen herauslesen. Hannah seufzte, warf den leeren Kaffeebecher in den Mülleimer neben ihr und sah hoch. Vor ihr stand Matt. Im ersten Moment glaubte sie, dass sie halluzinierte. Sie schluckte, sah sich verdutzt um, dann wieder zu ihm. »Matt?«, stieß sie aus. »Was … wie …« Sie fing vor Verblüffung an zu lachen. »Was um alles in der Welt machst du denn hier?«

»Hannah.« Er lächelte sie an und musterte sie von oben bis unten.

»Was?«

»Du bist wunderschön.«

»Ähm ... danke. Aber sag mal, also ich ...« Ihr fehlten glatt die Worte und deshalb stand sie einfach auf und umarmte ihn glücklich. »Wow, ich freue mich so, dich zu sehen. Was war denn los? Wo kommst du auf einmal her? Warum hast du dich nicht gemeldet?« Hannah wusste überhaupt nicht, was sie zuerst fragen sollte.

»Unser Flug wurde umgeleitet. Irgendwas war mit dem Flugzeug kaputt. Dort sind die anderen. Yella hat mir gerade gesagt, dass du hier bist.« Er deutete nach hinten, und in der Tat konnte Hannah jetzt Yella in einem indianischen Poncho erkennen, die im Schneidersitz neben einem Starbucks auf dem Fußboden saß. Um sie herum standen die anderen Mädchen des Earth Clubs, die alle irgendwelchen indianischen Schmuck trugen. Der Einzige, der überhaupt nicht mehr indianisch aussah, war Matt. Hut und Cowboystiefel sowie die alberne Weste waren verschwunden. Gott sei Dank. Voller Freude umarmte sie ihn wieder. Dann trat sie einen Schritt zurück. »Sag mal, krieg ich keinen Kuss?«

»Ähm ...« Matt lächelte ein wenig verlegen, dann beugte er sich vor und drückte ihr ein kleines keusches Küsschen auf die Wange. »Hannah, ich muss dir was –«

»Was soll das denn?«, unterbrach Hannah ihn lachend. »Bin ich deine Oma oder was?« Und damit zog sie ihn an sich und küsste ihn. *Richtig.* Nach einem kurzen Moment des Widerstands küsste er sie zurück. Na endlich.

»Wie war es?« Hannah zog ihn neben sich auf die Bank. »Jetzt erzähl schon! Was hast du herausgefunden? Wie war das Reservat? Wie ist Dylan so?«

»Dylan ist ein toller Typ«, sagte Matt und grinste. »Und das Reservat ist eine einzige schäbige Müllhalde. Ich kann es gar nicht erwarten, endlich wieder auf dem Campus zu sein.«

Hannah starrte ihn an. Hatte er jetzt echt schäbige Müllhalde gesagt?

»Die Leute können doch nichts dafür«, erwiderte sie. »Das kannst du doch nicht so sagen. Die haben halt kein Geld, und so wie sie von der Regierung behandelt worden sind, das …«

Matt beugte sich plötzlich zu ihr und hinderte sie mit einem Kuss am Weiterreden. Es war ein Kuss, wie sie ihn noch nie von ihm bekommen hatte, so lange und so leidenschaftlich. Seine Haare rochen schwach nach Rauch und nach einem unbekannten Shampoo.

»Oh Mann, ich bin so happy«, flüsterte er ihr ins Ohr.

Chloe

Die Projektgruppe iBaby gestaltete sich irgendwie schwieriger, als Chloe angenommen hatte. Während Chucky sich mithilfe seiner erweiterten Speicherkapazität, die in Form eines Chips unauffällig an seinem Nacken angebracht war, mit rasanter Geschwindigkeit weiterentwickelte und bereits eine Fremdsprache, nämlich Spanisch, auf dem Niveau eines vierjährigen Kindes sprechen konnte, hinkten die anderen drei iBabys, die noch in der Projektgruppe waren, hinterher.

»Ich habe es mit dem externen Memory versucht«, klagte ein Mädchen, dessen iBaby bis neulich noch alle Bundesstaaten der USA in alphabetischer Reihenfolge hatte aufsagen können, jetzt aber seit ein paar Tagen nur noch mit den Augen klapperte, wenn man es danach fragte. »Aber es entwickelt sich irgendwie rückläufig.« Das iBaby kippte wie auf Kommando um und fing an, mit leiernder Stimme zu singen. »The wheels on the bus go round and round, round and round and round and round and round and round and round and round ...« Es hörte überhaupt nicht mehr auf.

»Jetzt sei doch mal still.« Das Mädchen sah Chloe verzweifelt an. »Was hat es denn nur?«

»Einen Virus«, meinte Chloe knapp.

»Wie bitte?« Das Mädchen konnte es nicht fassen. »Wie soll ein iBaby denn einen Virus bekommen? Von wem denn? Und warum?«

»Indem du es unbeaufsichtigt hast sitzen lassen, von einem durchgeknallten Möchtegernhacker, und weil es manchen Leute einfach Spaß macht, Dinge zu zerstören«, beantwortete Chloe die Fragen in der entsprechenden Reihenfolge. »Zeig mal her.«

Sie nahm dem Mädchen das iBaby aus der Hand und schloss es an ihren Laptop an. Der Computer startete sofort einen Virencheck und bereits nach wenigen Minuten leuchteten einige Zahlen rot auf. »Bingo.«

»So eine Sauerei«, schimpfte das Mädchen. »Was bedeutet das?«

»Sorry, aber dein iBaby ist wieder auf den Stand eines Zweijährigen zurückversetzt worden. Ich nehme an, du hast seine Daten irgendwo gespeichert? Dann kannst du es damit neu laden.«

Das Mädchen schüttelte stumm den Kopf. Wie konnte man nur so schusselig sein?, dachte Chloe. Das Mädchen tat ihr leid, aber da konnte sie jetzt auch nichts machen. Das iBaby hatte mit seiner infantilen Dämlichkeit nichts mehr in der Forschungsgruppe für besonders entwickelte iBabys zu suchen.

»Tut mir leid. Du weißt ja, was das bedeutet.« Sie gab dem Mädchen das iBaby zurück und die packte es wütend in den Rucksack.

»Adios, amigo«, rief Chucky aus der Ecke.

Das Mädchen stapfte wortlos aus dem Zimmer.

Chloe seufzte. »Meeting ist für heute beendet.« *Da waren's nur noch drei,* dudelte der Text eines alten Kinderlieds in ihrem Kopf. Bald würde sie hier alleine mit Chucky sitzen. Sie würde Professor Crawford bitten, stattdessen an dem neuen Projekt mitarbeiten zu dürfen, von dem sie durch den Flurfunk in der Schule gehört hatte. Bislang hatte man aus jeder Klassenstufe nur einen Schüler zugelassen. Diese ausgewählten Schüler durften beim Testen des neuesten Myriad-Produkts mitmachen – dem My-Wave-Computerspiel. Darin wurde die virtuelle Umgebung eines Computerspiels nicht mehr mit Brillen oder gar ganz altmodisch auf einem Screen simuliert, sondern durch elektromagnetische Wellen im Raum direkt auf den Sehnerv projiziert. Man *befand* sich mitten im Spiel, und zwar haargenau so wie im richtigen Leben, und das alles ohne jedes Equipment, abgesehen von kleinen Sensoren an den Fingern, mit denen man das Geschehen lenken konnte. Chloe brannte darauf, mehr darüber zu erfahren.

Als sie wenig später aus dem Haupteingang der Schule trat und zum Parkplatz lief, gingen auf einmal überall die Weihnachtslichter auf den Straßen an. Stimmt ja, das hatte sie völlig vergessen, heute war der Tag, an dem ihr Dad auch den riesigen Weihnachtsbaum auf der Wiese im Campus-Park mit Lichtern schmückte. Dieses Jahr gab es an allen Ecken und Enden des Campus als besondere Attraktion noch Weihnachtshologramme: tanzende Wichtel, hopsende Rentiere, wirbelnde Schneeflocken, Weihnachtsmänner, die »Hohoho!« riefen, und jede Menge illuminierter Bäume. Aber Chloe fand insgeheim, dass der Weihnachtsbaum im Park immer noch der schönste war, schon weil er einer der wenigen echten auf dem Campus war. Sie lief zu ihrem Auto und nahm eine Bewegung am Rand des Parkplatzes wahr. War das nicht Allyssa? Was trieb die sich hier alleine im Dunkeln herum? Ach halt, da war noch jemand bei ihr, aber es war nicht Ryan. Es war dieser ätzende Ramiro, Connors neuer bester Kumpel. Allyssa und der? Hatten die jetzt was miteinander? Nicht zu fassen, aber es wäre irgendwie auch nicht überraschend. Chloe beschloss, dass sie das nichts anging, schwenkte kurz ihren Arm mit dem Chip-Armband, woraufhin ihr Auto hupte und die Türen entriegelte. Sie klemmte sich hinters Steuer, kramte in ihrer Tasche, nahm ihre Mütze ab und sah nach hinten, um rückwärts aus der Parklücke zu stoßen. Dort stand auf einmal Allyssa und sah sie an. Erschrocken krachte Chloe den Fuß auf die Bremse. War Allyssa verrückt geworden?

Chloe ließ das Fenster runter. »Spinnst du? Ich hätte dich beinahe überfahren.«

»Sorry«, antwortete Allyssa lediglich anstelle einer ihrer üblichen schnippischen Bemerkungen. Sie sah irgendwie nervös aus und trippelte von einem Fuß auf den anderen. Chloe fiel auf, dass sie nicht mal eine Jacke anhatte, obwohl es jetzt am Abend schon mächtig kühl wurde.

»Ich wollte dich nicht erschrecken. Könntest du mich mitnehmen? Mein Auto ist nicht aufgeladen.«

»Wo steht es denn?« Chloe sah sich um. Der Parkplatz war komplett leer.

»Woanders«, murmelte Allyssa.

Was genau sollte das hier jetzt? Allyssa redete doch sonst nie mit Chloe, und garantiert gab es tausend andere Leute, die sie um eine Mitfahrgelegenheit bitten konnte, wenn ihr Auto, das nirgendwo zu sehen war, angeblich nicht fuhr.

»Okay«, meinte Chloe schließlich zögerlich. Was blieb ihr auch anderes übrig?

»Danke.« Allyssa warf sich auf den Beifahrersitz.

»Anschnallen«, verlangte Chloe.

Allyssa verdrehte die Augen, griff aber nach dem Gurt, und Chloe konnte sehen, dass ihre Nägel, die sonst immer so perfekt gestylt aussahen, komplett runtergekaut waren.

Schweigend fuhren sie durch die vorweihnachtlichen Campusstraßen. Es bedeutete ehrlich gesagt einen Umweg für Chloe, beim Internat vorbeizufahren, wenn sie doch zum Park und danach zu Connor wollte, aber Allyssa hatte sicher angenommen, dass Chloe ins Internat fuhr, also sagte sie nichts. Das Schweigen wurde langsam unerträglich.

»Schon Geschenke besorgt?«, erkundigte Chloe sich schließlich.

»Was für Ryan«, murmelte Allyssa. »Sonst noch nichts.«

Aha. Dann war sie also doch noch mit Ryan zusammen.

»Sich zu Weihnachten zu beschenken ist eine Tradition, die im 13. Jahrhundert begann«, meldete Chucky sich ungefragt vom Rücksitz. »Feliz Navidad!«

»Shit!« Allyssa zuckte erschrocken zusammen und drehte sich dann um. »Du hast das Ding immer noch?«

»Ja. Als Forschungsprojekt.«

»Mein Beileid.«

Das Schweigen setzte wieder ein, aber da vorn war Gott sei Dank schon das Internat.

»Chloe, ich wollte dich was fragen«, begann Allyssa und starrte dabei aus dem Fenster hinaus.

»Was denn?« Was um alles in der Welt konnte ausgerechnet Allyssa von ihr wollen?

»Könntest du mir bei etwas helfen?«

»Wobei?«

»Bei … ach nichts. Danke fürs Mitnehmen. Du kannst mich hier rauslassen.«

Chloe hielt verblüfft an. Allyssa sprang aus dem Auto und rannte die letzten Meter zum Internat. Ein schwacher Geruch nach Vanille hing noch einen Moment lang in der Luft. Chloe runzelte nachdenklich die Stirn. What the hell?

Ihr Dad stand auf einer großen Leiter und befestigte gerade eine Reihe Kugeln oben am Baum.

»Mehr nach rechts«, rief ein Kollege von unten.

»Nein, das ist genau richtig. Denk an die Proportionen des Baumes«, beharrte Chloes Dad.

Chloe verkniff sich ein Grinsen. Ihr Dad hätte den Job tausend anderen Leuten übertragen können, aber sie wusste, dass dieser Weihnachtsbaum sein ganzer Stolz war. Da ließ er niemand anderen ran, da entschied er selbst die Farbzusammenstellung und das Arrangement des Schmucks, wie er es nannte. Wahrscheinlich schlug unter seinem blauen Overall nicht das Herz eines Hausmeisters, sondern das eines verkannten Künstlers.

»Sieht gut aus«, rief sie von unten.

Er blickte runter. »Chloe!« Ein Lächeln glitt über sein Gesicht. »Ist was? Brauchst du Hilfe?«

»Nein, ich bin nur kurz gekommen, um deinen Baum zu bewundern. Schöne Farben dieses Jahr.« Sie zwinkerte dem Kollegen zu und der grinste zurück.

Ihr Dad kletterte von der Leiter, umarmte sie kurz und drängte ihr einen Doughnut auf, den er von dem Stand im Park geholt hatte.

»Sag mal, Chloe.« Ihr Dad zog sie ein wenig zur Seite. »Ich hab gehört, dass an der Schule im Moment Drogen im Umlauf sind. Und zwar eine ganze Menge. Sie haben es uns gesagt, als wir letzte Woche unsere Hauptversammlung hatten. Sie wissen nicht, wie das Zeug auf den Campus kommt, und haben uns alle gebeten, extra umsichtig zu sein. Weißt du irgendwas darüber?«

Sofort musste Chloe an die Party bei Connor denken. Ja, sie wusste was darüber. Sie war sich absolut sicher, dass Ramiro etwas damit zu tun hatte. Doch sie hatte keine Beweise und deshalb sagte sie lieber nichts. Aber definitiv gab es auf Myriad Drogen. Einige Leute benahmen sich in letzter Zeit sehr seltsam. Anders. Allyssa zum Beispiel, mit der war definitiv irgendwas. Und Matt, der hatte sie neulich mal mit »Zoe« angeredet, und seine Leistungen in Englisch, seinem stärksten Fach, waren total in den Keller gerutscht. Anzeichen für Drogenkonsum? »Ich kann mich umhören«, bot sie ihrem Vater an.

Ihr Dad musterte sie nachdenklich. Er weiß, dass ich was weiß, dachte Chloe. Er kennt mich einfach zu gut.

»Okay«, meinte er aber nur. »Mach das. Ich zähle auf dich. Und wenn dir jemand so was anbietet, dann … dann …« Er sah auf einmal total hilflos aus. Das rührte sie.

»Dad, ich kann auf mich aufpassen. So ein Scheiß interessiert mich nicht, ehrlich. Mein Gehirn ist viel zu kostbar, um es mit irgendwelchen Drogen zu versauen.«

»Genau«, stimmte ihr Dad ihr erleichtert zu, dann stieg er wieder auf seine Leiter.

»Mehr nach rechts«, rief sein Kollege wenig später wieder.

»Nein«, kam es störrisch von oben.

Chloe lächelte und fuhr zu Connors Villa.

Connor wirkte ebenfalls nicht wie sein normales sorgloses Selbst. Er hatte keinen Bock darauf, ein My-Movie zu basteln, er wollte weder Billard spielen noch Autorennen auf dem großen Screen veranstalten, er wollte keinen Film sehen, und die leckeren Brownies, die Alberta gebacken und ihnen hingestellt hatte, rührte er ebenfalls nicht an. Chloe fragte sich langsam, warum sie eigentlich hier war. Fand diese Beziehung, diese Halb-Beziehung, dieser Ansatz einer Beziehung vielleicht doch nur in ihrem Kopf statt? Was genau wollte er von ihr?

»Connor?« Sie stupste ihn an, wedelte mit der Hand vor seinem Gesicht herum. »Hallo? Jemand zu Hause?«

»Sorry.« Er griff nach ihrer Hand.

Na endlich. »Ist irgendwas?«

»Ja. Nein. Also, ja, doch.« Er stand auf und tigerte durchs Zimmer. »Kann ich irgendwas für dich tun?«, fragte er plötzlich.

Ja, dachte Chloe. Du könntest dich wieder hinsetzen, und zwar so wie an dem Tag, an dem Ramiro reingeplatzt ist, du könntest deinen Arm um mich legen, mir in die Augen sehen und mich küssen. Von mir aus auch nur kurz, du musst ja nicht gleich so über mich herfallen, wie Ben das dauernd mit dieser Maddie veranstaltet. Du könntest mir einfach nur zeigen, dass du mein Freund bist oder sein willst. Dass dir was an mir liegt. Dass wir zusammengehören. »Nicht dass ich wüsste«, antwortete ihr Mund stattdessen. »Warum?«

»Weil du mir dauernd hilfst. Und ich schon wieder deine Hilfe brauche. Und ich auch mal was für dich tun möchte.«

»Ist schon okay. Du hast mir doch außerdem das Hoverboard geschenkt. Es ist super.« Ihre Stimme klang brüchig. Wahrscheinlich fand er sie nicht hübsch genug als Freundin. Zu unscheinbar. Nicht glamourös genug, nicht sexy genug, nicht laut und übersprudelnd genug. Irgend so was.

»Ich werde erpresst.« Endlich blieb er mitten im Zimmer stehen.

Chloe zuckte zusammen. »Du wirst was?« Dann dämmerte es ihr. »Lass mich raten – von Ramiro?«, fügte sie hinzu, noch bevor Connor antworten konnte.

»Ja. Woher weißt du das?«

»Ich hab Augen im Kopf. Geht es um Drogen?«

Connor schmiss sich neben sie auf die Couch und vergrub sein Gesicht in den Händen. Seine Schultern zuckten. Er schluchzte. »Wenn mein Dad das mitkriegt, dann komme ich in irgend so ein scheißstrenges Internat an der Ostküste. Drogen sind für ihn das Schlimmste und er hat immer gesagt, wenn er mich bei so was erwischt, dann kennt er keine Gnade.«

Dein Dad ist ein egoistisches Arschloch, der sich überhaupt nicht um dich kümmert, der die ganze Erziehung auf die hilflose Alberta abwälzt und dann die Machtkeule schwingt, wenn ihm etwas gegen den Strich geht, lag es Chloe auf der Zunge zu sagen, aber das würde auch nichts ändern.

»Was genau ist los?«, fragte sie und überlegte dabei, ob sie seinen Arm streicheln sollte oder ob ihn das stören würde.

Connor atmete tief durch und sah hoch. »Erst war es nur zum Spaß. For fun. Ramiro hat das Zeug besorgt für Partys und so. Dann hat er, ich weiß auch nicht, wie, aber er hat mich immer mehr da reingezogen. Er brauchte dauernd Geld für neue Lieferungen und dann hat er einfach meine Kreditkarte benutzt und ist immer unverschämter geworden, und jetzt häng ich mit drin. Außerdem hat er gesagt, dass er hier bald wieder verschwindet und dass Allyssa und ich das Geschäft auf Myriad am Laufen halten sollen. Aber ich bin doch kein verdammter Drogenkurier! Er meinte, wenn ich es nicht mache, dann sagt er alles meinem Dad. Er hat Fotos und Videos von mir, weiß der Geier, wer die gemacht hat. Darauf kiffe ich, ich gebe jemandem eine Tüte Pillen und kriege Geld dafür und so weiter und so fort. Wie ich es auch drehe und wende, ich stecke total in der Scheiße.«

»Du und Allyssa«, grübelte Chloe leise. Langsam kapierte sie alles. Allyssas seltsamer Auftritt vorhin war ganz offensichtlich ebenfalls ein stummer Hilferuf gewesen. Nur dass die es sich in letzter Minute anders überlegt hatte. »Verstehe.«

»Er ist aalglatt. Er hat mich zufällig kennengelernt und sofort gesehen, dass hier 'ne Menge Geld zu holen ist.«

»Das glaube ich nicht.«

»Was glaubst du nicht?«

»Dass er dich zufällig hier kennengelernt hat. Ich glaube, dass das Ganze ein von vornherein geplantes und abgekartetes Spiel war. Und ich glaube, dass der Schlüssel zu allem bei Allyssa liegt. Wieso soll sie mitmachen, hm? Woher kennt sie den? Ich glaube, sie hat Ramiro hierhergeführt. Wahrscheinlich nicht mit Absicht, aber nichtsdestotrotz. Ist dir jemals ihre Tätowierung aufgefallen?«

»Ich glaube nicht. Kann sein. Doch, ja, jetzt, wo du es sagst … Irgendwelche Zeichen, oder? Was Asiatisches?«

»Nichts Asiatisches. Auch kein hohler Sinnspruch und kein Sternzeichen. Sondern ein Gang-Tattoo aus L.A.«

»Wie bitte?« Connor sah sie erschrocken an.

»Und es ist nicht mehr da. Sie hat es wegmachen lassen. Das heißt, dass sie sich nicht mehr zugehörig fühlt. Aber ich wette mit dir, Ramiro ist jemand aus ihrer Vergangenheit. Und jetzt hat sie Angst.« Sie berichtete Connor kurz von der seltsamen Begegnung mit Allyssa.

»Shit.« Connor sah sie an. »Was können wir tun? Was kannst du tun?«

»Mir fällt schon was ein«, versicherte Chloe, obwohl sie nicht die leiseste Ahnung hatte. Aber es tat gut, die Hoffnung in Connors Gesicht zu sehen. Die Hoffnung, dass sie und nur sie ihm helfen konnte. Plötzlich umarmte er sie.

»Danke, Chloe«, flüsterte er.

Jetzt. Chloe hob langsam ihr Gesicht, bis ihre Wange ganz sacht die seine berührte. Jetzt.

Ihr Handy summte. Eine Nachricht. Und noch eine. Und noch eine. Noch eine! Herrgott noch mal.

»Dein Handy.« Connor löste sich von ihr.

»Ich … Tschuldigung.« Wütend schielte Chloe auf ihr Handy. Die Nachrichten waren alle von Sophie. Oh Gott, war Sophie okay? Seit Ben mit ihr Schluss gemacht hatte, war sie nicht mehr sie selbst, und Chloe verspürte ein leises Schuldgefühl. Sie war so mit Connor und dieser Sache mit Ramiro beschäftigt gewesen, dass sie gar keine Zeit mehr für ihre Freundin gehabt hatte. Schnell las sie, was Sophie geschrieben hatte.

Meine Firma ist wieder auf Platz 2 abgerutscht.
Ich will ein My-Movie als Werbung machen, damit wir wieder führen.
Brauche deine Hilfe! Unbedingt so schnell wie möglich!

Okay, wenigstens hatte Sophie sich nicht aus Liebeskummer betrunken und schwankte draußen auf den Klippen herum oder so. Und natürlich würde Chloe ihr helfen. Aber trotzdem … Gab es überhaupt jemanden, der Chloes Hilfe *nicht* brauchte? Und wer half eigentlich ihr – zum Beispiel dabei, Connors Herz zu erobern?

Hannah

172 »Du bist wieder gelaufen? Bei dem Wetter?« Hannah glaubte, sich verhört zu haben. Vom Internat zum Park waren es mindestens drei Meilen. Seit Matt aus dem Reservat zurück war, lief er überallhin. Irgendwie hatte er dort seine Liebe zu Fußmärschen entdeckt. Das war ja alles schön und gut, aber im Dezember? Wenn es nieselte? Und wenn man ein perfekt funktionierendes E-Auto zur Verfügung hatte?

»Macht mir nichts aus, ehrlich.« Matt zuckte mit den Schultern. »Ich lauf gern.«

Das war ja wohl ein Witz. »Ähm, darf ich dich daran erinnern, wie du in der dritten Klasse Sitzstreik gemacht hast, als wir Wandertag hatten?«, neckte Hannah ihn. »Und das waren gerade mal zwei Meilen bis zum See.«

»Da war ich ja noch klein.«

»Das war, als Mrs Hanson, unsere Lehrerin damals, mit dem Boot gekentert ist und alle ihre Unterhosen gesehen haben«, erinnerte Hannah sich und kicherte. »Weißt du noch? Das war *der* Skandal in der dritten Klasse. Und Spencer White hatte eine von seiner Oma gestrickte Badehose an. Und du bist über eine Wurzel am See gestolpert und hast dir das Knie blutig geschlagen.«

»Ja, ich erinnere mich dunkel.«

»Die Narbe hast du immer noch.« Sie berührte sein rechtes Bein über dem Knie, was Matt sofort zum Anlass nahm, sie an sich zu ziehen und ausgiebig zu küssen. Hannah konnte sich keinen Reim darauf machen. Erst hatte er sie wochenlang vor lauter Besessenheit mit Dylan kaum bemerkt und sie hatte sich jede Berührung fast erkämpfen müssen, jetzt konnte er kaum die Finger von ihr lassen. Seine Hand glitt unter ihr T-Shirt.

»Matt.« Sie versuchte, ihn wegzuschieben. »Matt! Wir stehen mitten auf dem Weihnachtsmarkt. Da vorn ist Mr Howard und da drüben laufen Kollegen von deiner Mutter rum.«

»Mir egal«, flüsterte Matt in ihre Haare hinein.

»Aber mir nicht.« Hannah trat entschieden einen Schritt zurück. »Komm. Wir wollten doch ein bisschen rumschlendern.« Sie deutete auf das blinkende und funkelnde Treiben hinter sich.

»Okay.« Matt schien leicht verschnupft.

Sie gingen weiter und prallten beinahe mit einem anderen Pärchen zusammen. Ben und Maddie, die sich im Gegensatz zu Hannah und Matt keinerlei Zwang antaten und vor lauter ungestümer Knutscherei nicht mal sahen, wo sie hinliefen.

»Ups«, sagte Maddie zu ihnen und kicherte albern, Ben grinste und zwinkerte Hannah komplizenhaft zu. »Hey, Hannah. Alles klar? Wie geht's?«

Was soll der Scheiß?, dachte Hannah wütend. Erst sägst du Sophie ab und ignorierst sie und mich und Chloe wochenlang und jetzt willst du dich wieder einschleimen?

»Super«, erwiderte sie knapp und zog Matt schnell mit sich, denn weiter hinten auf dem Markt konnte sie jetzt Sophies lila Mütze erkennen. Hoffentlich war Sophie nicht alleine. Hoffentlich stieß die Freundin nicht frontal mit Ben und Maddie zusammen. Hannah verrenkte sich den Hals. Nein, Sophie war nicht alleine. Sie stand ins Gespräch vertieft mit jemandem an einer Hotdog-Bude. Mit Evan. Irgendwie hing sie jetzt öfters mit dem rum, obwohl sie immer behauptete, dass sie nur über Geschäftliches redeten. Hannah runzelte die Stirn. So wie Evan Sophie mit Blicken auffraß, hatte das herzlich wenig mit Geschäften zu tun.

»Guck mal«, sagte sie zu Matt und nickte in Sophies Richtung.

»Was denn?« Er sah sie leer an.

»Na – Sophie und Evan!«

»Was ist mit denen?«

»Na …« Hannah schüttelte leicht irritiert den Kopf. Verstand er denn nicht, was sie meinte? Er benahm sich ja glatt so, als ob es normal für die beiden war, so als Paar herumzuhängen. Oder sahen Jungs das einfach nicht so eng? Wahrscheinlich. Sie seufzte. »Nichts. Lass uns weitergehen.«

An unzähligen Buden konnte man Geschenke und Weihnachtsbaumschmuck kaufen, von kitschig bis Hightech.

»Was wünschst du dir eigentlich zu Weihnachten?«, fragte sie ihn, als sie vor einem Stand mit technischem Schnickschnack stehen blieben. Es gab Sternhologramme, die man an jeden Platz im Haus projizieren konnte, Weihnachtsbaumkugeln, die nicht am Baum hingen, sondern um den Baum herumschwebten, einen mit dem Handy steuerbaren kleinen Weihnachtsmann, komplett mit Schlitten und Rentier, der im Zimmer herumflog, sowie Mini-Tablets, die man als Schmuck an den Baum hängen konnte und auf denen sich Fotos von Schneelandschaften, Schneeflocken und Lebkuchenmännern abwechselten.

Er überlegte einen Moment. »Nach Disneyland würde ich gern mal.«

Hannah blieb verblüfft stehen. »Ich dachte, du hasst Disneyland?«

»Wieso? Ich war doch noch nie da.«

»Wohl. Als du sechs warst. Erinnerst du dich nicht mehr? Du hast mir einen Minnie-Mouse-Hut mitgebracht.«

»Ach ja.« Matt schlug sich an die Stirn. »Natürlich.«

»Und außerdem wollte ich nur wissen, was du dir von mir wünschst«, sagte Hannah.

»Dass du mich immer in deinem Auto mitnimmst.«

Hannah blieb stehen. »Sag mal, ist alles okay bei dir? Eben hast du doch noch davon geschwärmt, wie schön es ist zu laufen?«

»Na ja. Es ist mehr, weil … ich kann im Moment nicht Auto fahren.« Matt sah verlegen an ihr vorbei und jetzt begriff sie endlich. Matt hatte keine Fahrerlaubnis mehr, das war's. Sein Fahrbonuskonto war ja schon vor Thanksgiving fast leer gewesen, und wahrscheinlich hatte er nun auch noch die letzten Punkte verloren und es war ihm peinlich, das zuzugeben.

»Mann, Matt, das hättest du mir doch sagen können, mit deiner Fahrerlaubnis.« Sie umarmte ihn mitleidig. »Natürlich nehme ich dich mit. Wann darfst du wieder fahren?«

»Weiß ich noch nicht.«

Autsch. Da musste er ja ganz schön was angestellt haben. Plötzlich tat er ihr furchtbar leid. Seit zehn Tagen schleppte er sich nun zu Fuß über den Campus und schwieg sich eisern darüber aus.

»Du bist eben doch ein richtiger tapferer Indianer«, flüsterte sie ihm ins Ohr. Zu ihrer Überraschung riss er sich sofort von ihr los.

»Was ist denn das für ein Scheiß-Klischee?«, erwiderte er wütend. »Indianer sind nicht alle tapfer. Indianer sind genau solche Memmen wie der Rest der Welt. Sie kippen Bier in sich rein und glotzen Fernsehen wie alle anderen. Oder denkst du, die gehen noch auf die Jagd, oder was?«

»Was?« Was war denn das jetzt plötzlich für ein Ausbruch? Hannah verstand Matt immer weniger. »Sag mal, irgendwie hat dir das Reservat nicht gutgetan, oder?«, meinte sie. Er hatte ihr kaum was erzählt, und er hatte seiner Mutter nichts von Dylan verraten, obwohl er sich doch die ganze Zeit vorher diesen Triumph ausgemalt hatte. »Was genau ist dort eigentlich passiert?«

»Nichts. Sorry. Es tut mir leid. Nicht mehr böse sein. Bitte.« Schon presste er sie wieder an sich und bedeckte ihr Gesicht mit Küssen. »Bald erzähle ich dir mehr, versprochen. Ich muss … das alles erst in meinem Kopf sortieren.«

»Okay. Ich verstehe dich zwar nicht, aber okay.« Hannah legte ihre Arme um seinen Hals und streichelte ihn. Ihre Finger fuhren über das Pflaster an seinem Hals, wo er sich neulich verletzt hatte, und dann über seine Haare. »Komm. Wir holen uns einen Kakao und dann gehen wir rüber zu der Bühne da.« Sie deutete auf die Bühne, wo ein paar Leute Verstärker aufbauten. »Da gibt es nachher ein Konzert, ich glaube, Ryans Band tritt auch auf.«

»Okay.«

»Ach, und Matt?«

»Ja?«

»Ich gehe morgen noch mal ins Büro von meinem Dad.«

»Warum?«

Warum? Hatte er ihr in den letzten zwei Wochen denn überhaupt auch nur einmal zugehört? »Wegen dem Epi-Pen natürlich.«

Er sah sie leer an und irgendwo in Hannah setzte ein ungemütliches kleines Gefühl ein. Was stimmte nicht mit ihm?

Letztendlich hatte sie für Matt eine Geldbörse gekauft, obwohl sie nicht ganz sicher war, ob er sich wirklich darüber freuen würde. Der frühere Matt hätte sich darüber gefreut, weil die Geldbörse indianisch aussah und das weiche Bisonleder mit einem Adler bestickt war. Sein Interesse für alles Indianische schien jedoch nicht mehr so stark zu sein, ja ehrlich gesagt schien es fast verschwunden zu sein. Hannah hätte nach dem Besuch im Reservat eher das Gegenteil erwartet. Egal, zur Not würde sie die Geldbörse eben wieder umtauschen. Sie sah sich kurz um und zog die Chipkarte durch den Scanner. Das Büro ihres Dads schien seit ihrem letzten Besuch unverändert zu sein. Oder? Hannahs Blick wanderte durch das Zimmer, aber sie konnte keine Hinweise entdecken, dass irgendjemand hier gewesen war. Irgendwann aber würde das Zimmer leer geräumt werden. Von wem auch immer – wahrscheinlich sogar von Chloes Dad oder so. Eigentlich war es fast ein Wunder, dass das noch nicht geschehen war. Man würde hier ja kein Professor-Montgomery-Museum errichten, also würde das Büro bald wieder genutzt werden. Und damit wäre dann die letzte greifbare Erinnerung an ihren Dad und auch ihr letzter Zufluchtsort verschwunden. Sie setzte sich auf den Stuhl an seinem Schreibtisch und zog langsam die Schublade auf. Der Epi-Pen lag noch da. Sie wusste selbst nicht, was sie erwartet hatte. War das nun gut oder schlecht? Hannah stützte den Kopf in die Hände und schloss einen Moment lang die Augen. Vom Park wehte Musik herüber. In zwei Wochen war Weihnachten, das erste ohne ihren Dad. Wie sollte sie das aushalten? Ohne seine tiefe Stimme zu hören, die Weihnachtslieder brummte, ohne ein tollpatschig von ihm eingepacktes Geschenk, das dann etwas ganz Großartiges enthielt, ohne den exzentrischen Weihnachtsbaum, den er alle Jahre wieder an der Zimmerdecke befestigte und herunterhängen ließ, weil er der Meinung war, das sähe so besser aus. Sie fing an zu weinen. Sie würde bei Chloe und ihren Eltern sein, die sich alle Mühe geben würden, ihr den Tag schön zu gestalten, sie würde mit ihrer Mutter telefonieren und wahrscheinlich Elaine im Hintergrund »in New York« kreischen hören, und sie würde sich wünschen, dass das verdammte Weihnachtsfest so schnell wie möglich vorbeiging, dabei hatte sie es früher so geliebt. Sie musste aufhören, darüber nachzudenken. Ihre Finger quetschten einen Kuli auf dem Tisch so hart, dass es wehtat. Die Feder im Kuli sprang und der Stift schnippte in hohem Bogen durch das Zimmer, fiel runter und rollte durch die Rillen in die Lüftungsklappe auf dem Fußboden. Hannah kroch hin, um die Klappe zu öffnen und ihn rauszuholen, aber die Klappe ließ sich nicht anheben. Die Firma *Earl's Air Conditioning & Heating* lieferte offenbar Qualitätsarbeit. Mist. Von draußen erklang jetzt sentimentale Musik. Sie musste hier raus, aber nicht zurück ins Internatszimmer. Sie wollte jetzt niemanden sehen und beschloss, zum See zu fahren.

Hannah hatte nicht mal zehn Minuten auf einer der Bänke am See gesessen und auf das Wasser gestarrt, als das Buzzband an ihrem Handgelenk vibrierte.

Fun Art *ist in die Top Ten aller Firmen aufgestiegen! Werbefilm hat einen gigantischen Aktienanstieg verursacht!*

Wahnsinn. Das war ja nicht zu glauben. In Gedanken leistete sie Kyle Abbitte. Erstmalig verspürte sie bei diesem Projekt das bekannte Kribbeln, das sie immer befiel, wenn sie das Gefühl hatte, irgendetwas gewinnen zu können, irgendwo die Beste sein zu können. »Deinen Motor«, hatte ihr Dad diesen Ehrgeiz immer scherzhaft genannt. Ach, Dad ... Sie konzentrierte sich wieder auf das Glitzern des Sees, als sie hinter sich Schritte hörte. Hatte man denn nirgendwo seine Ruhe? Sie schielte nach unten und sah blaue Sneakers neben sich auftauchen.

»Hannah. Was machst du denn hier?« Es war Ryan. Gott sei Dank. Er war der Einzige, den sie jetzt ertragen konnte.

»Nachdenken. Und du?«

»Hatte ich auch vor.« Er setzte sich neben sie und schmiss einen kleinen Stein in den See. »Matt nimmt mich morgen mit raus aus dem Campus. Im Kofferraum. Dann treffe ich endlich meinen Dad. Ich bin schon total nervös.«

»Das ist doch toll. Dann wirst du endlich erfahren, was eigentlich los ist.«

Ryan nickte.

Moment, was hatte er eben gesagt? »Matt nimmt dich im Auto mit raus? Wie das denn?«

»Na, ich leg mich hinten rein und er nimmt so einen Pass von seiner Mu–«

»Nein, nein, das geht nicht.« Hannah schüttelte den Kopf. »Also es geht nicht, weil ...« Sollte sie Matt jetzt verraten? »Wann habt ihr das ausgemacht?«, erkundigte sie sich vorsichtig.

»Schon vor einer Weile. Noch vor Thanksgiving, glaube ich. Er hatte bislang nur keine Zeit. Ich hab ihn kaum gesehen.«

»Er hat Zeit. Es ist nur … er kann dich nicht mit rausnehmen. Er hat im Moment keine Fahrerlaubnis, weil er alle Bonuspunkte verloren hat.«

»Ist das dein Ernst?« Ryan sah sie entsetzt an. »Warum sagt er mir das nicht? Was mache ich denn jetzt?«

»Kann Allyssa dich nicht mitnehmen?«

»Ach … Allyssa …« Ryan verzog kurz das Gesicht.

»Was ist denn?« Gegen ihren Willen fing Hannahs Herz schneller an zu schlagen. War es aus zwischen den beiden?

»Sie hat irgendein Problem. Ich hab keine Ahnung, was. Sie will überhaupt nicht mehr aus dem Internat raus, will nichts mehr unternehmen und nirgendwohin gehen. Und wenn sie doch mal irgendwohin geht, dann hängt sie mit diesem Mexikaner rum. Ich weiß nicht, ob sie was mit dem hat. Andererseits kann ich es mir nicht vorstellen. Ich habe das Gefühl, sie kann ihn nicht leiden. Es ist alles total komisch …« Er stockte.

»Das tut mir leid«, sagte Hannah, obwohl es nur bedingt stimmte.

»Ich meine, ich will ihr ja helfen, aber ich weiß überhaupt nicht, wie. Sie lässt mich nicht an sich heran.« Er schmiss den nächsten Stein ins Wasser.

Ryan tat Hannah leid, wie er so zusammengesunken neben ihr saß. Sein Vater so nah und doch so fern. »Ich könnte dich rausfahren«, bot sie spontan an.

Er sah hoch. »Das würdest du tun?«

»Natürlich. Warum denn nicht? Und wenn ich Deborah Steiner das nächste Mal sehe, dann werde ich sie fragen, warum du nicht aus dem Campus rausdarfst. Bei mir haut sie nicht ab. Mir muss sie eine Antwort geben.« Hannah wurde immer eifriger.

»Danke, Hannah. Ist echt lieb von dir.« Sie schwiegen.

»Das Date im Kino neulich war voll daneben, was?«, meinte Ryan dann.

Hannah grinste. »Aber so was von. Organisier das bloß nie wieder.«

»Es war halt eine Möglichkeit für mich, was mit dir zu unternehmen«, sagte er leise. »Ich vermisse dich.«

Hannahs Herz schlug jetzt bis zum Hals. Ich dich auch, schrie alles in ihr. Mit Matt zusammen zu sein ist überhaupt nicht mehr so, wie ich es mir vorgestellt habe. Und jedes Mal, wenn ich dich mit Allyssa sehe, drehe ich bald durch vor Eifersucht. »Ich ...«, setzte sie an, aber weiter kam sie nicht, denn Ryan zog sie auf einmal so nah an sich heran, dass sie seine Wärme durch seine Sweatshirtjacke spüren konnte.

»Du zitterst ja.«

»Es ist ja auch kalt.«

»Komm her.« Er zog seine Jacke aus und hängte sie ihr um die Schultern. Ein schwacher Duft nach Zitronenseife umfing Hannah. Sie hielt es nicht länger aus. Sie sah ihm kurz in die Augen, dann fiel sie ihm um den Hals. Die Jacke rutschte sofort wieder runter und fiel achtlos unter die Bank.

»Was tun wir hier?«, murmelte Ryan. Seine Lippen suchten ihre.

»Ich weiß auch nicht«, flüsterte Hannah zurück.

Zwanzig Minuten später gingen sie Hand in Hand zum Parkplatz zurück. Es war wundervoll, Ryan wieder so nah bei sich zu spüren. Und es war gemein gegenüber Matt. Wie konnte sie nur?

Das schlechte Gewissen plagte Hannah den ganzen Heimweg lang. Und trotzdem rasten ihre Gedanken immer wieder zu Ryan. Dachte er jetzt auch an sie? Sie spürte noch die Wärme seiner Hand auf ihrem Rücken. Sollte sie Matt davon erzählen? Was bedeutete das jetzt eigentlich? Ryan war doch trotzdem noch mit Allyssa zusammen. Oder nicht?

Völlig konfus parkte sie ihr Auto schief und stümperhaft auf dem Internatsparkplatz, verfolgt von den spöttischen Blicken einiger älterer Schüler. Sie taumelte ins Atrium hinein. Jeder würde ihr ansehen können, was sie gerade gemacht hatte. Jeder.

»Willkommen, Hannah Montgomery«, grüßte MISSI, die eine Weihnachtsmannmütze trug. »Im Bereich C des Atriums findet heute ein Cookie-Sale statt. Der Erlös wird für den Kauf von Handschuhen und Mützen für Obdachlose in San Francisco gespendet. Ich empfehle die Erdnussbutterbomben.«

»Hannah. Koste mal.« Jemand schob ihr einen rot-grünen Zuckerkringel in den Mund. Es war Matt und vor Schreck spuckte sie das Plätzchen sofort wieder aus.

»Schmeckt doch gut! Was hast du denn? Hab noch nie so leckere Plätzchen gegessen.«

»Du machst dir doch gar nichts aus Plätzchen«, gelang es ihr zu sagen.

»Doch. Seit heute.« Er deutete auf eine ganze Tüte voller Gebäck, die er gekauft hatte. »Kommst du mit in mein Zimmer? Ich kapier Englisch nicht. Kannst du mir helfen?«

Auf Englisch-Hausaufgaben mit Matt hatte Hannah jetzt überhaupt keine Lust. Lieber wäre sie in ihr Zimmer gegangen, hätte sich Kopfhörer aufgesetzt und ein paar von Ryans Liedern angehört. Und noch weniger Lust verspürte sie auf eine von Matts Knutschorgien. Sie würde sich nur heimlich wünschen, es wäre Ryan. Aber dann sah sie Matts hoffnungsvolles Gesicht und schämte sich. Das schlechte Gewissen wurde immer stärker. »Okay. Aber nicht zu lange.« Sie verstand sowieso nicht, warum er auf einmal solche Probleme im Englisch hatte. In der Middleschool hatte er letztes Jahr noch einen Preis für sein Essay gewonnen. Sie folgte ihm zu seinem Zimmer, das er sich mit Dale Hancock, einem stillen Nerd, der dauernd in der Bibliothek saß, teilte. Auf dem Weg dahin futterte Matt ununterbrochen Kekse.

Vor seiner Tür hielt er an, kramte umständlich nach seinem Handy, suchte darauf seine Notizen und tippte dann den Zahlencode für die Tür ein.

»Nimmst du nicht deinen Fingerabdruck?«, erkundigte Hannah sich verwirrt.

»Nö«, meinte Matt mit vollem Mund. »Zu klebrig.« Er spreizte seine Finger.

»Und du weißt deinen Zahlencode nicht auswendig?«

»Vergesse ihn immer.«

»Du vergisst ihn immer«, wiederholte Hannah langsam. Irgendwo in ihrem Hinterkopf griffen Rädchen ineinander und fügten sich zu etwas zusammen.

Matt stieß die Tür mit dem Fuß auf, in einer Hand die Tüte mit den Plätzchen, in der anderen sein Handy, auf dem Rücken trug er seinen Rucksack. »Hilfst du mir mal?« Er deutete ein Kopfnicken in Richtung Rucksack an.

Hannah nestelte an den Schultergurten herum, die sich irgendwie in Matts Kragen verheddert hatten, er hielt den Kopf schief, damit sie besser drankam, und sie zog heftig an dem Gurt.

»Aua!« Matt zuckte zusammen.

»Was …« Hannah erstarrte. Unter seinem Kragen hatte sich das Pflaster an seinem Hals gelöst oder vielleicht hatte sie es ja auch eben mit abgerissen. Sie starrte auf das, was darunter zum Vorschein gekommen war. Ein Muttermal. In diesem Moment ergab alles einen Sinn. Wie hatte sie so dumm sein können? Wie hatte Matt ihr das antun können? »Das glaube ich jetzt nicht«, sagte sie leise. »Das glaube ich jetzt einfach nicht.«

Allyssa

Es ging nicht mehr. Sie konnte so nicht mehr weitermachen. Sie hatte ihr Bestes gegeben, wenn auch zähneknirschend, und ein paar unterbelichtete Myriad-Schüler angequatscht, ob sie Bock auf ein bisschen Stoff hatten, aber die hatten nicht mal kapiert, worum es ging. Sie hasste sich dafür, sie ekelte sich regelrecht vor sich selbst, und sie hatte furchtbare Angst, dass alles rauskommen und sie von der Schule fliegen und Ryan nie wiedersehen würde. Täglich dachte sie sich einen neuen lächerlichen Grund aus, warum sie keine Zeit für ihn hatte, dabei wollte sie doch nichts lieber auf der Welt, als mit ihm zusammen zu sein. Aber stattdessen igelte sie sich komplett in ihrem Zimmer ein, damit sie Ramiro nicht dauernd über den Weg lief. Aber es half nichts, dann schickte er ihr nur eine Nachricht nach der anderen. Unverfänglich natürlich, er war ja nicht blöd.

Hallo Schätzchen, wollte nur fragen, ob du endlich ein paar neue Freunde gefunden hast? Oder: *Die Mädels vom Tanzteam machen am Wochenende eine Party – bringt du ihnen bitte was Schönes mit?*

Jetzt saß sie mit Caitlin in *Offline leben* und wartete auf Mrs Gomez.

»Und, oh mein Gott, dann war da noch Bill, er war bereits dreiundzwanzig und wollte was von mir, wenn du verstehst, was ich meine, aber ich habe ihn natürlich immer hingehalten, weil ich ja in Mike verliebt war, aber der war ja mit Debbie zusammen, also noch so halb, auch wenn sie nichts mehr miteinander hatten, also nur gelegentlich, wenn sie was geraucht hatten, haha, und ….« Seit sie zurück auf dem Campus war, redete Caitlin ohne Punkt und Komma von den Typen, mit denen sie ein paar Wochen in diesem Hippie-Bus herumgefahren war. Ihrem Bericht

nach war dieser Bus ein Schmelztiegel aus Woodstock, Glastonbury und Freudenhaus in einem gewesen, und Caitlin hatte die absolut unangefochtene Hauptrolle in dieser Hippie-Soap gespielt, in der sich die Typen im Bus alle um sie gestritten hatten.
 Allyssa ging davon aus, dass lediglich zehn Prozent davon stimmten, aber etwas hatte sie jetzt aufhorchen lassen. »Was haben sie denn geraucht?«, erkundigte sie sich beiläufig.

»Na, was wohl?« Caitlin klimperte bedeutungsvoll mit ihren Wimpern und dann flüsterte sie so laut wie ein trompetender Elefant: »Gras natürlich!«

»Ja und?« Allyssa zuckte mit den Schultern. »Das ist doch jetzt bald legal in Kalifornien. Big deal.«

Caitlin guckte sie verschnupft an.

»Hatten die denn nichts Stärkeres?«, bohrte Allyssa weiter. Vielleicht konnte sie Caitlin ja ein paar Sachen aufschwatzen. Ein letzter kläglicher Versuch.

»Ähm«, machte Caitlin verwirrt. »Keine Ahnung.«

»Wollen sie vielleicht was Stärkeres? Ich könnte da was organisieren«, flüsterte Allyssa, denn jetzt betrat Mrs Gomez das Zimmer, die Hornbrille auf der Nase wie ein kurzsichtiges Insekt und mit einem Pullover bekleidet, der mit Schneemännern bestickt war und bei dem genau über der Brust kleine Glöckchen angebracht waren, die bei jedem Schritt melodisch bimmelten. Zum Schreien. Allyssa hätte sich eher in einem Hemd aus Brennnesseln durch den Botanischen Garten jagen lassen, als wie ein wandelnder Tannenbaum herumzulaufen.

»Meinst du etwa harte Drogen?«, quiekte Caitlin jetzt so erschrocken und so laut, dass sich die Hälfte der Klasse nach ihnen umdrehte. Verdammt noch mal. Allyssa feuerte einen ihrer Mörderblicke auf Caitlin ab, die puterrot anlief und »Sorry« stammelte. Gott, es war zum Verzweifeln. Nein, Allyssa konnte das nicht mehr und sie würde das auch nicht mehr tun. Sie würde sich wehren. Wenn sie eins aus ihrer Zeit bei den LA Cobras gelernt hatte, dann das: Wer nachgab, war erledigt. Sie drehte sich entschlossen zu Chloe um, die schräg hinter ihr saß, und signalisierte ihr, mal kurz mit rauszukommen. Mrs Gomez, die vorn am Pult bimmelnd und klingelnd ein paar Papiere hin und her schob, sah erstaunt auf, als die beiden Mädchen aufstanden.

»Wir haben was in der Turnhalle vergessen«, erklärte Allyssa laut. »Wir sind gleich wieder da. Ach, und Mrs Gomez, ich liebe Ihren Pullover. Der ist toll.«

Mrs Gomez nickte geschmeichelt, und Allyssa fiel auf, dass die Frau auch noch kleine Glöckchen als Ohrringe trug. Grundgütiger.

Allyssa redete nicht lange um den heißen Brei herum, als sie draußen im Gang standen. »Chloe, ich möchte dich um etwas bitten.« Sie versuchte, die richtigen Worte zu finden. »Ich weiß, wir sind nicht gerade beste Freundinnen, also eigentlich überhaupt nicht, und ich war auch in der Vergangenheit nicht immer nett zu dir oder zu Hannah, aber das war ja mehr wegen Ryan, und außerdem muss man sich erst mal durchsetzen, wenn man neu an eine Schule kommt und … Also es tut mir leid, aber ich brauche deine Hilfe weil, weil …«

»Es ist wegen Ramiro. Stimmt's? Er hat irgendein Druckmittel gegen dich wegen deiner Vergangenheit.« Chloe deutete auf Allyssas Handgelenk, wo die Tätowierung nur noch als rosa Schatten sichtbar war.

Allyssa schluckte. Chloe wusste das? Woher wusste die das? Sie war noch cleverer, als Allyssa angenommen hatte. »Ja«, sagte sie schließlich. »Ja zu allem.« Sie berichtete Chloe in knappen Worten von Thunder-Girl, von Ramiro und von den Plänen der Gang, mit Allyssas Hilfe eine Art Drogendepot auf Myriad zu errichten.

»Du bist nicht allein«, sagte Chloe. »Connor erpressen sie auch. Bei ihm wollen sie Geld, bei dir wahrscheinlich alte Schulden eintreiben.«

»Ich bin da einfach reingerutscht«, sagte Allyssa leise. »Ich war viel zu jung, total verknallt und hatte Eltern, die mir tierisch auf den Geist gingen. In unserer Schule gab es 'ne Menge Ableger von Gangs und am Anfang hat es auch totalen Spaß gemacht. Man fühlt sich so ... unverwundbar. Aber dann ...« Sie versuchte, die Bilder aus ihrem Kopf zu verdrängen. »Ich will das nicht mehr. Ich bin froh, dass ich hier bin. Ich habe keine Ahnung, wie die mich gefunden haben.« Ein Kloß bildete sich in ihrem Hals. »Ich hab Angst.«

Chloe nickte nur. »Sie wird von der Polizei gesucht, nicht wahr? Dieses Mädchen, diese Anführerin oder was immer sie ist.«

»Gesucht ist gar kein Ausdruck.« Allyssa lachte kurz auf, aber es klang nicht sonderlich fröhlich.

»Okay. Dann muss sie von der Polizei auch gefunden werden, ganz einfach. Und er gleich mit. Und das Ganze mit Beweisen. Und zwar so, dass sie niemals mitkriegen, dass du was damit zu tun hattest.«

Das erste Mal seit Wochen spürte Allyssa, wie sich der schwere Druck auf ihrer Brust ein wenig löste. »Und wie?«

»Wie kommunizierst du mit dem?«

»Nachrichten, übers Handy. Aber da steht nichts Verfängliches drin, das kannst du vergessen.«

»Ich weiß. Aber wenn wir die Nachrichten lesen, die er vielleicht mit anderen Leuten austauscht? Dann kriegen wir sein ganzes Netzwerk. Seine Kontakte, was, wann, wo. Er ist ja hier auf dem Campus, er muss das Zeug ja von irgendwoher beziehen.«

»Du willst sein Handy hacken.« Allyssa fing an zu begreifen.

»Genau. Du schickst ihm eine nette Nachricht, die er öffnet, und dann hat er den Virus auf dem Handy und wir sehen uns dort um. Wir können ihn orten und wir können ihn filmen.«

»Wie willst du ihn denn filmen?«

Ein Lächeln huschte über Chloes Gesicht. »Mit meinem kleinen Helfer. Er spricht sogar Spanisch.«

Allyssa hatte keine Ahnung, von wem Chloe redete, aber sie vertraute ihr blind. Sie wünschte sich einen Moment lang brennend, Chloe wäre auch ihre Freundin. Aber eigentlich hatte Allyssa noch nie eine richtige Freundin gehabt und schon gar nicht jemand so Loyales und Kluges wie Chloe. »Danke«, sagte sie.

»Jetzt gibt es aber auch noch etwas, das ich von dir möchte«, sagte Chloe.

»Was denn?«

»Eine ehrliche Antwort. Es geht um Erdnüsse.«

Allyssa schoss das Blut ins Gesicht.

Sophie

Das erste Mal seit Ewigkeiten fühlte Sophie sich wieder richtig gut. *Perfect Fit* war dank des grandiosen My-Movie-Werbespots wieder auf Platz eins geklettert. Der zweite Platz folgte mit ziemlichem Abstand, es war die Cloud-Couch, dicht gefolgt von den Schlafsäcken und zu Sophies Verblüffung auch von einer Firma namens *Fun Art*. Hannahs Firma, die sie mit Kyle zusammen leiten musste und die irgendwelche Scherzartikel herstellte, von denen sich die meisten Investoren wahrscheinlich brennend wünschten, dass sie irgendwann mal realisiert wurden. Aber *Perfect Fit* hatte einen gigantischen Vorsprung, den hoffentlich so schnell keiner aufholte. Sophie hatte sich bislang noch keine Fantasien darüber gestattet, wie es wäre, wenn sie tatsächlich gewinnen würde. Sie wusste nur eins, dass sie als Erstes ihre Cousine anrufen und sie bitten würde, als Model zu arbeiten.

Glücklich schlenderte Sophie durch die Schule. Sie hatte ja keine Ahnung gehabt, was für ein wunderbares Gefühl es war, wenn man etwas ganz aus sich selbst heraus geschafft hatte. Sie und nur sie allein hatte diese Idee gehabt, auch wenn Evan sie bei der Umsetzung unterstützt hatte. Ihre Eltern würden so stolz auf sie sein. Endlich mal ein schulischer Erfolg ihrer Tochter. Sie bog um die Ecke, auf dem Weg zu *Bio-Fuse*.

»Hey, Soph.«

Abrupt blieb sie stehen. Vor ihr stand Ben. Alleine.

»Lange nicht gesehen.« Er lächelte sie ein wenig zerknirscht an.

Das stimmte nicht. Sie liefen sich dauernd über den Weg. Er blickte nur meistens durch sie hindurch. »Hey«, brachte sie dennoch so neutral wie möglich heraus. »Alles klar?«

»Geht so. Könnte besser sein. Und bei dir?«

Könnte besser sein? Was meinte er damit? Meinte er … Ihr Herz machte einen kleinen Hüpfer. War es aus mit den beiden? »Mir geht's prima«, antwortete sie und das war ja heute nicht mal gelogen.

»Das sieht man dir an«, meinte Ben. »Du strahlst ja richtig. Du siehst gut aus.«

»Danke.« Sie gab sich einen Ruck. »Wo ist Maddie?«

»Ach die …«, meinte Ben vage. »Keine Ahnung.«

Nein, sie würde ihn nicht fragen. Nein, sie würde ihn nicht fragen! »Seid ihr denn nicht mehr zusammen?«, platzte sie heraus, noch ehe sie sich bremsen konnte.

Ben zuckte betont gelangweilt mit den Schultern. »Keine Ahnung. Aber ehrlich gesagt interessiert mich das jetzt gar nicht. Es interessiert mich mehr, warum du dich so freust. Wollen wir einen Kaffee trinken? Ich hab eine Freistunde.«

Sophie hatte keine Freistunde. Sie musste eigentlich dringend zu *Bio-Fuse* und dort ihr Essay abgeben, ansonsten würde dieser schöne Tag durch ein F getrübt werden, aber Ben war die Sache wert. Konnte es sein, dass er endlich einsah, was er an ihr gehabt hatte? Gab es noch eine klitzekleine Hoffnung? »Klar«, hörte sie sich sagen.

Sie steuerten einen Tisch mitten in der Cafeteria an, wo alle sie sehen konnten. Sophie hob stolz ihr Kinn. Einen Tisch weiter saß Ariana mit einem anderen Mädchen vom Cheerteam. Sie gafften mit offenem Mund rüber und dann hörte Sophie es tatsächlich. »Hi, Sophie. Hi, Ben.« Die beiden grüßten ganz normal, als hätte es die ganzen letzten Wochen nicht gegeben. Dabei hatten sie gestern noch alle so getan, als existiere Sophie gar nicht. Es gibt mich aber, hätte Sophie am liebten laut gerufen. Seht her – hier sitze ich mit Ben, genau wie früher!

Er setzte sich verkehrt herum auf den Stuhl, sodass er die Arme auf der Lehne abstützen konnte. Er musterte sie aufmerksam.

»Sophie, Sophie, Sophie«, sagte er. »Ich hatte ja ganz vergessen, wie hübsch du bist.«

»Da siehst du mal, was du verpasst hast«, erwiderte sie und ärgerte sich darüber, dass ihre Stimme vor Aufregung so quäkte. Eine Servierdrohne lieferte ihnen den Kaffee – Milchschaum und Haselnusskrokant mit Karamell für Sophie, doppelter Cappuccino für Ben.

»Du weißt also noch, wie ich meinen Kaffee gern trinke.« Jetzt klang ihre Stimme schon fester.

»Klar weiß ich das noch. Ich weiß noch alles über dich.«

Sophie hätte für ihr Leben gern erfahren, was genau zwischen Ben und Maddie vorgefallen war, aber sie hütete sich nachzubohren. Sie würde diesen kostbaren Moment nicht zerstören, indem sie Maddies Namen erwähnte.

»Und worüber freust du dich nun so?«, erkundigte Ben sich. »Bist du frisch verliebt?«

»Nein.« Mist, das kam viel zu schnell. Sie sollte ihn hinhalten, eifersüchtig machen, geheimnisvoll tun, aber es war, als ob ihre Stimme und ihr Körper ein Eigenleben entwickelten. »Nein, aber meine Firma *Perfect Fit* steht momentan an erster Stelle im Wettbewerb.«

»Echt?« Ben verschüttete vor Überraschung beinahe seinen Kaffee. »Deine Firma? Wirst du jetzt Geschäftsfrau oder was? Nicht zu fassen.« Ganz offensichtlich hätte er ihr so etwas nie im Leben zugetraut. Das ärgerte Sophie, aber sie wollte sich jetzt nicht ärgern.

»Vielleicht«, erwiderte sie. »Wenn ich gewinne, wird das Konzept wirklich umgesetzt. Das wäre doch toll! Es ist eine Firma, die Klamotten für jeden maßgeschneidert produziert, also auch für Leute mit Behinderungen und so, also absolut jeden. Stell dir mal vor, endlich könnten wirklich alle Leute total schicke Klamotten anziehen.«

»Na ja, bei den meisten wird es trotzdem nichts nützen.« Ben lachte wie über einen guten Witz.

Was hast du eigentlich für eine Firma gegründet?, lag es ihr auf der Zunge. Was für kreative Ideen hast du denn? Aber dann wäre er vielleicht gleich wieder aufgestanden und gegangen. »Und bei dir so?«, fragte sie stattdessen.

Am Nebentisch packten die beiden Mädchen ihre Taschen zusammen. »Tschüss, ihr zwei«, rief Ariana, und Sophie fühlte sich in diesem Moment, als ob man sie mit einiger Verspätung doch noch zur Homecoming-Prinzessin gekrönt hätte.

»Tschüss«, rief sie fröhlich zurück.

Ben griff jetzt nach der kleinen Kette um ihren Hals. Er rückte den Anhänger zurecht und berührte dabei Sophies Haut. »Die hing ein bisschen schief«, erklärte er mit diesem Lächeln, bei dem sie immer weiche Knie bekommen hatte. Immer noch bekam.

»Tatsächlich«, krächzte sie.

Ben beugte sich vor. »Weißt du, worüber ich echt froh bin?«, fragte er und strich wieder kurz mit dem Finger über die kleine Kette, die doch bereits völlig gerade hing. »Dass du keinen neuen Freund hast. Das macht die Sache einfacher.«

Wenig später schwebte Sophie wie auf Wolken durch den Glasgang des Aquariums und lächelte reflexartig jeden an, der ihr entgegenkam. Es war nichts passiert, noch nichts, aber jede Pore in ihr spürte, worauf Ben hinauswollte. Würde sie ihm die Sache mit Maddie vergeben? Hm. Im Endeffekt schon. Aber erst würde sie ihn noch eine Weile zappeln lassen, das nahm sie sich fest vor. Und ihn eifersüchtig machen, beschloss sie. Damit er mal am eigenen Leib spürte, wie sich das anfühlte. Trotzdem war dies der glücklichste Tag seit Langem. Alles kam wieder ins Lot. Sie lächelte die Fische an, die Seepferdchen und die Korallen und dann sogar Evan, der ihr im Gang entgegenkam und nun überrascht stehen blieb.

»Hey, Sophie«, sagte er, eine hoffnungsvolle Vorfreude im Gesicht. »Hast du es gesehen? Wir sind wieder auf Platz eins! Freust du dich?«

»Total. Du bist echt ein super Geschäftspartner. Aber mehr nicht. Okay, Evan?«

Ein flehender Ausdruck trat in seine Augen. »Sophie, es tut mir leid wegen neulich, ehrlich. Bitte verzeih mir. Ich weiß nicht, was in mich gefahren ist, ich wollte dir nicht zu nahe treten.«

»Es ist okay, Evan. Echt. Es ist nicht schlimm. Ich hab es schon vergessen. Ich würde jederzeit wieder mit dir ein Projekt machen.«

»Echt? Mann, Sophie, super!« Spontan streckte er die Arme nach ihr aus, zuckte aber im letzten Moment eingeschüchtert zurück.

Wie er jetzt so dastand, tat er ihr leid, besonders weil sie selbst heute so irre glücklich war; und deshalb, nur deshalb umarmte sie ihn kurz: Es sollte ja nicht so aussehen, als ob sie Angst vor ihm hätte oder so. »Hey, wir sind doch immer noch Freunde, Evan.«

Aus den Augenwinkeln entdeckte sie Ben. Jetzt. Das war die perfekte Gelegenheit. Sie hielt Evan ein wenig länger fest als nötig und strich ihm auch noch lässig über die Haare. »Du bist ein Business-Genie, weißt du das eigentlich?«

Ben zog genauso ein Gesicht, wie Sophie es erwartet hatte. Es war *ihr* Gesichtsausdruck der letzten Wochen.

Evan presste sie so fest an sich, dass sie sich schließlich aus seiner Umarmung wand. »Du kannst immer auf mich zählen, Sophie«, flüsterte er. »Immer.«

Evan

Evan sah Sophie nach, wie sie beschwingt davonlief. Ein Hochgefühl breitete sich wie ein warmer Regen in ihm aus. Endlich. Sie hatte ihm verziehen, sie hatte ihn umarmt. *Lange* umarmt. *Verliebt* umarmt. Das konnte nur bedeuten, was er kaum zu hoffen gewagt hatte – dass sie ihn doch zum Freund wollte, obwohl sie so tat, als ob nicht. Na ja, so waren Mädchen halt. Vor Glück hätte er beinahe angefangen zu heulen, hier, mitten im Gang des Aquariums neben den schillernden stummen Fischen, die keine Ahnung von seinem Glück hatten. Es würde das beste Weihnachten seit Langem werden. Nein, das beste Weihnachten seines Lebens. In wenigen Tagen fand die sogenannte Christmas-Extravaganza in der Game Arena statt: Musik und irgendwelche Gewinnspiele. Eigentlich hätte Evan im Traum nicht daran gedacht, bei so etwas mitzumachen, aber jetzt war alles anders. Vielleicht würde er bereits mit Sophie als Paar dahingehen? Er musste sie einfach noch mal fragen, vielleicht mit einem kleinen Geschenk … Nach allem, was sie heute angedeutet hatte, würde sie ihn mit ihrer Antwort diesmal zum glücklichsten Menschen der Welt machen. Evan lief nun fast ebenso beschwingt wie Sophie weiter. Er durchquerte das Aquarium, folgte dem Indoor-Running-Track, auf dem sich ein paar Verrückte auspowerten, und wich jemandem aus, der mit rasanter Geschwindigkeit auf einem Hoverboard um die Ecke bog. Vorn an der Ecke bei der Game Arena erklomm ein junger Handwerker gerade eine Leiter, um etwas aufzuhängen. Als Evan vorbeiging, sah er kurz zu ihm hinunter. Evan nickte ihm mechanisch zu – und dann erstarrte das Blut in seinen Adern. Alles, was er an diesem Tag bislang an Gutem erlebt hatte, war mit einem Schlag komplett ausgelöscht. Da oben auf der Leiter stand sein absoluter Albtraum aus Idaho – Dave Earl. Bei ihrem letzten Zusammentreffen hatte er Evans Kopf in die völlig versiffte Kloschüssel der Jungstoilette der George-Washington-Highschool in Longford, Idaho, getaucht und sich dabei kaputtgelacht. Sofort

schmeckte Evan das ekelerregende bittere Wasser wieder in seinem Mund, spürte das Brennen in seiner Lunge, weil er keine Luft mehr bekam. Ihm wurde übel.

»Na, wenn das nicht der gute alte Evan ist.« Dave Earl stieg grinsend von der Leiter herunter. Er war fetter geworden, schwammig und aufgedunsen. Von seiner athletischen Footballerfigur war nicht mehr viel übrig – Evan tippte auf zu viel Bier. Er antwortete nicht. Er brachte keinen Ton heraus.

»Da staunst du, was?« Dave Earl wischte sich die Hände an seinem Overall ab. »Na ja, mein Dad hat Beziehungen zu Myriad. Das weißt du ja selbst. Die Alte, die das Ding hier leitet, musste mir einen Job besorgen. Sie schuldet ihm irgendwas, die waren zusammen in Harvard. Tja, und jetzt bin ich hier Teil des Technikteams.«

»Ach ja?«, brachte Evan endlich heraus. In seinem Kopf drehte sich alles, er konnte keinen klaren Gedanken fassen.

»In Idaho gibt es ja nichts Gescheites«, fuhr Dave im Plauderton fort. »Alles mies bezahlte Drecksarbeit. Na ja, und College war nicht so meins. Harvard schon gar nicht, haha. Ich bin mehr der praktische Typ.«

Das hieß wohl, dass Dave Earl es trotz der weit vernetzten Beziehungen seines Vaters nicht in ein College geschafft hatte, oder falls doch, dass er gleich wieder rausgeflogen war.

»Und wie geht's dir so?«, erkundigte sich Dave Earl jetzt. Er klang so normal. Fast freundlich. Konnte es sein, dass Dave mit der Vergangenheit tatsächlich abgeschlossen hatte? Dass er erwachsen geworden war oder wenigstens weniger sadistisch? Ein winziger Hoffnungsschimmer glomm in Evan auf. Ein Hoffnungsschimmer, der mit Daves nächster Bemerkung sofort wieder zunichtegemacht wurde.

»Wissen die hier eigentlich, was für ein Loser du in Idaho warst?«, erkundigte Dave sich. Ein fieses Grinsen breitete sich in seinem Gesicht aus. »Das würde die doch bestimmt interessieren, meinst du nicht?«, fuhr er fort, als Evan nicht antwortete. »Und geile Schnallen laufen hier rum. Hey, Süße, wie wär's denn?« Dave pfiff einem gut aussehenden Mädchen hinterher, Elli Kressman aus der Zwölften, die sich sofort empört umdrehte und ein Foto von Dave mit ihrem Handy knipste.

»Die steht auf mich«, sagte Dave begeistert. »Hast du das gesehen? Die wollte sogar ein Foto von mir!«

Evan hätte ihm sagen können, dass Elli ihn lediglich fotografiert hatte, um ihn wegen sexueller Belästigung unverzüglich der Schulleitung zu melden, aber er konnte immer noch nicht sprechen. Sein Hals war wie zugeschnürt, sein Magen verknotet, seine Hände eiskalt.

»Ich meine, ich könnte deine tragische Vergangenheit ja auch für mich behalten«, wandte Dave sich jetzt wieder Evan zu. »Ich bin ja nicht so. Was vorbei ist, ist vorbei. Aber das kostet, wenn du verstehst, was ich meine.«

Und ob Evan verstand. Er verstand, dass seine neue kleine Welt, in der er sich gerade erst wackelig, aber glücklich eingerichtet hatte, mit einem Schlag zerstört worden war. Sophie würde sich abwenden, alle würden sich abwenden und wieder hinter seinem Rücken oder sogar vor seinem Gesicht tuscheln und lachen. Nichts würde übrig bleiben. Nichts als kalte, kalte, eiskalte Wut auf alle, die ihm immer wieder aufs Neue sein Leben zerstörten.

Ryan

Irgendwas war passiert, Ryan konnte es Hannah deutlich ansehen. Sie hatte rote Augen und wirkte unglaublich wütend.

»Was ist denn los?«, fragte er erschrocken, als er auf dem Parkplatz auf sie wartete, damit sie ihn im Auto mit rausnahm. Sie sah so wütend aus, dass ihn ihr Anblick sogar einen Moment lang von der Nervosität ablenkte, gleich seinen Dad zu treffen.

»Nichts.« Hannah schmiss ihren Rucksack auf den Boden und schwenkte ihr Chip-Armband. »Doch, es ist etwas passiert. Mit Matt ist Schluss.«

Endlich, dachte Ryan, aber das konnte er natürlich nicht sagen. Außerdem überraschte ihn die Neuigkeit wirklich. »Warum?«, fragte er verblüfft. »Was ist denn passiert?«

»Betrogen hat er mich«, fauchte Hannah. »Auf die gemeinste, fieseste Weise betrogen, die man sich nur vorstellen kann.«

Ach du lieber Himmel. Ryan konnte sich überhaupt nicht vorstellen, dass der sanftmütige Matt zu irgendeiner Gemeinheit fähig war. Und mit wem überhaupt? Matt liebte doch nur Hannah, das sah selbst ein Blinder. Welches andere Mädchen hätte ihn auch nur ansatzweise interessieren können?

»Er hat wegen einer anderen mit dir Schluss gemacht?«, hakte Ryan ungläubig nach. »Wegen wem denn?« Kurz tauchte Allyssas Gesicht vor seinem inneren Auge auf, aber nein, das konnte erst recht nicht sein. Absolut niemals.

»Ich habe nicht gesagt, dass er wegen einer anderen mit mir Schluss gemacht hat. Außerdem habe ich Schluss gemacht. Weil er mich betrogen hat.«

»Mit wem denn?«, wiederholte Ryan. Er kam sich leicht begriffsstutzig vor, aber er verstand das immer noch nicht.

»Mit seinem Bruder.« Hannah öffnete den Kofferraum. »Steig ein.«

»Wie? Was? Welcher Bruder? Betrogen? Wovon redest du?«

»Willst du nun aus dem Campus raus oder nicht?« Hannah wirkte gereizt, geradezu angriffslustig, und hatte offenbar nicht vor, mehr preiszugeben. Sie sah in diesem Moment so verdammt wütend und verletzlich und gleichzeitig so wunderschön aus, dass er sie am liebsten in die Arme genommen und getröstet hätte. Aber sie standen hier mitten auf dem Parkplatz und weiter vorn kam Caitlin Barlow angedackelt, ein Pulk Mädchen aus ihrem neuen Fanclub im Schlepptau, und so fügte Ryan sich zähneknirschend und kletterte rasch in den Kofferraum von Hannahs Auto. Es war ziemlich eng und dunkel, aber eine Jacke von Hannah lag darin und er vergrub sein Gesicht in dem weichen Stoff, der schwach nach Hannah duftete, und atmete tief ein. Was immer passiert war, er würde ihr Zeit geben, ihm davon zu berichten. Seine Nervosität kehrte zurück. Jetzt musste er es erst mal aus dem Campus schaffen. Und als Nächstes musste er es fertigbringen, seinem Dad nach fünf Monaten wieder gegenüberzutreten, ohne loszuheulen.

Er spürte, wie das Auto langsamer wurde. Hannah musste am Tor angekommen sein. Er konnte sie kurz mit dem Wachmann reden hören, dann fuhr sie wieder los. Das war es schon? So kurz und schmerzlos? Ryan konnte es kaum glauben.

Plötzlich hielt das Auto mit quietschenden Bremsen an. Verdammt, hatte der Wachmann doch was gemerkt? Der Kofferraum ging auf und Hannah stand davor. Nur Hannah.

»Kannst rauskommen. Wir sind schon eine Meile vom Campus weg. Und so gemütlich ist es da drin ja auch nicht, oder? Du kannst meine Jacke übrigens jetzt wieder loslassen.«

Leicht verlegen schob Ryan die Jacke weg. Er hatte gar nicht gemerkt, wie er sich darangeklammert hatte. Er kletterte aus dem Kofferraum und sah sich um. Sie befanden sich auf der Landstraße, die zum Highway führte. Hannah hatte auf einem kleinen Parkplatz angehalten, auf dem ein Fernrohr zum Ausblick über

die Klippen und das Meer einlud. Hinter ihnen konnte man die hohen Gebäude des Campus zwischen Bäumen aufblitzen sehen.

»Danke.« Er nahm auf dem Beifahrersitz Platz. Als sie den Gang einlegte, berührte sie sein Handgelenk, doch der Moment war gleich wieder vorbei. Ob sie bereute, was gestern am See passiert war?

»Sorry«, sagte Hannah, ohne den Blick von der Straße abzuwenden. »Wegen vorhin. Ich bin einfach stinksauer. Ich muss das aber erst alles mit Matt klären, dann erzähle ich dir, was los ist. Versprochen.«

»Okay.« Ryan verstand zwar nicht, was sie erst mit Matt klären musste, wenn sie doch ganz offensichtlich gerade mit ihm gesprochen hatte, aber er bohrte nicht weiter nach. »Ich fühle mich auch sicherer, wenn du nicht ganz so wie ein wütender Rennfahrer fährst«, sagte er nur.

Sie sah immer noch nach vorn auf die Straße, steckte ihm aber die Zunge raus.

»Ist doch wahr.« Er grinste.

»Wo genau triffst du deinen Dad?«

Ryan wurde sofort wieder ernst. »Café Ladro in Wallingford.«

»Ach ja, kenn ich. Nett dort.«

Sie schwiegen, während Hannah mit bewundernswerter Sicherheit auf den Highway auffuhr, ihm drei Meilen folgte und dann die Ausfahrt nach Wallingford nahm.

Wallingford war eine kleine verschlafene Stadt, in der man nichts von der unmittelbaren Nähe eines des größten Hightech-Konzerne Amerikas bemerkte. Ramschige Läden, schwatzende Omas in den Straßen, eine Drive-Through-Burgerbar, eine Kneipe namens *Bill's Tavern,* ein Lebensmittelladen, in dem es auch Angelbedarf und Gummistiefel gab, eine kleine Post, eine Bank.

Das Café Ladro befand sich neben einem Buchladen, die beiden gehörten sogar zusammen, wie Ryan beim Betreten feststellte. Eine Hälfte bestand aus Bücherregalen, die andere Hälfte stellte ein kleines Café dar, in dem kein Stuhl und Tisch zusammenpassten und das gerade deswegen so gemütlich wirkte.

»Soll ich gleich wieder abhauen?«, fragte Hannah hinter ihm.

»Nein, bleib, bitte.« Es kam einen Tick unsicherer raus, als Ryan wollte. Seine Aufregung hatte ihren Höhepunkt erreicht und seine Nerven lagen blank, besonders angesichts der Tatsache, dass hier niemand war, mal abgesehen von einer Frau mit kleinem Kind, die in der Ecke ein Bilderbuch ansahen.

»Er ist nicht da«, flüsterte Ryan, doch in diesem Moment spürte er, dass jemand anderes als Hannah hinter ihm stand, er hätte selbst nicht sagen können, warum. Siebter Sinn oder so.

»Herzlichen Glückwunsch zum Preisausschreiben«, sagte eine Stimme, von der Ryan geglaubt hatte, er würde sie nie wieder hören. Wie in Zeitlupe drehte er sich um. »Dad.« Tränen schossen ihm in die Augen, es war zwecklos, sich dagegen zu wehren. »Dad.«

Sein Vater sah viel dünner aus als früher und hatte sich einen Bart stehen lassen. Außerdem trug er eine Wollmütze und einen langen Mantel. Er wirkte fremd und älter, und unter anderen Umständen wäre Ryan auf der Straße an ihm vorbeigelaufen, aber aus der Nähe gab es keinen Zweifel – das war er. Wenige Sekunden später lagen sie sich in den Armen.

»Ich geh dann mal«, hörte er Hannahs Stimme wie aus weiter Ferne. »Bis später.«

Er machte sich los. »Nein, warte. Hannah, das ist mein Dad, Jason O'Neil. Dad, das ist Hannah. Hannah Montgomery, die Tochter von …«

»Von John, ich weiß.« Sein Dad reichte Hannah die Hand. »Dein Vater war ein wunderbarer Mensch. Einer unserer Besten.«

Hannah sah Ryan verwirrt an, als sie seinem Dad die Hand schüttelte. »Sie kannten meinen Vater?«

»Oh ja, wir haben zusammen in Harvard studiert. Ich kenne sogar dich. Wir haben uns schon mal getroffen, als du noch ein ganz kleines Mädchen warst. Da hattest du eine Puppe, die du über alles geliebt hast, die hieß Ilona oder so?«

»Isabelle.« Es kam nur als Flüstern aus Hannahs Mund. Sie starrte Ryans Dad an wie eine Vision.

»Isabelle, natürlich. Irgendwann werde ich hoffentlich mit dir über deinen Dad reden können, Hannah. Es tut mir so entsetzlich leid, dass er nicht mehr lebt. Aber jetzt muss ich mit Ryan sprechen, ich habe nicht viel Zeit.«

»Natürlich.« Hannah nickte Ryan kurz zu. »Bis später. Schick mir 'ne Nachricht, wenn du zurückwillst.«

»Okay.« Ryan sah ihr nach, dann folgte er seinem Dad zu einem der vier leeren Tische. Hinter dem Tresen des Cafés war niemand zu sehen, die Frau mit dem kleinen Kind war jetzt auch verschwunden. Viel Umsatz konnten die hier nicht machen, ging es Ryan unsinnigerweise durch den Kopf.

»Dad, wo warst du? Was ist geschehen? Wieso bist du damals verschwunden und jetzt hier, wieso weiß Mom nichts davon, wieso konnte ich nicht aus dem Campus raus, wieso …«

»Ich bin gekommen, um euch zu holen«, fiel sein Dad ihm ins Wort. »Dich und Mom.«

»Holen? Warum? Wohin?«

»Wir gehen in die Schweiz. Wir fangen dort neu an, es ist alles geregelt.«

Die Schweiz. Schneebedeckte Berge, Kühe und Schokolade. Keine Hannah und keine Allyssa. »Was soll ich denn in der Schweiz?« Ryan glaubte seinen Ohren nicht zu trauen.

»Es geht nicht darum, was du da sollst. Es geht darum, was hier nicht sein kann. Als Familie können wir hier nicht bleiben. Deborah lässt euch nicht raus. Sie hält euch als Geiseln, ihr habt nur keine Ahnung davon. Und mich hätte sie gern im Gefängnis.«

»Wie bitte?« Beinahe hätte Ryan aufgelacht. Er wollte erneut etwas einwenden, aber sein Dad bedeutete ihm, still zu sein. »Hör mir einfach zu. Ich werde versuchen, es dir so gut und so schnell wie möglich zu erklären.«

»Okay.«

Sein Dad räusperte sich. »Du weißt, dass ich Dinge getan habe, die nicht ganz legal sind«, fing er an.

»Dad, wenn du damit meinst, dass du ein Hacker und Whistleblower bist, das weiß ich längst. Du kannst es ruhig aussprechen.«

»Okay. Gut. Was die Regierungen in den angeblichen Demokratien heutzutage mit ihren Bürgern anstellen, ist skandalös. Sie machen, was sie wollen. Ein einziges Netz aus Korruption. Großkonzerne, die skrupellos ausbeuten und die Natur zerstören und nur ihren Profit sehen, käufliche, korrupte Politiker, die vor nichts zurückschrecken, um ihre Macht nicht zu verlieren, heimliche Deals mit vorgeblichen Feinden, Zusammenarbeit mit Diktaturen und eine komplette Überwachung der Bevölkerung, die sich freiwillig alldem unterwirft, solange sie nur ihre Konsumlust befriedigen kann. Die meisten Menschen kriegen überhaupt nicht mehr mit, was läuft. Sie sind abgestumpft.«

»Was …«, versuchte Ryan zu fragen, aber wenn sein Dad erst mal in Fahrt war, hörte er nicht so schnell wieder auf.

»Sie hängen nur noch in Social Media herum«, wetterte er weiter. »Endloser Narzissmus, dann endlose Werbung, dann endlose Konsumgier, um wiederum den Narzissmus zu füttern. Ein perverser Kreislauf. Damit spielen die Menschen den Konzernen die Macht in die Hände und merken es nicht mal. Man muss sich dagegen wehren. Man muss die Leute aufrütteln, man darf sich nicht alles bieten lassen. Im Internet und auch im Darknet liegt unsere Macht, damit kann man die Wahrheit verbreiten und Millionen von Leuten erreichen. Man kann uns nicht mehr so hintergehen wie früher, als die Menschen noch isolierter gelebt haben.« Sein Dad hatte jetzt den wilden, fanatischen Ausdruck im Gesicht, an den Ryan sich aus Kindertagen noch erinnerte. Worauf wollte sein Vater eigentlich hinaus?

»Wir haben uns beim Studium kennengelernt, John, Deborah und ich. Unser Traum war es, die Welt zu verbessern. Indem wir die Machenschaften der großen Konzerne aufdeckten. Oder selbst eine Firma gründeten, in der alles nur zum Wohl des Menschen geschieht«, fuhr sein Dad jetzt fort. »Die besten Wissenschaftler, die besten Labore und Ausrüstungen, kein Einmischen von Politik, keine Bestechungsgelder von Konzernen, die uns dann damit zwingen, irgendwelche ihrer dubiosen Ziele durchzusetzen. Eine Firma wie Myriad. Das war unsere Mission. Dafür haben wir gekämpft. Und nebenbei haben John und ich auch immer ein wenig um Deborah gekämpft.« Ryans Dad verzog den Mund zu einem bitteren Lächeln. »Ich war ganz schön neidisch auf John, als die beiden Myriad gründeten und nach Kalifornien zogen. Ich habe einen anderen Weg eingeschlagen, wie du weißt. Ich war radikaler.« Der Anflug eines Lächelns huschte über das Gesicht seines Dads. »Aber im Endeffekt wollte Deborah auch gar nicht John als Partner. Sie wollte den Mann, den sie dann geheiratet hat, und später wollte sie vor allem eins: ein Kind.«

»Ich verstehe nicht, was du …«

»Ich habe gedacht, wir ziehen alle an einem Strang. Deshalb habe ich ihr geholfen. Nur deshalb.« Sein Dad fuhr mit dem Finger die Tischkante entlang. »Deborah konnte keine Kinder kriegen. Aber sie wollte das nicht akzeptieren. Sie war der Meinung, dass die Wissenschaft auf Myriad ihr helfen musste, nach allem, was sie für Myriad getan hat. Sie hat partout nicht eingesehen, dass auch die am weitesten entwickelte Wissenschaft keine Wunder vollbringen kann. Sie hat unzählige In-vitro-Versuche gestartet. Und zahllose Fehlgeburten erlitten. Bei der letzten war das Baby schon im sechsten Monat.« Sein Dad schwieg einen Moment lang. »Und irgendwas hat das in ihr ausgelöst. Irgendeine … Störung.« Er vollführte eine vage Geste vor seiner Stirn. »Und plötzlich, als sie an ihrem absoluten Tiefpunkt angelangt war, da tauchte dieser kleine Indianerjunge auf. So hilflos. So süß. So alleine. Sie hat sich sofort in ihn verliebt, als Hannah ihn anschleppte. Sie wollte ihn nicht mehr hergeben.«

»Deswegen hat sie ihn ja adoptiert.« Endlich blickte Ryan mal durch.

»Hat sie eben nicht. Konnte sie ja gar nicht. Matt war ja nicht offiziell zur Adoption freigegeben. Niemand wusste, woher er kam, ob ihn jemand vermisste. Und so hat sie ihn einfach behalten. Sie hatte Angst, dass man ihn ihr wieder wegnimmt, und da hab ich ihr geholfen. Es war ein Freundschaftsdienst. Und weil sie mir damals in Harvard geholfen hat, eine wichtige Prüfung zu bestehen. Sonst wäre ich da rausgeflogen.«

»Wie hast du ihr geholfen?« Ein mulmiges Gefühl stieg in Ryan auf.

»Ich habe sämtliche Dateien im Computersystem der Polizei vom Humboldt County zu diesem Fall gelöscht. Ich bin nachts dort eingestiegen und habe sogar die Akte aus Papier geklaut. Es gab keinerlei Hinweise mehr darauf, dass man Matt gefunden hat. Der Polizist, der zunächst mit dem Fall betraut war, hat immer mehr an seinem Verstand gezweifelt. Er hat schließlich Selbstmord begangen, das habe ich später erfahren. Das ist meine Schuld. Ich hab ihn auf dem Gewissen. Und Deborah natürlich.«

»Fuck …«, flüsterte Ryan. »Wusste ihr Mann davon?«

»Matts Vater weiß bis heute nichts davon. Er ist ein stiller Meeresbiologe, der nur seine Ruhe haben will. Hannahs Vater wusste auch nichts davon. Aber ich glaube, er hat irgendwas geahnt. Und ein paar andere Kollegen wohl auch.«

»Dann muss Deborah dir doch eigentlich dankbar sein.« Ryan konnte immer noch nicht ganz folgen.

»Sie war mir ja auch dankbar. Bis zu dem Moment, als ich das mit dem Polizisten gehört habe und die Sache aufklären wollte, schon allein für die Witwe dieses Mannes. Er war ja gar nicht verrückt. Aber bis heute ist sein Ruf komplett ruiniert.« Er sah Ryan an. »Mit so was auf dem Gewissen kann man doch nicht leben, oder?«

Ryan schüttelte automatisch den Kopf.

»Außerdem habe ich angefangen zu recherchieren, wo Matt herkam. Dass man ihn alleine im Wald gefunden hat, bedeutete ja trotz allem nicht, dass ihn niemand sucht. Ich bin tatsächlich auf etwas Merkwürdiges gestoßen. Eine Frau, eine Indianerin, ist tot in ihrem Auto gefunden worden, ein paar Wochen nachdem Matt in Kalifornien aufgetaucht ist, ungefähr hundert Kilometer von Myriad entfernt. Sie hatte einen Unfall und ist auf einer der kurvigen Straßen durch den Redwood Forest eine Böschung runtergekracht, wahrscheinlich nachts. Das Auto hatte sich überschlagen und im Unterholz verfangen, an einer Stelle, wo kaum jemand hinkommt. Wanderer haben sie dann Wochen später zufällig entdeckt, die Frau war schon ziemlich ...« Er stockte, setzte erneut an. »Sie hatte keine Papiere dabei, man konnte sie nicht identifizieren. Aber das Auto gehörte jemandem aus South Dakota. Der hat zu Protokoll gegeben, dass man ihm sein Auto geklaut hat und dass er keine Ahnung hat, wer die Frau ist. Und in dem Auto war ein Kindersitz, ein Kind war aber nirgends in der Nähe. Ich habe mir dann zusammengereimt, dass sie in der Unfallnacht in der Nähe von Myriad-Campus angehalten haben muss. Es gibt da eine kleine Raststätte, eigentlich nur ein Parkplatz mit Klo, unweit von der Stelle, wo Matt aufgetaucht ist. Es war dunkel, es war nachts, sie hat sicher angenommen, dass ihr Kind hinten schläft, und ist auf Toilette gegangen und hat nicht gemerkt, dass es aus dem Auto geklettert ist. Anders kann ich es mir nicht erklären. Ich bin mir absolut sicher, dass die Frau was mit Matt zu tun hatte, vielleicht sogar seine Mutter war. Ich wollte, dass Deborah der Sache nachgeht, aber sie hat mich eiskalt abblitzen lassen. Sie hat gesagt, dass sie meine ganzen Hackeraktivitäten an das FBI verrät, wenn ich die Sache mit Matt und dem Polizisten öffentlich mache. Und als ich mich nicht habe einschüchtern lassen und einen Termin mit einer der großen Zeitungen vereinbart habe, um die Angelegenheit ans Licht zu bringen, hat sie mir als kleine Kostprobe tatsächlich das FBI auf den Hals gehetzt. Ich musste untertauchen. Du weißt ja, wir sind jahrelang immer wieder umgezogen.«

»Warum hat sie das getan? Ich dachte, ihr wart Freunde?«

»Sie wollte mich loswerden. Ich war ja der Einzige, der die Wahrheit über ihren Sohn und den Polizisten wusste. Ich bin dann schließlich mit ihr übereingekommen, dass ich den Mund halte.« Sein Vater senkte den Kopf. »Ich bin nicht stolz darauf. Aber ich wollte für den Rest meines Lebens normal mit meiner Familie leben. Ich hab ihr gesagt, dass ich in die Schweiz gehe und dass sie nie wieder von mir hört. Im Sommer war es dann so weit, ich wollte nach Zürich, um alles vorzubereiten. Am Tag meines Abflugs wollte ich morgens noch schnell in den kleinen Laden an der Ecke, doch da habe ich gesehen, wie zwei Beamte vom FBI vor unserem Haus vorfuhren und ausstiegen. Ich hatte mittlerweile einen Blick für diese Spezies, wie du dir vorstellen kannst. Deborah hatte mich verraten. Die Schweiz war ihr zu unsicher, sie wollte mich im Gefängnis wissen. Ich bin natürlich nicht nach Zürich geflogen, sondern bei einem Freund untergetaucht. Ich konnte mich nicht bei euch melden, weil sie mir dann auf die Spur gekommen wären. Und in der Zwischenzeit hat sie Mom mit dir hierhergelockt und Mom gegenüber behauptet, dass die Regierung mich sucht und töten wird, wenn ihr euch nicht auf dem Campus versteckt.« Er schob einen Salzstreuer hin und her. »Sie hat euch als Geisel hierbehalten, damit ich nicht doch noch plaudere. Sie hatte nie vor, uns alle wegzulassen.«

»Und dann?« Ryan hing seinem Dad an den Lippen. Das war alles einfach ungeheuerlich.

»Mein Freund hat mir geholfen. Du musst seinen Namen nicht kennen. Er hat mir einen falschen Pass besorgt und ich bin über Kanada ausgereist. Dann nach Europa und in die Schweiz. Zum Glück hab ich früher etwas Geld beiseitegeschafft. Es war nicht legal, und ich weiß, dass so was nicht in Ordnung ist, aber es ist unsere einzige Rettung.«

Ryan verstand. Sein Vater hatte sich in fremde Konten gehackt. Er war ein Dieb.

»Ich habe es von Firmen genommen, die in ihrer Profitgier ohnehin nur unsere Umwelt zerstören«, versicherte sein Dad ihm, als habe er Ryans Gedanken gelesen. »Das kannst du mir glauben.« Er hielt kurz inne. »Ich bin zurückgekommen, um euch zu holen. Ich ändere ständig meine Handynummer und meinen Aufenthaltsort und ich hinterlasse keine Spuren.« Er lächelte Ryan an. »Bis jetzt hat Deborah nichts bemerkt. Aber wir müssen weg. Wenn du mich fragst, taumelt sie am Rande des Wahnsinns entlang.«

»Aber …« Ryans Gedanken wirbelten durcheinander, es ergab alles keinen Sinn. »Aber sie mag Matt nicht mal«, platzte er heraus. »Das hat mir Hannah erzählt und man merkt es auch. Sie haben ein abgrundtief schlechtes Verhältnis. Warum der ganze Aufwand für jemanden, den sie nicht mal mag?«

»Weil er sich wahrscheinlich nicht so entwickelt hat, wie sie sich das erhofft hat. Sie ist krankhaft ehrgeizig. Soweit ich weiß, ist er weder ein Mathegenie noch ein Computernerd. Er ist ein ganz normaler Junge ohne besondere Talente und außerdem ein Teenager, der sich nichts vorschreiben lassen will.«

»Und der sich in letzter Zeit auch noch extrem für seine indianischen Wurzeln interessiert und vielleicht selbst auf die Suche nach seiner Herkunft macht«, fügt Ryan leise hinzu. Das passte Deborah Steiner natürlich erst recht nicht.

»Lange Rede, kurzer Sinn – Ryan, wir müssen weg.« Sein Dad legte die Hände auf Ryans Arme. »Ich habe alles organisiert. Du und Mom, ihr kommt in ein paar Tagen hierher in dieses Café. Zur Weihnachtszeit geht es drunter und drüber auf dem Campus, das kriegt keiner mit.«

»Wir kommen da nicht raus. Die lassen uns nicht.«

»Ach ja?« Sein Dad lachte das erste Mal richtig. »Du hast es doch auch geschafft.«

»Wollt ihr was trinken?«, erkundigte sich plötzlich eine Frauenstimme. Ryan zuckte zusammen. Vorn am Tresen reinigte jetzt eine junge Frau die Espressomaschine. »Wir haben heute heiße Schokolade mit Pfefferminzgeschmack, Ingwertee und heißen Apfelpunsch. Alles total lecker.«

»Nur Wasser, bitte.« Ryans Mund war ganz trocken.

»Kaffee schwarz für mich, bitte.« Sein Dad sah die Bedienung dabei nicht an und zog die Mütze etwas tiefer ins Gesicht.

Sie schwiegen, bis die Getränke gebracht wurden. Dann hob sein Dad die Kaffeetasse hoch und prostete Ryan unmerklich zu. »Auf die Schweiz, mein kleiner Jimmi. Auf unsere Familie. Auf dass wir endlich unsere Freiheit und eine gemeinsame Zukunft haben.«

Hannah

 Dylan kauerte auf dem Sofa wie ein Häufchen Elend. »Es tut mir leid«, sagte er nun schon zum mindestens zwanzigsten Mal.

»Es ist nicht deine Schuld«, antwortete Hannah, ebenfalls mindestens zum zwanzigsten Mal, obwohl das natürlich Unsinn war, denn Dylan hatte genauso freiwillig bei dieser Farce mitgespielt wie Matt.

»Es tut mir leid, dass ich dich so ... dass ich dir so nahe gekommen bin«, murmelte Dylan. »Ich wollte das echt alles nicht. Matt und ich hatten ausgemacht, dass ich dich sofort einweihe. Und das wollte ich auch, das kannst du mir glauben! Aber auf dem Flughafen ... da wolltest du unbedingt, dass ich dich küsse ...«

Bei dieser Erinnerung schoss Hannah das Blut ins Gesicht. »Warum hast du nicht spätestens da was gesagt?«

»Wollte ich ja«, verteidigte er sich verzweifelt. »Und ich hab dich ja auch nicht geküsst, also nicht richtig jedenfalls, und dann bist du plötzlich über mich hergefallen.«

»Ich? Über dich hergefallen?« Hannah stemmte entrüstet die Hände in die Hüften.

»Na ... also ... ja. So würde ich das nennen.«

Hannah lag eine scharfe Entgegnung auf der Zunge, aber dann flüsterte eine kleine Stimme in ihr, dass Dylan recht hatte. Genauso war es gewesen.

»Und ab da war es dann irgendwie unmöglich, dir die Wahrheit zu sagen, obwohl ich die ganze Sache selbst total schrecklich fand, das musst du mir glauben.« Er sah sie flehend an. »Und ich konnte dich ja danach auch nicht *nicht* küssen, das wäre ja erst recht aufgefallen, und irgendwie konnte ich dann gar nicht mehr aufhören, du gefällst mir total, also ich beneide Matt echt, dass er so eine tolle Freundin hat.«

»Hatte«, verbesserte Hannah automatisch.

Jetzt sagte Dylan gar nichts mehr, sondern sah sie nur bestürzt an.

Wo blieb Matt? Sein Flieger war vor drei Stunden gelandet, das hatte sie online nachgesehen. Man brauchte maximal eine Stunde, um aus dem Flughafen rauszukommen, dann zwei Stunden mit dem Bus zum Campus. Er würde jeden Moment hier aufkreuzen. Wenn er sich traute.

Sie wartete im Haus von Deborah Steiner mit Dylan auf ihn, nachdem sie Matt nach ihrer Entdeckung vor zwei Tagen ein Ultimatum gestellt hatte. Darin hatte sie Matt gedroht, dass sie Deborah alles berichten würde, wenn er nicht sofort und auf dem schnellsten Wege zurückkam.

Warum hatte nicht wenigstens er ihr verraten, was Sache war? Er hatte blind darauf vertraut, dass Dylan das schon alles irgendwie regeln würde. Weil Matt wahrscheinlich keinen einzigen Gedanken an Hannah verschwendet hatte, deshalb. Weil sie nicht wichtig genug in seinem Leben war. Das war das eigentlich Kränkende an der ganzen Angelegenheit.

Dylan hatte ihr in den letzten zwei Tagen alles gebeichtet und ihr von seinen eher tristen Lebensumständen erzählt. Er hatte noch nie so luxuriös gelebt wie hier und natürlich tat er ihr leid. Aber trotzdem – was hatten er und Matt sich dabei gedacht, einfach die Rollen zu tauschen? Und warum hatte Matt sie nicht eingeweiht? Das wäre seine Aufgabe gewesen – seine ganz allein. Und deswegen würde sie den ultimativen Schlusspunkt setzen. Wie konnte sie mit jemandem zusammen sein, der ihr Vertrauen so verletzte? Jetzt verstand sie natürlich auch, warum Dylan sich in seiner Rolle als Matt so seltsam aufgeführt hatte. Er konnte noch nicht Auto fahren und er hatte von den meisten Fächern auf

Myriad High noch nie was gehört. Und sein Fingerabdruck war ein anderer als der von Matt. Das erklärte eine Menge.

Und es gab nicht mal Trost oder ausgleichende Gerechtigkeit – sie hatte mit Matt Schluss gemacht, aber mit Ryan konnte sie trotzdem nicht zusammenkommen. Ryan war genauso unerreichbar für sie wie vorher, ja sogar noch viel mehr. Tausende von Meilen weit weg würde er bald sein, irgendwo in der Schweiz, und wahrscheinlich würde sie ihn in den nächsten Jahren nicht wiedersehen, wenn sie ihn überhaupt jemals wiedersehen würde, nach allem, was er ihr auf der Heimfahrt von Wallingford berichtete hatte. Vor Wut und Hoffnungslosigkeit quollen ihr Tränen aus den Augen.

»Wein doch bitte nicht«, meldete Dylan sich verschüchtert vom Sofa.

»Lass mich in Ruhe!«, fuhr sie ihn an. Plötzlich hielt sie es nicht einmal mehr aus, mit Dylan im selben Zimmer zu sitzen. Sie stürmte hinaus, ins Bad, wo sie sich kaltes Wasser ins Gesicht spritzte. Im Spiegel funkelten ihre Augen sie so wütend an, dass sie selbst vor Schreck zurückzuckte. Aus Matts Zimmer erklang ein leises Scharren und etwas, das wie ein Schluchzen klang. Weinte Dylan etwa auch? »Es tut mir leid, Dylan«, rief sie. »Nimm es nicht persönlich.«

»Mir tut es auch alles leid. Wirklich!«, rief er zurück.

Unter anderen Umständen hätte sie Dylan wahrscheinlich total nett gefunden. Er hatte die Rolle von Matt nicht besonders gut gespielt, weil er seinen Zwillingsbruder ja gar nicht kannte. Die wenigen Male, in denen in den letzten Tagen der echte Dylan durchgeschimmert war, hatte sie ihn sympathisch gefunden. Lässiger und unbeschwerter als Matt. Aber trotzdem – was er getan hatte, war unverzeihlich. Sie wischte die Wasserspritzer absichtlich nicht vom Spiegel, in der Hoffnung, dass Deborah Steiner diese sah und sich ärgerte. Hannah hasste Deborah für das, was sie Ryan angetan hatte. Und Ryans Eltern. Dem armen Polizisten. Und im Endeffekt auch Matt. Wenn Deborah ihn nicht einfach behalten hätte, wäre Matt vielleicht doch wieder mit seiner Familie vereint worden. Vielleicht hätte sein Vater aufgehört zu trinken … Auf jeden Fall hätte er wenigstens seinen Zwillingsbruder gehabt. Die Worte ihrer Mutter hallten in ihrem Kopf nach. *Ich möchte eigentlich nicht, dass du irgendwas von Deborah Steiner annimmst. Dass du ihr irgendwas schuldig bist.* »Keine Sorge, Mom«, sagte Hannah laut. Eher kellnerte sie sich ihren Weg als Studentin durch ein billiges staatliches College, als dass sie von Deborah Steiner irgendeinen Gefallen annahm.

Kurz entschlossen begab sich Hannah in Deborah Steiners Büro. Das war die Gelegenheit, sich hier noch mal umzusehen. Wer wusste schon, wann sie das nächste Mal hierherkam? Deborah Steiner war auf irgendeinem Kongress, das wusste sie von Dylan. Dylan hatte sich nämlich krankgemeldet und hier eingenistet, damit er nicht im Internat bleiben musste. Er war so durcheinander, dass er nicht in der Lage war, diese Zwillings-Posse weiter aufrechtzuerhalten.

Sie erinnerte sich, dass Matt den ganzen Kram aus der Schublade geholt hatte, und deshalb sah sie dort zuerst nach. Bingo. Das musste der Polizeireport sein. Sie nahm ihn heraus und schob ihn unter ihre Jacke. Den würde sie Ryan zukommen lassen, für seinen Vater, vielleicht war der Report ja noch zu etwas nütze. Was noch? Da war eine ausgedruckte E-Mail, die sie rasch überflog. Der Name …. Braveheart … Natürlich. Beinahe hätte sie laut aufgelacht. Das war Ryans Dad. JO – Jason O'Neil. Ryan hatte ihr von dem seltsamen Nick seines Dads erzählt, der aus seinem Lieblingsfilm über einen schottischen Highlander namens Braveheart stammte, ein Mann, der gegen die Obrigkeit gekämpft hatte. Okay, das nahm sie auch mit.

»Hallo?« Unten klappte die Tür. Matt. Matt war da. Hannah

wurde es ganz schwindlig vor Aufregung. Noch nie hatte sie sich mit Matt richtig gestritten. Aber genau das würde vermutlich gleich passieren. Und was kam dann? Das Ende ihrer Beziehung sowieso, aber unter Umständen auch das Ende ihrer Freundschaft. Sie wollte es nicht. Aber die Wut in ihr brodelte immer noch zu stark. Sie stopfte die anderen Papiere zurück in den Hefter, dabei blieb ihr Blick erneut an diesem Brief von Dr. Snyder, Allyssas Dad, hängen.

Werte Mrs Steiner, hier das gewünschte Produkt für Ihre Forschungszwecke. Es würde mich und meine Frau sehr freuen, wenn Sie sich im Gegenzug im Hinblick auf unsere Tochter erkenntlich zeigen würden. Ich verbleibe bis zu unserem nächsten Telefongespräch hochachtungsvoll
Ihr Dr. med. Ashton Snyder

Im Hinblick auf unsere Tochter ... Allyssa. Offenbar ging es darum, dass Allyssa hier auf die Schule durfte. Und im Gegenzug hatten die Snyders Deborah Steiner letztes Jahr irgendwas geschickt. Aber was? Hannah spürte instinktiv, dass das hier wichtig war, und nahm das Blatt entschlossen auch noch mit. Chloe würde das herausfinden, garantiert.

»Wir sind hier, Matt«, rief sie dann und war selbst überrascht darüber, wie kalt sich ihre Stimme anhörte.

»Ich verstehe nicht, weshalb du deswegen Schluss machen musst. Ich kann ja nichts dafür, dass Dylan dir nichts gesagt hat.« Matt wirkte ernsthaft beleidigt. »Es war extrem wichtig für mich, zu meinen Wurzeln zurückzukehren. Und das ging nur inkognito. Verstehst du das denn nicht?«

Ja, das verstand Hannah. Aber sie verstand nicht, warum er sie nicht eingeweiht, sondern sie ins offene Messer hatte rennen lassen. Und außerdem hatte Matt sich bis jetzt nicht mit einer einzigen Silbe entschuldigt. Im Gegenteil – er schien auf sie sauer zu sein, weil sie Schluss gemacht hatte!

»Wie würdest du dich an meiner Stelle fühlen, hm?«, versuchte sie, an seine Vernunft zu appellieren.

»Du meinst, wenn du eine Zwillingsschwester hättest?«

»Nein, Matt, ich meine, wenn du mit meiner Zwillingsschwester … zusammen gewesen wärst. Zwei Wochen lang. Anstatt mit mir.« Sie vermied es, Dylan dabei anzusehen.

»Ich … ja, natürlich würde ich mich schrecklich fühlen. Aber du hast ja keine Zwillingsschwester.«

»Leider«, ließ Dylan sich wie ein Echo vernehmen, und Hannah schoss ihm einen bösen Blick zu.

»Ich habe aber eine Menge im Reservat herausgefunden«, trumpfte Matt auf, als ob das irgendwas wettmachen würde. »Schuld an allem ist unsere Tante, die …«

»Ich habe auch eine Menge herausgefunden, Matt«, fiel Hannah ihm ins Wort. »Über Deborah.«

»Wen interessiert jetzt meine Adoptivmutter?«

»Dich. Weil sie nicht deine Adoptivmutter ist. Sie hat dich nie offiziell adoptiert. Sie hat dich regelrecht geklaut und verheimlicht. Sie hat den Selbstmord eines Polizisten auf dem Gewissen. Und hat das gesamte Leben von Ryans Familie zerstört.« Sie berichtete Matt in Kurzfassung, was sie von Ryan erfahren hatte. Das mit der Schweiz verschwieg sie allerdings.

Matts Augen rundeten sich. »Woher weißt du das alles?«

»Von Ryan. Deborah hat ihn hier als Geisel gehalten, wusstest du das? Ihn und seine Mutter.« Hannahs Handy summte und wie auf Kommando kam eine Nachricht von Ryan.

Es tut mir so leid, Hannah. Übermorgen fahre ich hier weg. Bitte erzähl niemandem, wo ich hingehe. Ich werde mich bei dir melden, sobald ich kann. Wir sehen uns wieder, versprochen. Ich werde dich nie vergessen.

Hannah stieß einen erstickten Laut aus. Es passierte tatsächlich, Ryan verschwand von hier, und Matt, dieser Idiot, hatte mit seiner egoistischen Aktion alles vermasselt und überdies keine Ahnung, was eigentlich los war.

»Was ist denn?«, fragte er jetzt und stand auf, um auf sie zuzugehen. In diesem Moment piepte unten der Code der Eingangstür. Matt erstarrte. Er wechselte erst einen Blick mit Dylan, dann mit Hannah. »Wer ist das?«, fragte er lautlos.

Hannah hatte nicht die leiseste Ahnung. Die Putzkolonne kam doch immer erst freitags. Heute war Donnerstag. Ein Einbrecher? Automatisch sah auch sie zu Dylan, aber der hob nur hilflos die Hände.

»Matt?«, erklang Deborah Steiners Stimme. »Bist du hier?« Sie musste Dylans Schuhe unten gesehen haben.

Sie standen zu dritt in Matts Zimmer, wie zu Salzsäulen erstarrt. Was machte die hier? Wieso war die nicht auf ihrer Konferenz?

»Die Konferenz war früher zu Ende, weil einer der Hauptreferenten krank geworden ist.« Deborah Steiner kam offenbar die Treppe hoch. »Wieso bist du nicht im Internat?«

Der Kleiderschrank. Dylan musste dringend sofort in den Kleiderschrank, aber noch ehe Hannahs Gehirn diesen Befehl an ihren Mund weitergeben konnte, öffnete sich die Tür. Deborah Steiner im marineblauen Kostüm mit akkurat gestylter Hochsteckfrisur und teurer Brille stand vor ihnen. Ihre Aktentasche rutschte ihr aus der Hand und landete mit einem Knall auf dem Boden. Hektische rote Flecken breiteten sich in ihrem Gesicht aus, ihr Blick wanderte von Matt zu Dylan und wieder zurück. Ein Geräusch kam aus ihrer Kehle, irgendwelche zusammenhanglosen Silben.

Dylan war der Erste, der sich wieder fasste.

»Hallo, Mrs Steiner«, grüßte er. »Wir kennen uns ja schon.«

»Wer …?«, setzte Deborah Steiner an, aber sie brachte nichts weiter heraus. Kurz flackerte ihr Blick zu Hannah, als ob sie abschätzen wollte, ob Hannah Urheber dieser Szenerie war und wie viel sie wusste.

»Hallo, Mom«, sagte nun auch Matt. »Nein, Adoptivmom. Ach halt, das bist du ja gar nicht, nach allem, was ich gerade gehört habe. Das hier ist mein Zwillingsbruder. Willst du ihn nicht auch noch behalten? Oder sollte ich besser sagen – klauen?«

Sophie

 Warum antwortete Ben nicht mehr? Gestern hatten sie noch bis spät in die Nacht gechattet, lauter süße Nichtigkeiten, die nur eins zum Ziel hatten, auch wenn sie es beide nicht aussprachen: dass sie bald wieder zusammenkamen. Aber noch ließ sie ihn zappeln. Das machte richtig Spaß. Mit einem glücklichen Gefühl war Sophie eingeschlafen. Ihr erster Blick heute Morgen galt wieder ihrem Handy, aber da war keine neue Nachricht von Ben zu sehen. Seltsam. Sie versuchte, sich mit MISSI abzulenken, die heute wieder eine Weihnachtsmütze aufhatte und das Programm der Christmas-Extravaganza herunterratterte.

Liebe Myriad-Schüler, hohoho, es ist so weit, Santa kommt auch zu Myriad High!

Sophie verdreht die Augen. Mittlerweile wusste jeder, dass der gigantische Santa Claus im roten Samtmantel von Mr Howard gespielt wurde, Mrs Santa von Mrs Gomez, die sich dafür wahrscheinlich nicht mal verkleiden musste, und der helfende Wichtel von Mr Rupert, dem heißen Mathelehrer. Die meisten Mädchen freuten sich schon auf seinen Anblick in den engen grünen Wichtel-Strumpfhosen.

Santa wird ein paar Überraschungsgeschenke verteilen und danach darf beim Jingle-Bell-Rock getanzt werden. Anschließend wird der Preis für das beste Weihnachtshologramm, das innovativste Weihnachtsgeschenk und das beste Weihnachtslied vergeben. Ach, und ehe ich es vergesse – heute nach dem Unterricht könnt ihr im Innenhof von Myriad High Lebkuchenherzen mit persönlichen Nach-

richten verzieren lassen. Zum Beispiel mit »Merry Christmas, MISSI!«.

Hier lachte MISSI total ausgelassen, und Sophie fragte sich kurz, ob Mr Howard gestern Abend beim Programmieren von MISSI zu viel Glühwein konsumiert hatte. Sie sah sich um. Daisy döste auf Hannahs Bett, aber Chloe und Hannah waren bereits aufgestanden und verschwunden. Das überraschte Sophie nicht, Chloe ging manchmal zu ihren Eltern frühstücken und Hannah, die zog sich neuerdings am liebsten alleine irgendwohin zurück. Sie hatte aus Gründen, die Sophie beim besten Willen nicht nachvollziehen konnte, mit Matt Schluss gemacht, dabei waren die beiden doch erst seit ein paar Wochen zusammen, nachdem sie sich schon ihr ganzes Leben lang angeschmachtet hatten. Sehr eigenartig. Aber Hannah wollte nicht darüber reden, und außerdem hatte Sophie den Verdacht, dass es irgendwie mit Ryan zusammenhing, der allerdings immer noch mit Allyssa ging. Hannah wollte diese Beziehung sicher nicht kaputt machen, sie war schließlich nicht so ein Biest wie Maddie, die sich Ben einfach geschnappt hatte, als er noch mit Sophie zusammen war. Und wahrscheinlich litt Hannah lieber heimlich, als darüber zu reden.

Und vielleicht war Chloe auch nicht bei ihren Eltern, sondern traf sich vor der Schule mit Connor. Seit Tagen hatte sie nur hinter ihrem Laptop gehockt und irgendwas für Connor recherchiert. Sophie hatte ehrlich gesagt nicht richtig zugehört, weil ihre Gedanken dauernd um Ben kreisten, aber soweit sie es verstanden hatte, ging es darum, Connor vor irgendwelchen Drogendealern zu retten. Chloe liebte ihn eben wirklich, dachte Sophie. Es musste schön sein, wenn sich jemand so für einen einsetzte. Ob Ben ihr auch so helfen würde? Das konnte sie nicht hundertprozentig mit Ja beantworten und daher wischte sie diesen etwas unangenehmen Gedanken schnell weg wie eine lästige Fliege. Jedenfalls würden sie und Ben bald wieder zusammen und dann immer füreinander da sein.

Nach dem Unterricht gab es bei den Lebkuchenherzen im Innenhof eine lange Schlange. Sophie konnte Yella sehen, die gerade *Be vegan – be mine* auf ein Herz schreiben ließ, dahinter Kyle, der mit einem noch unbeschrifteten Herz in der Hand wartete. Nanu, wen wollte Kyle denn beglücken?

»Forever yours«, verlangte sie, als sie endlich an der Reihe war.

»Auch die Initialen?«, erkundigte sich das Mädchen, das die Herzen beschriftete, geschäftsmäßig.

Ja natürlich, die Initialen gehörten dazu. »S. W. und B. P.«, antwortete sie. Sophie Woodrow und Ben Pearson.

Das Mädchen schrieb mit schwungvoller rosa Zuckerschrift die Buchstaben in das Herz hinein. »Hoffe, er ist es wert«, meinte sie, als sie Sophie das Herz überreichte. »Oder ist es eine Sie?« Sie zwinkerte Sophie zu.

»Es ist ein Er. Und ja – er ist es wert.« Sophie schnappte sich das Herz und begab sich zum Cheertraining. Ben hatte sich zwar immer noch nicht gemeldet, aber gleich würde sie ihn sehen, er war ja in der Footballmannschaft und die trainierte immer parallel.

In der Umkleide zog Sophie sich rasch um. Wohin mit dem Herz? Es sollte ja eine Überraschung sein. Sollte sie es vielleicht einem der Jungs aus dem Footballteam geben, damit er es in Bens Fach im Umkleideraum legte? Etwas unentschlossen trat sie in den Gang hinaus, fast im selben Moment, in dem Kyle aus der Jungsumkleide kam.

»Hey, Sophie!« Er trat auf sie zu. »Kann ich dir mal was zeigen?«

»Was denn?« Eigentlich hatte sie jetzt keine Zeit.

Kyle sah sich nervös um. »Willst du erst das … das Schöne oder erst das Lustige sehen?«, stotterte er.

Das Schöne? Das Lustige? Wovon redete er? »Das Lustige.«

»Okay, das Lustige ist ein Hologramm, das ich selbst erstellt habe, es ist ein Wichtel, der sich die Hose runterzieht und allen seinen Hintern zeigt und …«

»Danke, dann lieber das Schöne«, unterbrach sie ihn. »Aber beeil dich. Und kannst du das hier bitte in Bens Fach da drinnen legen?« Sie reichte Kyle das Herz. Aus irgendeinem Grund wechselte dessen Gesichtsfarbe jetzt von Blass zu Rot und wieder zu Blass. Er betrachtete das Herz unglücklich und rührte sich nicht von der Stelle.

»Was ist denn? Und wo ist das Schöne? Mach schon, sonst kommen wir zu spät zum Training.«

»Das Schöne hat sich erledigt«, meinte Kyle und schmiss etwas in den Papierkorb neben ihnen. Es war genau so ein Lebkuchenherz wie das für Ben. *Für Sophie* stand einfach nur darauf. Ach Gottchen. Sophies Wangen brannten vor Verlegenheit und irgendwie auch vor Mitleid für Kyle. »Kyle, das tut mir leid, ich …«

»Schon gut. Es war eine dumme Idee. Ich dachte, du wärst über Ben hinweg«, murmelte Kyle.

»Nein, im Gegenteil. Wir fangen gerade erst richtig wieder an.« Sophie schlug sich die Hand vor den Mund. War das jetzt taktlos Kyle gegenüber? Aber sie war einfach so happy.

»Meinst du.« Kyle sah sie ganz merkwürdig an.

Wieso denn? Konnte er nicht verstehen, dass die Liebe zwischen Sophie und Ben etwas ganz Besonderes war? Dass sie nicht einfach Ben gegen Kyle eintauschen konnte? Sie musste jetzt hier weg, weg von Kyle, und zwar schnell. Dann würde sie Ben das Herz eben selbst geben. Sie nahm es und marschierte los in Richtung Footballfeld, ohne sich von Kyle zu verabschieden.

»Sophie, mach das nicht«, hörte sie Kyle hinter sich rufen, aber seit wann war Kyle bitte schön Experte für Beziehungsfragen?

Sie sah es, noch bevor sie auf dem Rasen angekommen war. Ben und Maddie. Sie standen eng umschlungen beieinander und feuerten einen von Bens Freunden an, der sich mit Liegestützen warm machte. Sophies Herz setzte einen Moment lang aus, oder zumindest fühlte es sich so an. Schon drehte sich die Erste aus dem Cheerteam nach ihr um, ein spöttisches kleines Lächeln im Gesicht, dann die Zweite. Dann Ariana. Die stieß sogleich Maddie an und tuschelte ihr irgendwas ins Ohr.

Ich sterbe, dachte Sophie. Ich sterbe gleich vor Einsamkeit und Peinlichkeit. Sie zerquetschte das lächerliche Herz zwischen ihren Fingern, spürte die klebrige Zuckerschrift, roch das Lebkuchengewürz. Sie hätte kotzen können, so übel war ihr.

»Die sind wieder zusammen«, sagte eine Stimme neben ihr. Es war Roxy, das Mädchen, das ebenfalls neu im Team war und mit dem Sophie vor einer Weile schon über Evan geredet hatte.

»Ich find's ja echt scheiße«, sagte Roxy jetzt. »Erst serviert sie ihn ab, weil er ihr zu langweilig ist, aber kaum interessiert er sich wieder für dich, da angelt sie ihn sich zurück. Sie will ihn doch gar nicht richtig. Es geht ihr nur um die Macht.« Roxy blies verächtlich die Backen auf. »Das kann ich nicht ab, das ist einfach scheiße«, wiederholte sie. Sie verzog mitleidig das Gesicht. »Such dir lieber jemand anderes.«

Sie wollte noch etwas hinzufügen, doch in dem Moment drehte Maddie sich um und rief: »Roxy? Kommst du?«, und Roxy murmelte »Sorry« und begab sich eilfertig wie eine Zofe zu ihrer Königin, ohne sich noch einmal nach Sophie umzusehen. Irgendwo in Sophies Gehirn ging eine Tür für immer zu. Das Selbstmitleid verschwand, die Verlegenheit und auch das Gefühl der Lächerlichkeit. Es wurde von etwas Neuem ersetzt – dem dringenden Wunsch, Maddie wehzutun. Sie heulen zu sehen. Sie im Dreck liegen zu sehen. Sophie ließ sich nichts anmerken. Sie schmiss das zerkrümelte Herz in den Mülleimer und schritt mit hocherhobenem Kopf an Maddie und Ben vorbei, ohne sie anzusehen.

»Hey, Soph«, hörte sie Ben rufen, die Stimme triefend vor Schuldbewusstsein, aber sie sah sich nicht um. Sie stellte sich zu den anderen aus dem Cheerteam, zu den Mädchen an der Base, und sah niemanden an. Wenig später gesellte sich auch Maddie endlich zu ihnen.

»Wir machen als Erstes die Pyramide noch mal«, erklärte sie. »Ich oben mit Roxy, weil Kathy fehlt, unsere Füße auf den Rücken von Ariana und Tessa, die stehen auf der Mid-Base, rechte und linke Base halten Roxy und meine Füße, okay? Haben wir neulich schon mal gemacht, wisst ihr ja noch. Bei drei pusht ihr uns hoch, damit wir einen Abgang mit Salto machen können. Alles klar?« Wie immer wartete sie nicht auf eine Antwort, denn wer sollte auch was gegen das einzuwenden haben, was Kapitän Maddie festlegte? Wenig später konnte Sophie Maddies weiße Tennisschuhe sehen, die hoch über ihr standen. Sie funktionierten alle zusammen wie eine gut geölte Maschine. Hände griffen zu, stemmten, schwangen, alle lächelten, ein paar Jungs klatschten Beifall.

»Push«, befahl Maddie. Sophie spürte einen Luftzug, sah für den Bruchteil einer Sekunde einen weißen Schuh, packte ihn blitzschnell, stoppte damit den Schwung für den Salto und ließ den Schuh genauso blitzschnell wieder los. Mit einem Aufschrei und einem knirschenden Laut landete ein Mädchen mit dem Rücken zuerst auf der Wiese, der Kopf schwang hoch und knallte dann auf den Boden, wo das Mädchen seltsam verrenkt liegen blieb. Eine gespenstische Viertelsekunde lang herrschte Totenstille, dann schrien alle gleichzeitig los. Jemand heulte, jemand fluchte, jemand brüllte nach einem Arzt. Jungs vom Footballteam kamen über die Wiese gesprintet. Sophies Herz raste, bis es fast platzte. Sie fixierte den weißen Tennisschuh und das verdrehte Bein.

»Scheiße, was ist denn passiert?«, schrie eine Stimme. Maddies Stimme. Sophie erwachte aus ihrer Erstarrung. Wieso war das Maddies Stimme? Und dann begriff sie. Dort auf dem Rasen lag Roxy. Sie hatte dieselben weißen Tennisschuhe an wie Maddie. Eine eiskalte Hand quetschte Sophies Magen zusammen. Was hatte sie getan? Roxy war das einzige Mädchen aus dem Team, das nett zu ihr gewesen war, und jetzt …

»Wie ist das passiert?«, schrie Maddie erneut.

»Sie muss abgerutscht sein«, sagte jemand.

»Atmet sie noch?«, fragte ein Mädchen mit erstickter Stimme. »Verdammt, wo bleibt denn der Arzt?«

Roxy war nicht abgerutscht. Und Sophie war die Einzige, die das wusste. Aber sie sagte nichts. Sie fing nur an zu zittern.

Chloe

»Hast du deinen Eltern die Mail geschickt?«, erkundigte sich Chloe bei Allyssa.

Die nickte. »Ja. Vorhin.«

»Okay, danke. Du hilfst mir und Hannah sehr damit.« Sobald die Snyders die Mail ihrer Tochter öffnen – und das würden sie natürlich, denn warum sollten sie in irgendeiner Weise misstrauisch sein –, würde Chloe Zugriff auf den Mail-Account haben und eventuell aus älterer Mail-Korrespondenz erfahren, was genau die Snyders an Deborah Steiner geschickt hatten. Hannah hatte Chloe eindringlich darum gebeten. Es schien ihr enorm wichtig zu sein. Chloe hatte nicht weiter nachgebohrt, Hannah würde ihr schon erzählen, was es damit auf sich hatte. Vorerst schien sie es selbst nicht genau zu wissen und hatte nur gemeint, dass da »irgendwas komisch« war.

»Womit eigentlich helfen?«, wollte Allyssa wissen. »Ich verstehe ehrlich gesagt nicht, was meine Eltern mit Hannah zu tun haben sollten.«

»Ich verstehe es auch nicht. Noch nicht. Aber ich schätze mal, du wirst bald erfahren, warum genau du hier sein darfst. Und das willst du doch wissen, oder?«

»Ja, natürlich.«

»Okay.« Chloe nickte Connor und Allyssa zu, die neben ihr im Gang vor der Game Arena standen. »Jetzt zu unserem Freund Ramiro. Er hat den Köder von Allyssa geschluckt und ihre Nachricht geöffnet. Und damit war ich in seinem Handy drin und konnte mich umsehen. Ein Haufen saublöde Apps, eine grauenhafte Rechtschreibung und ein intensiver Austausch mit einer ganzen Menge interessanter Leute aus L.A. Interessant nicht im

Sinne von Hollywood, sondern interessant für die Polizei. Zwar nicht mit vollständigem Namen und Adresse, aber das, was ich habe, sollte für die Polizei ausreichen. Vor allem über eine gewisse Lucia Alvarez werden sie sich freuen.« Sie sah, wie Allyssa ganz

blass wurde. Die hatte echt Angst vor diesem sogenannten Thunder-Girl.

»Diese Lucia beschwert sich dauernd in ebenso fehlerhafter Grammatik über den Lärm aus *Mikes Autowerkstatt* unter ihrer Wohnung und gibt damit auf selten dämliche Weise ihren Aufenthaltsort preis.« Chloe schmunzelte. »Außerdem weiß ich jetzt, wie die Drogen bei Myriad reinkommen«, fuhr sie fort. »Nämlich mit der antiseptischen Flüssigseife für die Büros, die in großen Kanistern aus L.A. angeliefert wird. Bio-Lavendel, falls es euch interessiert. Der Lavendel ist angeblich aus der Provence.« Hier lachte Chloe kurz auf. Allyssa und Connor lachten nicht mit. Sie starrten sie nur mit einer Mischung aus Faszination und Schock an.

»Zwischen den Lavendelseife-Kanistern ist dann ab und zu mal einer, auf dem *Rosmarin* steht und nicht *Lavendel*. Da drin ist das Zeug. In dieser Transportfirma gibt es jemanden namens Raoul, der sorgt offenbar dafür. Und hier wird es dann von Ramiro und seinen wahrscheinlich ahnungslosen Kollegen entladen. Ramiro hat sich gleich bei seiner Ankunft hier für den Entladedienst eintragen lassen. Wie genau er dann die Rosmarin-Behälter zur Seite schafft, das weiß ich nicht. Das krieg ich aber noch raus.«

»Wie?«, erkundigte sich Allyssa.

»Indem …« Chloe verstummte. Ein paar Mädchen vom Tanzteam kamen vorbei, Caitlin in der Mitte.

»Allyssa!« Caitlin umarmte Allyssa überschwänglich. »Ich sehe dich überhaupt nicht mehr.«

Caitlin plärte so laut, dass es alle um sie herum mitkriegten.

Allyssa zog eine kleine Grimasse, halb entschuldigend und halb genervt.

Caitlin musterte sie kritisch. »Süße, es geht mich ja nichts an, aber du sahst auch schon mal besser aus.« Eins der Mädchen vom Tanzteam gluckste, und davon ermutigt, fuhr Caitlin fort. »Ich meine, ich style dich gern mal ein bisschen durch.« Seit ihrer Rückkehr hatte sie totales Oberwasser und benahm sich wie ein Promi, das war sogar Chloe aufgefallen.

»Sehe ich danach auch so aus wie du?«, versetzte Allyssa. »Dann lieber nicht.«

Caitlin schrumpfte sofort merklich zusammen. »Ich will dir ja nur helfen«, sagte sie beleidigt.

»Danke, nicht nötig. Ach, und Caitlin?«

»Was?«

»Da. Sieht eklig aus.« Allyssa deutete auf etwas auf Caitlins Rücken. Ein grüner Kaugummi klebte dort wie ein gigantischer Popel an Caitlins Strickjacke.

»Mann ey«, fluchte sie.

Chloe hätte ihre Hand dafür ins Feuer legen können, dass der Kaugummi vorhin noch nicht da gewesen war. Allyssa musste bei der Umarmung blitzschnell geschaltet haben. Mit dieser kleinen Geste hatte sie Caitlin sofort wieder zurück in ihre Schranken verwiesen. Fast bewundernswert, diese Taktik.

»Na dann, bis später«, meinte Caitlin jetzt merklich zurückhaltender.

»Tschüss«, sagte Chloe freundlich. Connor hob die Hand, Allyssa nickte nur.

»Indem wir ihn heute dabei beobachten und filmen«, führte Chloe ihren vorhin begonnenen Satz zu Ende, sobald Caitlin weg war. »Heute ist Dienstag. Dienstags kommen alle Lieferungen. Auch die mit der Flüssigseife. Sie werden auf dem großen Parkplatz vor den Bürogebäuden auf E-Autos verteilt und dann über den ganzen Campus gefahren. Wir müssen also dahin. Wir filmen ihn, wie er die Rosmarin-Behälter ablädt, und dann folgen wir ihm unauffällig mit einem Auto.« Hier stockte sie, denn das stellte den schwierigsten Teil ihrer Aktion dar. »Und dann filmen wir, was er

weiter mit dem Zeug macht.«

»Wie willst du denn nah genug an ihn rankommen?«, fragte Allyssa.

Hier holte Chloe Chucky aus der Tasche, der heute einen Wichtelanzug trug. »Damit.«

»Hä?« Allyssas Gesichtsausdruck war unbezahlbar.

»Glaub mir, das ist kein normales iBaby«, mischte Connor sich ein. Er weihte Allyssa schnell in Chuckys phänomenale Spionagefähigkeiten ein. »Niemand achtet auf eine Puppe wie Chucky«, sagte er. »Und im Wichtel-Outfit sowieso nicht. Alle denken, der ist Teil irgendeiner ferngesteuerten Dekoration.«

»Genial«, rutschte es Allyssa raus. »Aber wenn wir ihn im Auto verfolgen, sieht Ramiro unsere Gesichter. Glaubt mir, ihr könnt euch sonst wie wegdrehen und verstecken – der kriegt das mit.«

»Hm«, machte Chloe. Das war leider wahr.

Connor überlegte. »Nicht, wenn wir Motorrad fahren und einen Helm aufhaben.«

»Wir haben aber kein Motorrad.« Allyssa verdrehte die Augen.

»Ihr nicht. Aber ich. Lust auf einen Ride, Chloe?«

Chloe war noch nie zuvor Motorrad gefahren, und mit 40 Stundenkilometern über den Campus zu tuckern war sicher auch nicht dasselbe, wie auf einer Harley Davidson die Route 66 entlangzubrettern, aber jetzt in diesem Moment war es trotzdem das absolut Beste, was sie je getan hatte. Hauptsächlich natürlich, weil sie sich dabei an Connor festhalten, um nicht zu sagen an ihn pressen musste. Es war aufregend und auch irgendwie romantisch, selbst wenn ein blöder Typ aus der Zwölften ihnen wütend hinterherhupte, weil Connor noch schnell vor ihm in die Spur gezischt war.

»Der ist nur neidisch«, rief Connor nach hinten und das glaubte Chloe unbesehen.

Ramiro, mittlerweile mit den zwei Rosmarin-Kanistern im Auto, hatte nicht gemerkt, dass sie ihn verfolgten. Das hoffte Chloe zumindest. Er fuhr zügig, aber ohne Hast durch die Straßen. Jetzt bog er links ab und parkte direkt vor einer großen Lagerhalle. Chloe wusste sofort, was das war. Dort wurden die ganzen Reinigungsutensilien, Putzmittel, Reinigungsroboter und industriellen Staubsauger gelagert.

»Schlaues Kerlchen, unser Freund«, sagte sie, als Connor in einiger Entfernung anhielt. Sie taten so, als ob das Motorrad einen Schaden hatte, und beugten sich beide über ein Rad, nur für den Fall, dass Ramiro zu ihnen herübersah.

»Wieso?«, meinte Connor.

»Weil das die einzige Halle ohne Überwachungskameras auf dem Campus ist«, sagte Chloe. Das wusste sie von ihren Eltern. »Es war eine der ersten Lagerhallen hier. Sollte eigentlich schon längst abgerissen und neu errichtet werden. Deswegen haben sie keine Kameras installiert, denn das lohnt sich ja nicht, wenn die Halle sowieso bald abgerissen wird. Und wer sollte auch Putzmittel klauen?«

»Woher weiß der das?« Connor wollte den Helm abnehmen, aber Chloe hinderte ihn gerade noch rechtzeitig daran. Noch stand Ramiro neben seinem Auto.

»Keine Ahnung. Aber es ist auch kein Geheimnis.«

Endlich wuchtete Ramiro die beiden Behälter aus seinem Auto, sah sich kurz um, streifte sie beide mit einem gleichgültigen Blick und lief dann in Richtung Lagerhalle. Weit und breit war kein Mensch zu sehen. Connor setzte sich wieder aufs Motorrad, Chloe schwang sich hinter ihn, als ob sie gleich wieder losfahren würden. Als Ramiro in der Halle verschwand, fuhren sie direkt vor den Eingang und Chloe holte rasch Chucky aus ihrem Rucksack. »Auf geht's, Schätzchen«, sagte sie. »Mach mir keine Schande. Und sei in Gottes Namen still.«

»Hasta la vista, baby!« Chuckys Augen blieben einen Moment lang starr auf die Lagerhalle gerichtet, dann lief er mit erstaunlicher Geschwindigkeit los. Von Weitem sah er aus wie ein Spielzeug, das über den Parkplatz rollte.

Chloe zog sich mit Connor in eine Ecke neben der Lagerhalle zurück und klappte ihren Laptop auf. Jetzt konnte sie auf einem kleinen Bildschirm alles sehen, was Chucky filmte, und es gleichzeitig speichern. Im Moment lief er noch suchend herum, aber sie hatte ihn mit einem Wärmesensor ausgestattet, er würde also bald entdecken, wo in der Halle Ramiro sich aufhielt.

»Danke, dass du das für mich machst«, sagte Connor neben ihr, ohne den Blick vom Bildschirm zu wenden. »Du bist die Erste in meinem Leben, der ich richtig vertrauen kann.«

»Danke. Kein Problem.« Das Kamerabild bewegte sich nicht mehr und Chloe erkannte in einiger Entfernung Ramiro von hinten, der mit beiden Behältern durch die Halle lief. »Er hat ihn im Visier.«

»Und ich will dich nicht verlieren«, kam es leise von Connor.

Das sagte er irgendwie dauernd. »Du wirst mich nicht verlieren. Wie kommst du nur darauf?«

»Doch, ich würde dich verlieren. Wenn wir …« Connor rang nach Worten. »Wenn wir zusammen wären. Glaub nicht, dass ich das nicht möchte. Aber das würde bedeuten, dich dann irgendwann auch wieder zu verlieren, nicht nur als Freundin, sondern auch als Vertraute.«

»Aber wieso das denn?«

»Weil das so ist, Chloe. Weil das immer so ist. Weil sich alle irgendwann trennen und nie wieder miteinander reden. Meine Eltern sind das beste Beispiel. Alle Beziehungen um uns herum. Guck dir doch deine Freundin Sophie an oder auch Hannah. Erst ist es die große Liebe, dann – poff! – ist es vorbei und sie sprechen kein Wort mehr miteinander. Dann lieber erst gar nicht zusammenkommen.«

Plötzlich verstand Chloe. Connor hatte Angst. Er hatte Angst davor, sich zu binden, sein Herz zu öffnen und seine Gefühle zu gestehen. Die Ehe seiner Eltern hatte in einer großen öffentlichen Schlammschlacht geendet. Er wollte sich davor schützen. Es hatte überhaupt nichts mit ihr persönlich zu tun. Auf einmal war sie unheimlich erleichtert, obwohl sie doch gerade einen kriminellen Drogendealer beobachteten.

»Connor, du kannst dein ganzes Leben lang so leben, klar. Niemanden an dich ranlassen. Dich nicht verlieben. Keine engeren Beziehungen eingehen, keinerlei Verpflichtungen haben. Aber das ist, als ob du jeden Tag aus Sicherheitsgründen nur trockenes Brot isst, während alle anderen um dich die leckersten Sachen in sich reinstopfen. Ja – ab und zu wird mal einem schlecht, weil er zu viel gegessen hat, ab und zu verbrüht sich jemand den Mund, ab und zu kriegt mal einer 'ne Lebensmittelvergiftung. Aber das Risiko nimmt man eben gern in Kauf, wenn die Alternative ist, immer nur trockenes Brot zu essen.«

»Stimmt.« Connor nickte. Dann lächelte er sie an. Und deshalb fasste Chloe sich endlich ein Herz und küsste ihn.

»Du schmeckst besser als trockenes Brot«, murmelte er wenig später. »Viel besser.«

»Du auch.«

Connor strich ihr sanft eine Haarsträhne aus dem Gesicht, dann ließ er seinen Blick über den Laptop schweifen. »Hey, guck dir das an.«

Chucky filmte gerade, wie Ramiro kleine Päckchen aus den Behältern holte und in seinen Rucksack stopfte.

»Bingo«, erwiderte Chloe. »*Changing Lifes forever through Technology.*« Sie kicherten beide über die unfreiwillige Komik

des Schulmottos von Myriad High. Definitiv ein Glückstag heute, wenn auch natürlich nicht für Ramiro.

Evan

Erst hatte Evan abhauen wollen. Einfach weg, raus aus dem Campus, auch wenn er nicht wusste, wohin. Nach Idaho zurück natürlich nicht. Fast beneidete er dieses Mädchen vom Cheerteam, die vor ein paar Tagen so schwer gestürzt war und seitdem im Krankenhaus lag. Eine herrliche Vorstellung – einfach daliegen und schlafen und nichts entscheiden zu müssen. Vielleicht konnte er nach San Diego abhauen? Dort war es warm genug, dass man das ganze Jahr lang auf der Straße leben konnte. Aber wie? Er hatte kein Geld. Alles, was er brauchte, war auf dem Campus und wurde dort im Voraus bezahlt. Ausgerechnet von Dave Earls Vater! Welch eine absolute Ironie des Schicksals. Dave Earls Vater hatte einen Deal mit Deborah Steiner gemacht – sie hatte Evan aufgenommen, damit der lästige Zeuge für die totale Verkommenheit von Mr Earls Sohn endlich von der Bildfläche verschwand. Dave Earls Vater und Deborah Steiner kannten sich aus Harvard, aber was Deborah Steiner im Endeffekt dazu veranlasst hatte, Evan aufzunehmen, und was dabei für sie rausgesprungen war, das hatte Evan nie erfahren. Aber Fakt war – es gab keine Alternative für ihn. Er konnte nicht nach Idaho zurück und er konnte nicht hierbleiben, weil Dave Earl ihm auch hier das Leben zur Hölle machen würde.

Leise stöhnte er auf und lehnte den Kopf an das Lenkrad seines E-Autos. Bis zum Tor des Campus war er gekommen. Weiter schaffte er es nicht, typisch. Und da war ja auch noch Sophie. Das schönste, netteste, ehrlichste Mädchen, das er je in seinem Leben getroffen hatte. Ein Engel. *Sein* Engel. Und sie wollte endlich, endlich seine Freundin sein und jetzt kam ihm wieder das Leben dazwischen und machte alles zunichte. Vorn am Tor trat der Wachmann aus seinem Häuschen und streckte sich. Er war viel zu fett. Das viele Sitzen und ununterbrochene Futtern wahrscheinlich. Evan konnte ein paar riesige Colabecher und eine Schachtel voller Chicken Wings erkennen, die für eine ganze Highschool-Klasse gereicht hätte. Und noch etwas sah er in dem Wachhäuschen. Sein Atem stockte. Eine ganz neue Idee formte sich in seinem Kopf. Das war natürlich auch eine Lösung. Nein, das war *die* Lösung überhaupt. Der Wachmann lief jetzt ein paar Schritte und vollführte ein paar komplett lächerliche gymnastische Übungen. Offenbar fühlte er sich unbeobachtet. Dabei starrte er in sein Handy, aus dem Anweisungen für die Übungen kamen.

»Und nun die Arme hochstrecken und tief durchatmen«, hörte Evan ganz schwach eine melodische Frauenstimme. »Und jetzt joggen wir zwei Minuten auf der Stelle, um die Durchblutung wieder anzukurbeln. Und los.« Der Wachmann hoppelte ungeschickt wie ein adipöser Hase auf der Stelle. Zwei Minuten. Zwei Minuten würde der da jetzt joggen, vorausgesetzt natürlich, er brach nicht vorher kurzatmig zusammen. Evans Gehirn schaltete auf Autopilot. Geschmeidig rutschte er aus dem Auto, ging sofort in die Hocke, blieb unten und huschte zu dem Wachhäuschen.

»Prima, so ist es gut, noch eine Minute und fünfzehn Sekunden!«

Der Wachmann schnaufte schon mächtig, sein Gesicht war feuerrot, aber er trippelte eisern weiter.

Evan glitt mit einer einzigen fließenden Bewegung aus der Hocke in das Wachhäuschen hinein, nahm sich die Waffe, die achtlos auf einem kleinen Regal lag, glitt lautlos wieder heraus und zurück zu seinem Auto.

»… noch vierunddreißig Sekunden, jetzt nicht aufgeben!«

Evan startete das Auto und fuhr ohne ein Geräusch davon. Wie gut, dass es hier nur E-Autos gab, die keinerlei Lärm veranstalteten. Im Rückspiegel sah er den Wachmann, der die letzten Schritte seines Sportprogramms nur noch taumelte und dann erschöpft anhielt und ins Gras plumpste. Er hatte absolut nichts mitgekriegt. Und Dave Earl würde jetzt die Überraschung seines Lebens bekommen.

Evan tigerte durch die ganze Schule, seine Nerven waren zum Zerreißen gespannt. Wo zum Geier steckte Dave Earl? Sonst flanierte er doch auch ständig durch die Gänge und versuchte, die Mädchen aus der Zwölften anzumachen. In einiger Entfernung erschallte laute Musik, die Mehrzahl der Schüler lief darauf zu, und in dem Moment wusste Evan, wo er ihn finden würde: bei der Christmas-Extravaganza. Die fing gleich an. Evan lief den Schülermassen hinterher, die Waffe unter seiner Jacke an seine Brust gepresst wie ein Baby. Das kalte Metall fühlte sich gut an. Machtvoll. Er hatte die Macht, ein Leben auszulöschen, wie bei Minky. Niemand hatte damals erfahren, dass er selbst es gewesen war, der Minky am Nachmittag kurz vor Einbruch der Dunkelheit mit dem Fahrrad in den Wald geschafft und dort ausgesetzt hatte, weil ihm das penetrante Miauen auf die Nerven gegangen war. Und niemand um ihn herum ahnte auch jetzt, was für eine Macht er da gerade in der Hand hielt und was er damit zu tun gedachte. Vielleicht war Töten ja sein wahres Talent? An der Tür hielt er an. Auf der Bühne hopste bereits das Tanzteam herum und schwang die Beine, der Saal war schon zu drei Vierteln gefüllt und da, genau da in der dritten Reihe, saß Dave Earl und lachte und quatschte mit jemandem. Als sei dies sein angeborenes Recht. Dort zu sitzen und zu lachen und sich auf die Schenkel zu hauen, während Evans Leben parallel dazu den Bach runterging. Dave Earl würde ihn sein Leben lang leiden lassen, das war Evan klar geworden. Es würde niemals vorbei sein. Erpressungen waren niemals vorbei, solange der Erpresser lebte, so einfach war das. Die Wut kehrte zurück, stärker als je zuvor.

»Evan? Willst du nicht reingehen?« Vor ihm stand Sophie. Sie sah blass aus, mitgenommen, aber immer noch wunderschön. Verdammt, musste sie ausgerechnet jetzt hier auftauchen? Mit Sophie neben sich konnte er sein Vorhaben nicht durchführen.

»Bist du okay?«, erkundigte sie sich, und er begriff, dass er ihr noch gar nicht geantwortet hatte.

»Ja.« Seine Stimme klang heiser und fremd.

Jetzt wurde Sophie misstrauisch. »Was hast du denn da? Hast du Schmerzen? Hast du dich verletzt?« Sie deutete auf seine Hand, die er unter die Jacke geschoben hatte und in der er die kostbare Waffe hielt.

»Schon okay. Ist nichts.«

»Zeig doch mal.« Ohne Vorwarnung griff sie nach seiner Jacke und schob sie zur Seite.

»Sophie, lass …«

Ihre Augen weiteten sich. »Oh Gott, Evan, was ist denn das, bist du verrückt geworden?« Sie wich entsetzt einen Schritt zurück. »Spinnst du? Ist die echt?«

»Ja. Und ich muss das machen, Sophie. Ich habe keine Wahl.«

»Was machen?« Ihre Stimme kippte vor Angst.

»Ich muss was durchziehen. Ich bin sonst erledigt. Ich kann so nicht weiterleben, bitte versteh das. Da drin sitzt jemand, der …« Evan verhaspelte sich. Er würde doch jetzt nicht losheulen, ausgerechnet jetzt und vor Sophie. »Der bestraft werden muss«, flüsterte er.

»Wer? Was hat er denn gemacht?« Sophie wurde immer lauter, ein paar Leute drehten sich bereits um. »Evan, du musst gar nichts machen. Es gibt immer einen Ausweg. Bitte.«

»Sophie, geh einfach weg. Für dich mag es immer einen Ausweg geben, weil du gut bist. Du bist im Herzen gut. Aber ich nicht, ich bin böse. Und vor allem bin ich gerade sehr, sehr wütend. Du solltest dich jetzt lieber von mir fernhalten.«

Sie starrte ihn einen Moment lang an, dann trat sie näher auf ihn zu, anstatt schreiend wegzurennen. So nah, dass er die winzigen Poren in ihrer makellosen Haut sah und den kleinen rosa Fleck auf ihrer Lippe, wo sie mit dem Lipgloss abgerutscht war.

»Du glaubst also, ich bin gut?«, flüsterte sie. Ein seltsamer Beiklang war jetzt in ihrer Stimme, fast aggressiv. »Du glaubst, ich bin gut, ja? Nein, das bin ich nicht, Evan. Ich habe etwas Entsetzliches getan, etwas so Schreckliches, dass du es dir gar nicht vorstellen kannst. Ich, die liebe, gutmütige Sophie. Ich weiß, wohin einen die Wut treiben kann, glaub es mir. Aber weißt du was? Ich sehe jetzt auch, dass es falsch war, so etwas Schreckliches zu tun. In dem Moment dachte ich, ich wäre ein Nichts und dass Rache alles wäre, was mir noch blieb. Aber das stimmt nicht. Ich bin doch wer. Ich bin die Gewinnerin des Business-Wettbewerbs. Weißt du das überhaupt schon? Wir haben gewonnen, Evan. Wir beide! Sie haben es gerade veröffentlicht.«

»Wir haben gewonnen«, wiederholte er verblüfft. Seit Dave Earl in sein Leben getreten war, hatte Evan dem Buzzband keine Beachtung mehr geschenkt. Alles andere war in den Hintergrund gerückt.

»Ja!« Sie lachte, aber es klang seltsam hysterisch und überhaupt nicht so, als ob sie sich freute. »Ich habe gewonnen, ich kann was, ich bin nicht blöd. Wer blöd ist, ist Ben. Warum wollte ich den je zurück? Er ist der absolute rückgratlose Loser, nicht ich und auch nicht du. Also, gib mir jetzt das Ding und dann gehen wir einfach von hier weg, okay?«

Evan konnte ihr nicht folgen. Wovon redete sie eigentlich? Was für eine Rache? Und was sollte Sophie schon Schlimmes getan haben? Vielleicht hatte sie jemandem in der Cafeteria einen Schokoriegel geklaut oder so. Sie hatte doch keine Ahnung vom wahren Leben. Sie war süß und sein Traumgirl, aber sie konnte ihm nicht helfen. Oder? Er schloss kurz die Augen. Dann fasste er einen Entschluss.

Hannah

Jetzt fuhr Ryan mit seinen Eltern wahrscheinlich schon auf dem Highway hoch nach Oregon und dann nach Washington und zum Grenzübergang nach Kanada. Immer und immer wieder hatte Hannah seine letzte Nachricht gelesen. *Wir sehen uns bald wieder, versprochen!* Bald … Wann war bald? In zehn Jahren? Wenn sie beide erwachsen waren? Es hatte ja nicht mal mehr mit einem letzten Treffen hier geklappt. Ryan fehlte seit gestern im Unterricht, angeblich war er krank. Doch Hannah hatte ihn geortet – er war weder im Internat noch im Krankenhaus, sondern bei seiner Mutter, die ein kleines Apartment im Viertel der Angestellten bewohnte.

Sachte strich Hannah mit dem Finger über die Nachricht auf ihrem Handy, als könnte sie Ryan damit näherkommen. Eine Träne bahnte sich bereits ihren Weg. Es regnete, aber Hannah merkte es gar nicht. Sie saß im Dunkeln alleine im Innenhof von Myriad High. Eigentlich hatte sie zur Christmas-Extravaganza gehen wollen. Aber auf einmal war ihr alles so sinnlos vorgekommen. So trostlos. Es war alles um so viel schrecklicher als das Weihnachten vor einem Jahr, obwohl sie sogar völlig überraschend mit Kyle den zweiten Platz in diesem Business-Wettbewerb belegt hatte. Aber auch das hatte den Schmerz nicht betäuben können. Ihr Dad lebte nicht mehr, Ryan war aus ihrem Leben verschwunden, und mit Matt war sie so zerstritten, dass sie kein Wort mehr miteinander sprachen. Kurz fragte sie sich, wie das Drama mit Deborah Steiner und den Zwillingen wohl ausgegangen war. Hannah war neulich einfach davongestürmt, weil sie nicht noch Zeugin der Familientragödie zwischen Dylan, Matt und seiner Adoptivmutter hatte werden wollen. Ob Dylan noch da war? Seit diesem Tag bei Deborah Steiner hatte sie ihn nicht mehr gesehen. Was würde aus ihm werden? In diesem ganzen Schlamassel tat er ihr eigentlich fast am meisten leid. Sie stand auf, weil ihr kalt war.

»Hannah.« Jemand trat im Dunkeln auf sie zu.

»Ryan?« Wurde sie jetzt vor Kummer verrückt? Sie blinzelte. Er war es tatsächlich. »Mein Gott, Ryan, ich dachte, du bist längst weg! Danke, dass du noch mal gekommen bist.« Sie fing an zu weinen und warf sich ihm um den Hals. Sie wollte ihn nie wieder loslassen, nie wieder.

»Ich bleibe. Ich gehe nicht in die Schweiz.«

Was? Was sagte er da? »Im Ernst?«

Er nickte. »Im Ernst. Meine Mom ist gestern von dieser idiotischen Riesenskulptur abgerutscht und hat sich einen Splitterbruch im Fuß zugezogen. Sie kann jetzt nicht bei Nacht und Nebel abhauen. Sie muss liegen. Und ohne sie gehen Dad und ich natürlich nicht weg.«

»Oh, wie wunderbar«, platzte Hannah heraus. »Entschuldige, also das meine ich jetzt nicht für deine Mom, das tut mir total leid.«

Er grinste. »Schon gut. Und außerdem hat mein Dad ja jetzt was in der Hand. Dank dir. Den Polizeibericht. Und noch hat Deborah ja gar nichts mitgekriegt. Die hat wahrscheinlich im Moment ohnehin die große Panik wegen Dylan.«

»Du bleibst also hier? Für immer?« Hannah hielt ihn immer noch fest umklammert.

»Na ja, erst mal schon. Was ich dann mit sechzig mache, das weiß ich noch nicht.«

»Ach, du!« Sie stupste spielerisch mit ihrer Nase an seine und dann passiert es. Ryan nahm ihr Gesicht in beide Hände und sie küssten sich. Lösten sich, lächelten sich an, küssten sich wieder. Sie spürte seinen Atem, seine Hände auf ihrer Haut, sie wäre am liebsten in ihn hineingekrochen. Ryan blieb hier. Es gab eine Zukunft für sie beide. Sie fing wieder an zu weinen, aber diesmal vor Glück.

Plötzlich erschallte ein unglaublicher Lärm aus der Game Arena. Die Leute schrien wie verrückt. Was war da los? Die Schreie wurden immer lauter. Besonders fröhlich klang das nicht gerade.

»Was ist denn da passiert?« Ryan runzelte die Stirn. In dem Moment klingelte Hannahs Handy. Es war Chloe. Seit wann rief Chloe sie denn an? Meistens kommunizierten sie nur durch kurze Text-Nachrichten.

»Ja?« Hannah hauchte ein »Es ist Chloe« in Ryans Richtung und zuckte kurz entschuldigend mit den Schultern.

»Hannah, ich habe etwas herausgefunden.« Chloe verzichtete auf eine große Einleitung.

»Ich auch, stell dir vor, Ryan bleibt …«

»Hannah, hör zu. Es ist wichtig«, fiel Chloe ihr ins Wort. »Du weißt doch, dass ich Allyssa und Connor mit diesem Typen geholfen habe, diesem Ramiro.«

»Ja?« Natürlich wusste Hannah das. Chloe hatte es ihr ja selbst anvertraut. Und vor zwei Tagen war die Polizei auf den Campus gekommen und hatte Ramiro verhaftet – und im Zuge seiner Verhaftung auch ein ganzes Drogennetzwerk in L.A. lahmgelegt. Angeblich hatte dieser Ramiro sogar seine eigene Freundin an die Polizei verraten. »Wieso?«

»Weil Allyssa mir dafür einen Gefallen getan hat. Es gibt da etwas, das du wissen musst.«

»Was denn?« Ein mulmiges Gefühl breitete sich in Hannahs Bauch aus.

»Sie hat es mir gestanden, Hannah. Sie hat dir immer die Erdnüsse ins Zimmer und in den Spind gelegt. Sie weiß, woran dein Dad wirklich gestorben ist, und wollte dich …« Chloe fehlten offenbar die Worte.

»Sie wollte mich fertigmachen. Ich wusste es doch.« Wut stieg in Hannah hoch.

»Sie hat gesagt, es tut ihr leid. Sie war eifersüchtig. Wegen Ryan. Aber jetzt ist er ja ihr Freund.«

War, dachte Hannah. Dann stutzte sie. Was hatte Chloe da eben gesagt? »Aber woher weiß Allyssa das mit meinem Dad? Das weiß doch eigentlich niemand hier.«

»Das weiß sie von ihren Eltern. Sie hat gehört, wie die sich darüber unterhalten haben. Sie haben von einem tragischen Unfall gesprochen, aber …«

»Und woher um alles in der Welt wissen Allyssas Eltern davon? Sie wohnen nicht mal hier. Die sind Ärzte in L.A.!«

»Sie sind Immunologen.« Chloe machte eine bedeutungsvolle Pause. »Das bedeutet, sie sind Spezialisten für Allergien. Und das bringt mich zu dem, was du auch noch wissen musst. Ich habe herausgefunden, was sie an Deborah Steiner geschickt haben. Im Austausch für Allyssas Aufnahme in Myriad High. Es war etwas aus ihrem Labor.«

»Was denn?« Eine dumpfe Vorahnung machte sich in Hannah breit.

»Es war ein Konzentrat. Ein Erdnusskonzentrat, Hannah. Schon eine stäubchengroße Spur davon ist tödlich für Leute mit Erdnussallergien.«

Schwarze Punkte tanzten vor Hannahs Augen, die Welt fing an, sich um sie zu drehen, sie sah Ryans erstauntes Gesicht, hörte aber nicht, was er sagte, denn das Geschrei aus der Game Arena nahm jetzt geradezu hysterische Ausmaße an.

***